# 传统文化之美

季羡林

中央党校出版集团◎大有书局

图书在版编目（CIP）数据

传统文化之美 / 季羡林著 . -- 北京：大有书局，2020.12
ISBN 978-7-80772-020-1

Ⅰ . ①传… Ⅱ . ①季… Ⅲ . ①散文集－中国－当代
Ⅳ . ① I267

中国版本图书馆 CIP 数据核字（2020）第 217898 号

书　　名　传统文化之美
　　　　　CHUANTONG WENHUA ZHI MEI
作　　者　季羡林　著
选 编 者　吕玉勤
特约编辑　王佩芬　白　雪
责任编辑　赵甲思
出版发行　大有书局
　　　　　（北京市海淀区长春桥路 6 号）
综 合 办　（010）68929273
发 行 部　（010）68922366
经　　销　新华书店
印　　刷　中煤（北京）印务有限公司
版　　次　2020 年 12 月北京第 1 版
印　　次　2020 年 12 月北京第 1 次印刷
开　　本　145 毫米 ×210 毫米　1/32
印　　张　11.375
字　　数　196 千字
定　　价　56.00 元

---

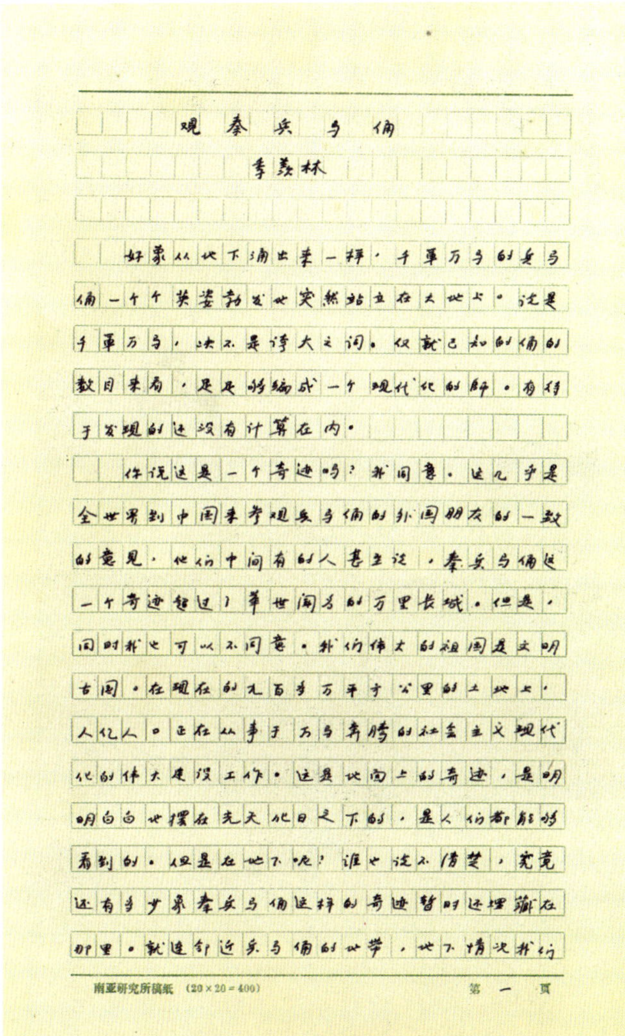

观秦兵马俑

季羡林

好象从地下涌出来一样，千军万马的兵马俑一个个英姿勃发地突然站立在大地上。说是千军万马，决不是夸大之词。仅就已知的俑的数目来看，足足够编成一个现代化的师。有待于发现的还没有计算在内。

你说这是一个奇迹吗？我同意。这几乎是全世界到中国来参观兵马俑的外国朋友的一致的意见。他们中间有的人甚至说，秦兵马俑这一个奇迹超过了举世闻名的万里长城。但是，同时我也可以不同意。我们伟大的祖国是文明古国。在现在的九百多万平方公里的土地上，十亿人口正在从事于万马奔腾的社会主义现代化的伟大建设工作。这是地面上的奇迹，是明明白白地摆在光天化日之下的，是人们都能够看到的。但是在地下呢？谁也说不清楚，究竟还有多少象秦兵马俑这样的奇迹暂时还埋藏在那里。就连邻近兵马俑的地带，地下情况我们

南亚研究所稿纸 (20×20=400) 第 一 页

《观秦兵马俑》手稿（部分）

季羡林在岱顶邓颖超题刻前留影

季羡林（二排右一）游览蓬莱时的留影

季羡林与爱猫

# 目　录

# 漫谈国粹

# 敦煌舞发展前途无量

首先要声明，我是一个典型的舞盲，我曾在欧洲看了十年芭蕾舞，又曾看过几十年的印度各派的舞蹈。但是，我应该承认，除了欣赏其中一些美丽的动作以外，对其内容和意义，我都有点丈二和尚，摸不着头脑。因此，几十年来，正如我安心做一个乐盲那样，我安心做一个舞盲。“朽木不可雕也”，对于舞蹈，我确实是一块朽木，又有什么办法呢！

但是，我这次到了兰州，参加中国敦煌吐鲁番学会成立大会和1983年全国敦煌学术讨论会，看了两次舞蹈：一次是甘肃省歌舞团演出的《丝路花雨》，一次是甘肃省艺校演出的敦煌舞基本训练和舞蹈小品的汇报。我意外地得到了极大的艺术享受，仿佛一声狮子吼，我心中豁然开朗！

我这个舞盲似乎要睁开眼睛了。

中国古文化的瑰宝敦煌我是去过的。但是我欣赏的只是那些瑰奇多彩的壁画，雄伟壮丽的雕塑。我认为，壁画永远就是壁画，雕塑永远就是雕塑。我从来也没有想到怎样发展，怎样利用敦煌的壁画和雕塑。我知识范围的狭窄和眼界的短浅，决定了我只能想到这个程度，是强求不得的。

但是《丝路花雨》和敦煌舞基本训练汇报却明确无误地告诉我，敦煌壁画中的舞蹈姿态，可以发展成为五彩缤纷的舞剧和舞蹈小品。《丝路花雨》现在已经蜚声全国和全球，受到普遍的热烈的欢迎，推陈出新，发扬了祖国的艺术，为祖国争了光。舞蹈基本训练和一些舞蹈小品，虽然目前还只限于兰州，但是我同其他看过的人都坚决相信，它也一定能走出兰州，走向全国，走向世界，同样推陈出新，发扬祖国艺术，为祖国争光。

这里的推陈出新，比我们平常了解的还颇有所不同，平常讲的是就本门艺术而推陈出新，这里却是从壁画而推陈出新成为舞蹈。换句话说，也就是从不同的艺术部门而推陈出新成另一部门的精品。这样的尝试，过去似乎还没有过。仅仅在这一点上，其意义也是巨大的。

如果我这样理解是正确的话，既然舞蹈能够做到，其他艺术部门为什么就不能做到呢？比如说，音乐。敦煌壁画中有不少的音乐场面，其中的乐器是比较具体的，因而是比较容易理解的。但是乐曲却非常不具体，因而也就非常难以理解。我们在兰州曾听到过古乐谱的破译演奏，尽管对破译结果还有不同的意见，但是我们听起来却有很深的感受。有许多著名的古曲，比如《何满子》《阳关三叠》《秦王破阵乐》等等，以前只知其名，现在却能听到其声，真是耳目为之一新。诗、乐、舞自古以来，是三位一体的艺术，后来才分了家。然而乐和舞是怎么也分不开的，古代的许多乐曲本来就是舞曲，所以舞蹈的推陈出新和音乐的推陈出新结合起来，听其声，观其容，不是更加有声有色吗？这些话完全是外行的话。既然想到了，就提出来供内行参考。

还有一些方面，也可以推陈出新，比如建筑、雕塑，这个已有人论述过，我在这里不再赘述。至于衣饰、家具等等，也都可以照此办理的。

现在再回过头来谈舞蹈。我在上面大力赞扬了敦煌舞。是不是说现在编出来的敦煌舞已经是尽善尽美了，用不着再发展了呢？不是的。宇宙间万事万物都是在不断发展的，敦煌舞何独不然？如果允许我这个刚睁开眼的舞盲说几句外行话的话，我就想提出一点意见。中国的艺术，尤其是诗歌，讲求神韵，讲求意境，讲求意在言外，讲求羚羊挂角，无迹可求等等，用一句通俗的话可以说是让人看了有点余味无穷，如食橄榄，不是一吃完就一了百了。敦煌舞能否在推陈出新中，把中国传统艺术中的这些精华吸收进去呢？现在的敦煌舞好像缺少这一点中国味，这不是单纯指舞蹈动作的味，而是在艺术的整体创造上，让人一览无余，缺少含蓄蕴藉的韵味，缺少意境。

我认为，要做到这一点是并不容易的。这需要有多方面的文化修养，绝不能一蹴而就。要对全部中国艺术史有比较精深的研究，对中国艺术理论要努力钻研，特别重要的是要对中国诗词有深入的研究，至少要背熟几百首古代诗词，七八十篇中国古文，从古代的名篇中简练揣摩、含英咀华，体会什么叫神韵，什么叫意境，积之既久，自有所成，用到舞蹈上来，必然有同今天不同的效果。我们万不能专就技术论技术，就结构论结构，以为有了技术就万事俱备。一定要有高于表面上艺术的艺术和高于表面上结构的结构。给观众以更深的、更耐人咀嚼的东西。据我所了解的，现在从事舞蹈工作的一些青年或者中年，所缺少的正是这样的文化修养。如果真是这样的话，那就请有志之士考虑而且采纳我的刍荛之议，应用到敦煌舞的推陈出新上来，看看能产生些什么样的效果。

1983 年 8 月 24 日兰州—北京车上

# 论书院

中国是世界上著名的文明古国。在全世界所有的国家中，中国是唯一的有长达几千年的延续不断的教育传统的国家。这个传统当然随着历史的发展而演变，到了19世纪末年，终于来了一个大转变：西方的资本主义教育制度传了进来，到现在也已有将近一百年的历史了。这个新教育制度，在中华人民共和国建立以后，虽经改造，基本上被保留下来。它起了很大的作用，但不能说完美无缺。为了适应社会主义建设的需要，重新对中国古今教育制度作一个全面的、实事求是的检查，显然是非常必要的。这个检查目前还只能非常简略。

## 一　中国历史上的教育制度[①]

中国几千年的教育制度，从组织结构上来看，大体上可以分为两类：一官，一私。远古时期，渺茫难窥，这里不谈。公元前三千纪末到二千纪中，夏代已有“庠”“序”“校”三种学校。到了公元前二千纪中叶至末叶的商代，又增加了“学”和“瞽宗”。“学”有大小之分。除了训练学生祭祀和打仗之外，还进行读、写、算的教学。西周集前代之大成，初步具有了学制系统。学制系统分国学与乡学两类。国学是中央官学，乡学是地方官学。国学分大学与小学两级。大学中有天子设立的五学和诸侯设立的泮宫。乡学中有塾、庠、序、校之分。这样一套制度对其后的中国教育有深远的影响。我国古代一直沿用此制，稍加变化，改换一些名称。西周国学的教育内容包括四个方面：三德、六行、六艺、六仪，其中六艺是最基本的。所谓六艺指：礼、乐、射、御、书、数。从字面上也可以看出来，这里面文武兼备，知识与技能并举。这种教育制度是密切为当时的政治服务的。乡学以社会教化为务，内

① 这几节的论述主要根据毛礼锐主编的《中国教育史简编》，1984 年，教育科学出版社。

容有六艺、七教、八政以及乡三物等。总之，西周的教育已由殷商的宗教武士教育，转变为文武兼备的教育。

秦代实施以吏为师、以法为教的文教政策，是学校教育的一个倒退。

到了西汉，汉武帝正式制定了博士弟子员制度，兴办了太学。这在教育史上是一件大事。汉代官学分中央官学与地方官学两类，这里明显地受了西周的影响。

魏晋南北朝时期，封建官学时兴时废。

到了唐代，在初唐的一百多年内，生产发展，经济繁荣，成为世界上一个，也许是第一个强大的帝国。统治者对教育特别重视，官学达到了相当完善的地步，为以后的官学制度奠定了基础。这时的官学仍然分为两级：中央官学和地方官学。与前代不同之处在于组织更细致了，内容更丰富了。中央官学中的国子学、太学、四门学、广文馆都专修儒经。这可以说是唐代教育的主干。此外还有专修律学、算学、书学的学校，医学校，卜筮学校，天文、历算、漏刻学校，兽医学校，校书学校，等等。另外还有一些特殊学校。所有这些学校目的都是为当时的政治经济服务的。在教学行政方面，唐承隋制，设立国子监，管理六学，以祭酒为教育最高长官。国子监的职能一直保留到清代学部成立。不过明清两代，国子监常与国学、太学混称。

宋代的官学对学生入学资格逐渐放宽，教育对象不断扩大，学校类型增加了，教学内容扩大了，增设了武学和画学。

元代对我国古代地方官学有特殊贡献，创设了诸路阴阳学，发展了天文、历算等科技教育。又创设了社学，以满足农业的需要。此外还创设蒙古国子学与回回国子学。

明承元制，仍设社学，但以教化为主。国子学以学习儒家经典为主。地方官学，除治经外，礼、乐、射、御、书、数还设科分教。

清代教育制度多承前代旧制。国子监生的对象范围比以前更宽。地方官学比较普遍。教学内容仍以儒家经典为主。另设觉罗学、旗学、土苗学等等。雍正、乾隆还设有俄罗斯学馆（堂），教汉满子弟习俄文。

我在上面简略地讲了我国古代的官学制，现在再讲一讲私学制。

古代私学包括家传与师授两种，起源极早。但是作为一种教育制度，则兴起于春秋战国之际。生产发展给私学奠定了经济基础。又由于复杂的政治斗争，需要兴私学，养士人。此外，文化下移也推动了私学的发展。在这样的情况下，私学在全国各地兴起，到了孔、墨两大显学崛起，私学发展如日中天。由此而形成的儒、墨两大学派互相攻伐，支配中国思想界达数百年之久。战国中期，百家争鸣，诸子私学蜂起。成为中国历史上最有活力的时代之一，影响深远。

到了汉代，经师讲学之风特盛。东汉私学学生人数超过太学。汉代官学和私学各有偏重，官学以今文经为主，而私学则以古文经为主，东汉末出现了综合今古的趋势，郑玄为代表。

在魏晋南北朝时期，私学稍衰，但仍盛于官学。

隋唐之际，官学繁荣，私学也极发达。隋王通私人讲学，唐代开国名臣中有一些人就出王通之门。唐代有的学者身在官学，却又私人授徒。

宋代私人讲学极为发达。南宋书院大兴。书院原为私学性质，但是，元明清书院渐有官学性质。到了后来，有的遭禁毁，有的沦为科举预备场所。

## 二　书院的滥觞与发展

书院是中国封建社会的一种教育组织形式，但并非中国所专有。我认为，古代希腊苏格拉底、柏拉图、亚里士多德等师徒授受的所在地叫 akademe，也是一种类似中国古代书院的组织，只是后来没有像中国这样发达而已。书院以私人创办为主，有时也有官方创办的。其特点是，在个别著名学者领导下，积聚大量图书，聚众授徒，教学与科研相结合。从唐五代末到清末有一千年的历史，对我国封建社会的教育，产生过重大的影响。要读中国教育史，要研究现在的教育制度，应着重研究书院制度。从这个研究中，我们可以学习到很多有用的东西。

书院这个名称，始见于唐代。当时就有私人与官方两类。在最初，书院还仅仅是官方藏书、校书的地方；有的只是私人读书治学的地方，还不是真正的教育机构，清代诗人袁子才在《随园随笔》中写道："书院之名起唐玄宗时，丽正书院、集贤书院皆建于朝省，为修书之地，非士子肄业之所也。"但是，唐代已有不少私人创建的书院，《全唐传》中提到的有十一所。这些也只是私人读书的地方。

真正具有聚徒讲学性质的书院，起源于庐山国学，又称白鹿国庠，地址在江西庐山，为著名的白鹿洞书院的前身。陆游的《南唐书》中有关于庐山国学的记载。总起来看，聚众讲学的书院形成于五代末期。有人主张，中国的书院源于东汉的"精舍"或者"精庐"，实则二者并不完全相同。

北宋初年，国家统一，但还没有充足的力量来兴办学校，于是私人书院应运而起。庐山国学或白鹿国庠，发展为白鹿洞书院。接着有很多书院相继创建，有四大书院或六大书院之称。除白鹿洞书院外，还有岳麓书院、应天府书院、嵩阳书院、石鼓书院和茅山书院。

到了南宋，书院更为发达。其数量之多，规模之大，组织之严密，制度之完善，都是空前的，几乎取代了官学，成为主要教育机构。南宋书院发达，始于朱熹修复白鹿洞书院。后来朱熹又修复和扩建了湖南岳麓书院。书院之所以发达，原因不外是理学发展而书院教学内容多为理学；官学衰落，科举腐败，许多著名学者由官学转向私人书院；印刷术的发展提供了出书快而多的条件，而书院又以藏书丰富为特点。有此数端，书院就大大地发展起来了。

元代也相当重视文化教育事业，奖励学校和书院的建设。不但文化兴盛的江南普遍创建或复兴了书院，连北方各地也相继设立了书院。但书院管理和讲学水平都很低。

到了明初，情况又有了改变。政府重点是办理官学，提倡科举，不重视书院，自洪武至成化一百多年的情况就是这样。成化（1465—1487）以后，书院才又得复兴。至嘉靖年间（1522—1566）达到极盛。明代书院由衰到兴，王守仁、湛若水等理学大师起了重要的作用。为了宣扬他们的理学，他们所到之处，创建书院。明代末年影响最大的是东林书院。在这个书院里，师生除教学活动外，还积极参与当时的政治活动。这当然受到统治者的迫害，天启五年（1625），太监魏忠贤下令拆毁天下书院，首及东林，兴起了中国历史上有名的迫害东林党人的大案。

到了清初，统治者采取了对书院抑制的政策。一直到雍正十一年（1733）才令各省会设书院，属官办性质。以后发展到了两千余所，数量大大超过前代；但多数由官方操纵，完全没有独立自主的权力，因而也就没有活力。也有少数带有私人性质的书院，晚清许多著名的学者在其中讲学。

统观中国一千多年的书院制，可以看到，书院始终是封建教育的一个重要组成部分，与统治者既有调和，又有斗争。书院这种形式还影响了日本、朝鲜和东南亚一些国家。

这样的书院制有些什么特点呢？毛礼锐主编的《中国教育史简编》对中国书院的特点作了很好的归纳。我现在简要地叙述一下。他认为特点共有五个：

### （一）教学与科研相结合

书院最初只是学术研究机关，后来逐渐成为教学机构。教学内容多与每一个时代的学术发展密切联系。比如南宋理学流行，书院就多讲授理学。明代王守仁等讲一种新的理学“心学”，于是书院也讲心学。到了清代，汉学与宋学对立，书院就重经学，讲考证。

### （二）盛行“讲会”制度，提倡百家争鸣

在南宋，朱熹和陆九渊代表两个不同的学派。淳熙二年（1175），两派在鹅湖寺进行公开辩论。淳熙八年（1181），朱熹邀请陆九渊到自己主持的白鹿洞书院去讲学，成为千古佳话。明代“讲会”之风更盛。王守仁和湛若水也代表两大学派，互相争辩。这种提倡自由争辩的“讲会”制度，一直延续到清代。

### （三）教学上实行门户开放

一个书院著名学者讲学，其他书院的师生均可自由来听，不受地域限制和其他任何限制。宋、明、清三代都是如此。

### （四）学习以个人钻研为主

书院十分注重培养学生的自学能力，非常重视对学生的读书指导。宋、元、明、清一些大师提出了不少的读书原则。有的编制读书分年日程。有的把书院的课程分门别类，把每天的课程分成若干节。他们都注意学生的全面发

展。导师绝不提倡学生死记硬背，而是强调学生读书要善于提出疑难，鼓励学生争辩，教学采用问难论辩式。朱熹特别强调："读书须有疑"，"疑者足以研其微"，"疑渐渐解，以致融会贯通，都无所疑，方始是学"。吕祖谦更提出求学贵创造，要自己独立钻研，各辟门径，不能落古人窠臼。总的精神是要学生不断有发明创造。

### （五）师生关系融洽

中国教育素以尊师爱生为优良传统。这种精神在私人教学中表现得尤为突出。书院属于私人教学的范畴，所以尊师爱生的传统容易得到体现，在官办学校中则十分困难。朱熹曾批评太学师生关系："师生相见，漠然如行路之人。"他指出，其原因在于学校变成了"声利之场"，教学缺乏"德行道艺之实"。他自己身体力行，循循善诱，对学生有深厚感情。但是，他对学生要求极严，却不采取压制的办法。他说："尝谓学校之政，不患法制之不立，而患理义之不足以悦其心。夫理义不足以悦其心，而区区于法制之末以防之，其犹决湍水注之千仞之壑，而徐翳萧苇以捍其冲流也，亦必不胜矣。"（见《晦庵文集》，卷七十四）这些话到了今天还很值得我们玩味。明代王守仁也注意培养师生感情。明末的东林书院，师生感情更是特别深厚。

上面我撮要叙述毛礼锐等的对书院特点的五点总结。在组织管理方面，书院也有特点，如管理机关比较精干，经费一般能独立自主，等等。

## 三 新教育制度的兴起

随着西方殖民主义者侵略的加强，随着清代封建统治的日益腐朽，自 19 世纪中叶起，中国有识之士就痛切感到，中国的政治经济等非改革不行，教育当然也在改革之列。魏源认为，理学“上不足致国用，外不足靖疆国，下不足苏民困”，简直是一点用处都没有。他主张向西方学习，改造中国的传统教育。魏源以后直至 19 世纪末叶，有不少人说八股文无用，主张翻译外国书籍，引进外国制度。洋务运动兴起以后，新教育也随之而兴，创建新型学校，设立同文馆，学习外国语文，开展工业技术教育，创办船政学堂、机器学堂、水师学堂、武备学堂、水陆师学堂，派遣留学生，等等。1898 年百日维新以后，设立京师大学堂，为现在北京大学的前身。又逐渐废科举，废八股文。经过了许多波折，以西方资本主义教育为模式的中国新教育制度基本上建立起来，在中国教育史上开辟了新的一章。

## 四　书院在今天的意义

我在上面非常简略地叙述了中国几千年教育发展的历史，从奴隶社会，经过封建社会，一直讲到近代受西方资本主义教育影响的新教育制度。我着重讲了书院制度。到了今天，我们已经进入了社会主义初级阶段。我们的教育已经超越了封建教育和资本主义教育。中国历史上的书院在今天还有意义吗？为什么最近几年来又出现了书院这个名称和组织呢？这是一种倒退呢，还是一种进步？这一些都是我们非思考不行的问题。

为了说明问题，我先举一个眼前的例子。1984 年，北京大学哲学系中国哲学史教研室一些教师创办了中国文化书院。没有接受政府一文资助，在不长的时期内就做出了巨大的成绩，取得了惊人的发展。书院团结了一些大学和社会科学院以及其他机构已退休或尚未退休的教授和研究员；同台湾学者加强了联系；同海外华裔和非华裔学者建立了经常的巩固的关系；开办了一系列的讲座；出版了一批学术著作；建立了口述历史和为老学者录音录像的机构，等等。建立一个藏书丰富的专业图书馆的工作也正在进行。全院的同仁们正在斗志昂扬地从事书院的建设和开拓。这样的成绩当然引起了社会上的注意。在不太长的时期内，以书院命名的机构接踵兴起，形成了一股“书院热”。这些书院的兴起是否就是受了中国文化书院的影响，我不敢说，它们的详细情况，我也不清楚。我只想指出，有这样多的书院已经建立起来，这个现象值得我们思考而已。

为了回答我在上面提出的有关书院的问题，我现在想结合古代中国书院的那些特点和当前中国文化书院的经验，谈一谈书院在今天的意义。我想从六个方面来谈：

### （一）书院可以成为当前教育制度的补充

我国今天的教育制度，从内容上来看，应该说是社会主义的。但是从组织上来看，基本上是西方那一套。我们同资本主义国家一样，需要大批的建设人才。封建主义那种小批量培养人才的方式，远远不能满足要求。我们只能采用西方资本主义国家的大批量的生产方式，这种方式须要有严格的教学计划、课程设置、学分计算、教学组织，一切都要标准化、计量化。资本主义国家大学里计算学分的办法，一方面能比较精确地确定学生的学习量，满了一定的学习量才能毕业；另一方面也用来确定教师的教学量，以便取得报酬。这一切都是资本主义的核心精神金钱问题所决定的。我们之所以采用这种制度，当然不是为金钱问题所左右，而是为了适应大批量培养人才的需要。

仅仅采用这样的制度够不够呢？我认为是不够的。在中国几千年的历史上，办教育一向是官、私两条路，这也可以说是一种两条腿走路吧，两者互相补充，历史证明是行之有效的。可是现在我们只剩下一条腿，只剩下官方一途，私人教育基本上不存在了。我个人认为，这无疑是一个损失。在过去执行这个政策，道理还能讲得通。今天在大家觉悟普遍提高的基础上，国家又正在进行改革，在教育方面是否也可改革一下呢？如果可以的话，提倡创办书院，鼓励私人办学，继承我国的优秀传统，实在是可以试一下的。

书院这种形式能适应今天的情况吗？我不妨先举一个例子。清华大学在建成大学以前是留美预备学校。到了20年代初，又创办了一个研究国学的机构，聘请王国维、梁启超、陈寅恪、赵元任为导师。这也是一种双轨制：一条轨道是西方式的新制度，有严格的教学计划，开设课程，计算学分，规定毕业年限，决定招生办法，都按计划进行。另一条轨道是什么计划也没有，招生和毕业都比较灵活。在一所学校内实行两套办法。如果想作比较研究，这实在是最好的样板。比较的结果怎样呢？正规制大学大批量地培养了国家建设所需要的干部，也出了一些著名的学者、教授。那个不怎么正规的国学研究部门，培养出来的人数要少得多，但几乎个个都成了教授，还不是一般的教授。这个结果实在值得我们深思。

清华的国学研究部门无书院之名，而有书院之实。它不能算是私人创办的，其精神却与古代书院一脉相通。另外一个例子是章太炎在苏州创办的国学研究所，也培养了一些人才。我在这里举的例子都属于国学范畴，其他学科我认为也是可以尝试的。这说明，私人办的书院在今天仍有其意义。古代书院那一些优良传统，比如说讲会制度，提倡自由争辩，门户开放，注意培养学生独立钻研的能力，师生关系融洽，等等，我们在书院中都应该继承和发扬。只希望我们教育当局找出一种承认书院学生资格的办法，不用费很大的力量，培养人才的数量就可以增加，质量也可以提高。何乐而不为呢?

### （二）书院可以协助解决老年教育问题

据说现在世界上有一个新名词，叫做“终生教育”。中国的成人教育有一部分同它类似，但似乎不包括老年教育，所以二者不完全相同。外国许多老人，在退休之后，到大学里报名入学，读硕士或博士学位。中国还没听说有这种情况。但是，今天中国人的平均寿命已经大大地提高，老人将会越来越多。有朝一日，老人教育也会成为问题的。我认为，书院可以帮助解决这个问题。

### （三）书院可以发挥老专家的作用

中国人平均寿命越来越高，老教授、老专家退休后活的时间也会越来越长。这是件好事，但也带来了新问题。这些老教授、老专家退休后作用如何发挥呢？方法当然有多种多样，有的可以继续著书立说，有的可以当顾问，有的可以联合起来，搞一些社会福利事业。但是，没有适当的机构加以组织，他们的作用发挥有时会碰到困难，交流信息也会受到障碍。在今天社会上想单枪匹马搞出点名堂，几乎是不可能的。

我在这里想特别提一下博士生导师的问题。这些导师绝大部分都是有真才实学的，而且是经过了一定的选举和审批手续，才获得博士导师的资格的。他们到了年龄退休以后，有的为本校或本研究院返聘，继续指导博士生。但是也有一些，由于种种原因，拒绝返聘，不接受指导博士生的任务。现在全国博士生导师为数不多。老的退休了，新的上不来。许多大学都面临着这种青黄不接的局面。中年博士生导师，有的也有相当高的水平；可是在某一些方面，一时还难以达到老专家的水平。在这样的情况下，如果再让一些有能力的老教授老专家投闲置散，对国家是一个损失。这样下去，对我国博士生的培养工作是非常不利的。倘若有一些书院一类的机构，退休老教授乐意在里面工作，乐意指导研究生，岂非两全其美？中国文化书院就有这样的导师，可惜格于现行的制度，他们无法指导博士研究生。如果有关当局本着改革的精神，授权给某一些有条件的书院，让已经取得带博士生资格的老教授老专家在这里指导博士生，对我们国家的教育事业不是一个大贡献吗？我个人认为，将来培养博士或博士后的任务可以分一点给书院。国务院学位委员会和国家教委应该承认这样培养出来的博士的资格，并且一视同仁地发给证书。这样一来，国家出不了多少钱，既调动了退休老教授老专家的积极性，又培养了高级人才，促进了学术的发展，岂非一举数得吗？

### （四）书院可以团结海内外的学者

中国文化书院聘请了一些学有专长的导师，已经退休的和尚未退休的都有；海内外的学者都有，不限于华裔。同时也不时邀请海外学者来院作学术报告或参加座谈会。特别值得一提的是，这样的学者中也有台湾学者。这在当前是非常有意义的工作，不言而喻。这样的工作由政府机构出面来做，不如由民间机构。原因是，这样可以绕开台湾当局制造的一些困难。海峡两岸的学者都有一个共同的愿望：祖国统一。不管通过什么途径来大陆的台湾学者，同大陆的同行们，共同在学术上切磋琢磨，互相启发，不谈政治问题，而心心相印。

### （五）书院可以宣扬中国文化于海外

中国有极其悠久、极其优秀的文化传统，对全世界文化的发展起过重大的作用。近代以来，我们开始向西方学习，这是完全必要的。到了今天，我们强调开放，其中包含着向外国学习，这也是完全必要的。但是，既然讲文化交流，就应该在“交”字上做文章。这并不等于要等价交换，出和入哪一方面多了一点或少了一点，这无关重要。但是，如果入超或出超严重，就值得考虑。以我的看法，现在我们是入超严重，出几乎等于没有。难道我们都要变成民族虚无主义者吗？现在世界上许多文化先进国家对我国的文化，特别是近现代的文化了解得非常少，有时候简直等于零。这不利于国际大团结，也不利于我们向外国学习。可惜这种情况还没有引起应有的重视。中国文化书院任务之一，就是向外国介绍中国文化，它已经做了大量的工作，今后还将坚持不懈地继续做下去。我们绝不搞那一套什么都是世界第一，那是自欺欺人之谈。但也绝不容许中外不管什么人士完全抹煞中国文化的精华，那也不是实事求是的态度。

### （六）书院可以保存历史资料

从中国文化书院的经验来看，书院可以在保存历史资料方面做不少的工作。中国文化书院目前正在进行的有关这方面的工作有两项：一是记录口述历史；一是为老学者老专家录音录像。这都是有意义的工作，还带有点抢救的性质。这里的工作对象当然不是什么国家显要人物。但是难道只有国家显要才有被录音录像的资格吗？为这些人进行这样的工作，很有意义，我完全拥护。为并非显要而在某一方面有点贡献的人，进行这样的工作，也自有其意义，这也是了解我们民族的历史所不可缺少的。

我在上面从六个方面谈了书院在今天的意义。当然不会限于这几个方面，我不过目前只想到这些而已。归纳起来，我们这样说，在中国流行了一千年的书院这种古老形式，在今天还有其意义。我们完全可以取其精华，去其糟粕，利用这个形式，加入新的内容，使它为我们的社会主义建设服务。

1988 年 6 月 24 日写完

# 从宏观上看中国文化

**羡林按：**

此文原为国家教委主持的1989年五四科学讨论会而作。当时限于时间，未能畅所欲言。最后一部分显然给人以仓猝鸣金收兵的印象。我对于文化问题涉猎不深。此文所谈的看法，知音恐亦不多。但我自问立论是公允有据的，绝非一时心血来潮而发。对当今社会上泛滥的"月亮只有外国的圆"的思潮，即使不能是一声断喝，至少也能起振聋发聩的作用。既然我自己认为是正确的、有益的，我就希望多多益善地让人能够了解我的看法。适值中华书局征稿，我对文化问题思考的那一点本钱已经用光，"江郎才尽"，再也写不出比较好的文章来了，在再三考虑之余，决定以此文滥竽。但又不能原封不动端上去，于是就把旧文加以充实、扩大，增加了一些新东西，观点则原封不动。以此祝贺中华书局成立八十周年。

最近几年，在全国范围内，掀起了一股“文化热”的高潮。这是完全可以理解的。我们国家的社会主义建设发展到了今天这个地步，在接受几十年来的经验和教训的基础上，大家都认识到，文化建设的任务已经提到议事日程上来了。我想大家都会同意，人类历史上任何社会，都不能专靠科技来支撑，物质文明与精神文明同步建设。我们今天的社会也绝不能是例外。

在众多的讨论中国传统文化与现代化问题的论文和专著中，有很多很精彩的具有独创性的意见。我从中学习了不少的非常有用的东西。我在这里不详细去叙述。我只有一个感觉，这就是，讨论中国文化，往往就眼前论眼前，从几千年的历史上进行细致深刻的探讨不够，从全世界范围内进行最广阔的宏观探讨更不够。我个人觉得，探讨中国文化问题，不能只局限于我们生活于其中的这几十年、近百年，也不能局限于我们居住于其中的九百六十万平方公里。我们必须上下数千年，纵横数万里，目光远大，胸襟开阔，才能更清楚地看到问题的全貌，而不至于陷入井蛙的地步，不能自拔。总之，我们要从历史上和地理上扩大我们的视野，才能探骊得珠。

我们眼前的情况怎样呢？从19世纪末叶以来，我们就走了西化的道路。当然，西化的开始还可以更往前追溯，一直追溯到明末清初。但那时规模极小，也没有向西方学习的意识，所以我不采取那个说法，只说从19世纪末叶开始。从中国社会发展的需要来看，从全世界文化交流的规律来看，这都是不可避免的。近几百年以来，西方文化，也就是资本主义文化，垄断了世界。资本主义统一世界市场的形成，把世界上一切国家都或先或后地吸收过去。这影响表现在各个方面。不但在政治、经济方面到处都打上了西方的印记，在文学方面也形成了“世界文学”，从文学创作的形式上统一了全世界。在科学、技术、哲学、艺术等等方面，莫不皆然。中国从前清末叶到现在，中间经历了许多惊涛骇浪，帝国统治、辛亥革命、洪宪窃国、军阀混战、国民党统治、抗日战争、解放战争，一直到中华人民共和国建立后的社会主义初级阶段，我们西化的程度日趋深入。到了今天，我们的衣、食、住、行，从头到脚，从里到外，试问哪一件没有西化？我们中国固有的东西究竟还留下了多少？我看，除了我们的一部分思想感情以外，我们真可以说是“全盘西化”了。

我并不认为这是一件坏事。我认为，这是一件天大的好事。无论如何，这是一件不可抗御的事。我一不发思古之幽情，二不想效法九斤老太；对中国自然经济的遭到破坏，对中国小手工业生产方式的消失，我并不如丧考妣，惶惶不可终日。我认为，有几千年古老文明的中国，如果还想存在下去，就必须跟上世界潮流，绝不能让时代潮流甩在后面。这一点，我想是绝大多数的中国有识之士所共同承认的。

但是，事情还有它的另外一面，它也带来了不良后果。这最突出地表现在一些人的心理上。在解放前，侨居上海的帝国主义者在公园里竖上木牌，上面写着："华人与狗不许入内。"这是外来的侵略者对我们中华民族的污辱。这是容易理解的。但是，解放以后，我们号称已经站起来了，然而崇洋媚外的心理并未消失。古已有之，于今为烈。这是十分令人痛心的事。50年代曾批判过一阵这种思想，好像也并没有收到预期的效果。到了十年浩劫，以"四人帮"为首的一帮人，批崇洋媚外，调门最高，态度最"积极"。在国外读过书的知识分子，几乎都被戴上了这顶帽子。然而，实际上真正崇洋媚外的正是"四人帮"及其爪牙自己。现在，"四人帮"垮台已经十多年了，社会上崇洋媚外的风气，有增无减。有时简直令人感到，此风已经病入膏肓。

贾桂似的人物到处可见。多么爱国的人士也无法否认这一点。有识之士怒然忧之。这种接近变态的媚外心理，我无论如何也难以理解。凡是外国的东西都好，凡是外国人都值得尊敬，这是一种反常的心理状态。中国烹调享誉世界。有一些外国食品本来并不怎么样，但是，一旦标明是舶来品，立即声价十倍，某一些味觉顿经改造的人们，蜂拥而至，争先恐后。连一些外国朋友都大惑不解，只有频频摇头。

在这样的情况下，要来谈中国文化，真正是戛戛乎难矣哉。在严重地甚至病态地贬低自己文化的氛围中，人们有意无意地抬高西方文化，认为自己一无是处，只有外来的和尚才会念经。这样怎么能够客观而公允地评价中国文化呢？我的意思并不是要说，要评价中国文化，就必须贬低西方文化。西方文化确有它的优越之处。19世纪后半叶，中国人之所以努力学习西方，是震于西方的船坚炮利。在以后的将近一百年中，我们逐渐发现，西方不仅是船坚炮利，在精神文明和物质文明方面，他们都有许多令人惊异的东西。想振兴中华，必须学习西方，这是毫无疑问的。20年代，就有人提出了“全盘西化”的口号。今天还有不少人有这种提法或者类似的提法。我觉得，提这个口号的人动机是不完全一样的。有的人出于忧国忧民的热忱，其用心良苦，我自谓能充分理解。但也可能有人别有用心。这问题我在这里不详细讨论。我只想指出，人类历史证明，全盘西化（或者任何什么化）理论上讲不通，事实上办不到。但这并不影响我们向西方学习。我们必须向西方学习，今天要学习，明天仍然要学习，这是绝不能改变的。如果我们固步自封，回到老祖宗走过的道路上去，那将是非常危险的。

但是，我始终认为，评价中国文化，探讨向西方文化学习这样的大问题，正如我在上面已经讲过的那样，必须把眼光放远，必须把全人类的历史发展放在眼中，更必须特别重视人类文化交流的历史。只有这样，才能做到公允和客观。我是主张人类文化产生多元论的。人类文化绝不是哪一个国家或民族单独创造出来的。法西斯分子有过这种论调，他们是别有用心的。从人类几千年的历史来看，民族和国家，不论大小，都或多或少地对人类文化宝库做出了自己的贡献。这恐怕是一个历史事实，是无法否认掉的。同样不可否认的事实是，每一个民族或国家的贡献又不完全一样。有的民族或国家的文化对周围的民族或国家产生了比较大的影响，积之既久，形成了一个文化圈或文化体系。根据我个人的看法，人类自从有历史以来，总共形成了四个大文化圈：古希腊、罗马一直到近代欧美的文化圈，从古希伯来起一直到伊斯兰国家的闪族文化圈，印度文化圈和中国文化圈。在这四个文化圈内各有一个主导的、影响大的文化，同时各个民族或国家又是互相学习的。在各个文化圈之间也是一个互相学习的关系。这种相互学习就是我们平常所说的文化交流。我们可以毫不夸大地说，文化交流促进了人类文化的发展，推动了社会前进。

倘若我们从更大的宏观上来探讨，我们就能发现，这四个文化圈又可以分为两大文化体系：第一个文化圈构成了西方大文化体系；第二、三、四个文化圈构成了东方大文化体系。“东方”在这里既是地理概念，又是政治概念，即所谓第三世界。这两大文化体系之间的关系也是互相学习的关系。仅就目前来看，统治世界的是西方文化。但是从历史上来看，二者的关系是“三十年河东，三十年河西”。

人类历史上曾出现过许多文化，欧洲史学家早有这个观点，最著名的代表是英国历史学家汤因比。他在他的巨著《历史研究》里（索麦维尔节录，曹未风等译，上、中、下三册，上海人民出版社，1986 年第 5 次印刷），从世界历史全局出发，共发现了二十三个文化（汤因比称之为社会或者文明）：西方社会、东正教社会（又可以分为拜占庭和俄罗斯两个东正教）、伊朗社会、阿拉伯社会、印度社会、远东社会（又可以分为中国和朝鲜 - 日本两部分）、古希腊社会、叙利亚社会、古印度社会、古代中国社会、米诺斯社会、印度河流域社会、苏末社会、赫梯社会、巴比伦社会、埃及社会、安第斯社会、墨西哥社会、尤卡坦社会、马雅社会、黄河流域古代中国文明以前的商代社会（见原书上册，页 43）。

汤因比明确反对只有一个社会——西方社会这一种文明统一的理论。他认为这是“误入歧途”，是一个“错误”。虽然世界各地的经济和政治的面貌都已经西化了，其他的社会（文明）大体上仍然维持着本来的面目。文明的河流不止西方这一条（见原书上册，页 45—48）。

汤因比在本书的许多地方，另外在自己其他著作，比如《文明经受着考验》（沈辉等译，1988 年第一版，浙江人民出版社）中，提出了一个观点：文明发展有四步骤：起源、生长、衰落、解体。在《文明经受着考验》页 10—11，他提到了德国学者斯宾格勒的名著《西方的沉落》，对此书给了很高的评价，也提到了斯宾格勒思想方法的局限性。在《历史研究》的结尾处，页 429—430，他写道：

> 当作者进行他的广泛研究时发现他所搜集到的各种文明大多数显然已经是死亡了的时候，他不得不作出这样的推论：死亡确是每个文明所面对着的一种可

能性，作者本身所隶属的文明也不例外。

他对每一个文明都不能万岁的看法是再明确不过的了。

了解了我在上面谈到的这些情况，现在再来看中国文化，我们的眼光就比以前开阔多了。在过去相当长的历史时期内，中国文化对世界文化的发展产生了影响，这是我们的骄傲，这也是一个历史事实。汤因比对此也有所论述，他对中国过去的文化有很好的评价。但是，到了后来，我们为什么忽然不行了呢？为什么现在竟会出现这样崇洋媚外的思想呢？为什么西方某一些人士也瞧不起我们呢？我觉得，在这里，我们自己和西方一些人士，都缺少历史的眼光。我们自己应该避免两个极端：一不能躺在光荣的历史上，成为今天的阿Q；二不能只看目前的情况，成为今天的贾桂。西方人应该力避一个极端，认为中国什么都不行，自己什么都行，自己是天之骄子，从开天辟地以来就是如此，将来也会永远如此。

那么，我们应该怎么办呢？我们东西双方都要从历史和地理两个方面的宏观上来看待中国文化，绝不能囿于成见，鼠目寸光，只见片段，不见全体；只看现在，不看过去，也不看未来。中国文化，在西方人士眼中，并非只有一个看法，只有一种评价。汉唐盛世我不去讲它了，只谈十六七世纪以后的情况，也就能给我们许多启发。这一段时间，在中国是从明末到清初，在欧洲约略相当于所谓“启蒙时期”。在这期间，中国一方面开始向西方学习；另一方面，中国的文化也大量西传。关于这个问题，中西双方都有大量的记载，我没有可能，也没有必要一一加以征引。方豪在他的《中西交通史》（华冈出版有限公司，1977年第五版，第六册，《明清之际中西文化交流史》下）中有比较详细而扼要的介绍。我在下面利用他的资料介绍一下在这期间中国文化流向西方的情况。

## 中国经籍之西传

四书、五经在中国历史上有至高无上的权威。如果中国经籍西传，首当其冲的理所当然的就是这些书。明朝万历二十一年（1593），利玛窦将四书译为拉丁文，寄还本国。天启六年（1626），比人金尼阁将五经译为拉丁文，在杭州刊印。到了清朝，殷铎泽与郭纳爵合译《大学》为拉丁文，康熙元年（1662）刻于建昌。殷氏又将《中庸》译为拉丁文，于康熙六年（1667）和康熙八年（1669）分别刻于广州及印度果阿。《论语》之最早译本亦出殷、郭二人之手，亦为拉丁文。康熙二十年（1681），比教士柏应理返回欧洲。康熙二十六年（1687）在巴黎发刊其著作《中国之哲学家孔子》。中文标题虽为《西文四书解》，但未译《孟子》，名实实不相符。康熙二十六年（1687），奥国教士白乃心用意大利文写的《中国杂记》出版。康熙五十年（1711），布拉格大学图书馆出版卫方济用拉丁文翻译的四书及《孝经》《幼学》，1783年至1786年译为法文。卫氏又以拉丁文著《中国哲学》，与上书同时同地刊出。白晋著有拉丁文《易经大意》，未刊。康熙四十年（1701），白晋自北京致书德国大哲学家莱勃尼兹，讨论中国哲学及礼俗。现在梵蒂冈图书馆中尚藏有西士研究《易经》之华文稿本十四种，宋君荣曾译《书经》，刘应译《礼记》的一部分。康熙末年，马若瑟节译《书经》《诗经》。康熙四十六年（1707），马若瑟自建昌府致函欧洲，讨论儒教。雷孝思参加绘制《皇朝一统舆地全图》，对中国古籍亦有研究。傅圣泽有《道德经评注》，为拉丁文及法文合译稿本。他又用法文译《诗经》。赫苍璧于康熙四十年（1701）来华，亦曾从事翻译《诗经》。

到了雍正乾隆年间，中籍西译继续进行。宋君荣所译之《书经》于乾隆三十五年（1770）刊于巴黎。他还研究中国经籍之训诂问题。孙璋为后期来华耶稣会神父中最精通汉学者。他所译拉丁文《诗经》附有注解。他又译有

《礼记》，稿成未刊。蒋友仁制作圆明园中的喷水池，为人所艳称。他又深通汉籍，用拉丁文译有《书经》《孟子》等书。乾隆时有一个叫钱德明的人，精通满汉文，译有《盛京赋》，并研究我国古乐及石鼓文等，他是西人中最早研究我国苗族及兵学者。乾隆四十年（1775）在北京著《华民古远考》，列举《易经》《诗经》《书经》《春秋》及《史记》为证。乾隆四十九年（1784），又在北京刊印《孔子传》，为钱氏著作中之最佳者。此外，他还有《孔门弟子传略》，以乾隆四十九年（1784）或次年刊于北京。韩国英译有《大学》及《中庸》，又著有《记中国人之孝道》。韩氏可能是19世纪前西人研究我国经籍的最后一人。他的本行是生物学。

从明末到乾隆年间，中国经籍之西传，情况大体如上。既然传了过去，必然产生影响。有的影响竟与热心翻译中国经书之耶稣会神父的初衷截然相违。我在下面介绍方豪一段话：

> 介绍中国思想至欧洲者，原为耶稣会士，本在说明彼等发现一最易接受“福音”之园地，以鼓励教士前来中国，并为劝导教徒多为中国教会捐款。不意儒家经书中原理，竟为欧洲哲家取为反对教会之资料。而若辈所介绍之中国康熙年间之安定局面，使同时期

欧洲动荡之政局，相形之下，大见逊色；欧洲人竟以为中国人乃一纯粹有德性之民族，中国成为若辈理想国家，孔子成为欧洲思想界之偶像。（五，页 197）

中国俗话说“搬起石头砸自己的脚”，颇与此相类了。

受中国经籍影响的，以法、德两国的哲学家为主，英国稍逊。举其荦荦大者，则有法国大哲学家笛卡尔等。法国百科全书派也深受中国思想之影响。在德国方面，启蒙时期的大哲学家斯宾诺莎、莱勃尼兹等，都直接受到了笛卡尔的影响，间接受到中国影响。康德认为，斯宾诺莎的泛神论完全受的是老子的影响。莱勃尼兹 21 岁就受到中国影响。后与闵明我、白晋订交，直接接受中国思想。1697 年，莱氏的拉丁文著作《中国近事》出版。他在书中说：“在实践哲学方面，欧洲人实不如中国人。”有人认为，康德的哲学也受了中国哲学的影响，特别是宋儒理学。

中国经籍西传，不但影响了欧洲哲学，而且也影响了欧洲政治。在德国，莱勃尼兹与华尔弗利用中国哲学推动了德国的精神革命。在法国，思想家们则认为中国哲学为无神论、唯物论与自然主义。这三者实为法国大革命之哲学基础。百科全书派全力推动革命的发展。法国大革命实质上是反宗教之哲学革命。法国的启蒙运动，也是以反宗教为开端。形成这种反宗教的气氛者，归根结蒂是中国思想传播的结果。法国大革命前夕，中国趣味在法国以及整个欧洲广泛流行。宫廷与贵族社会为中国趣味所垄断。而宫廷与贵族又是左右法国政治的集团。则中国趣味对法国政治之影响，概可想见了。

百科全书派把反宗教和鼓吹革命的思想注入所撰写的百科全书中。他们与中国文化有深刻的接触。但因认识中国之渠道不同，对中国的意见也有分歧。孟德斯鸠与卢梭谈的多是欧洲旅客的游记等，对中国遂多有鄙薄之论。荷尔巴旭、服尔德、波勿尔、魁斯奈等等，所读多是耶稣会士之报告或书札，对中国文化多有钦慕之意。孟德斯鸠著《法意》第一卷第一章，给法律下定义，提出“万物自然之理”，主张“有理斯有法”，完全是宋儒思想。服尔德七岁即在耶稣会士主办的学校中受教育，对中国文化无条件地赞赏，在自己的小礼拜堂中，供孔子画像，朝夕礼拜。他认为，孔子所说仅为极纯粹之道德，不谈奇迹，不涉玄虚。他说：“人类智慧不能获得较中国政治更优良之政治组织。”又说：“中国为世界最公正最仁爱之民族。”他还根据《赵氏孤儿》写了一部《中国孤儿》。第德洛对中国有批评意见，但认为中国文化在各民族之上。卢梭承认中国为文明最高古国，但他认为文明并非幸福之表记，中国虽文明，而不免为异族所侵凌，他是“文明否定论者”。中国思想除了影响了上述的哲学家之外，还影响了所谓政治经济学上的“重农学派”。这一学派以自然法代替上帝的功能。他们倡导“中国化”，不遗余力，甚至影响了国王路易十五。英国经济学家亚当·斯密受了法国思想家的影响，在《原富》一书中应用中国材料颇多。

在德国，中国影响同样显著。大文豪歌德是一个突出的代表。哲学家也深受中国思想影响。莱勃尼兹、斯宾诺莎，上面已经谈到。其他哲学家，康德、菲希特、谢林、黑格尔等，都受了莱勃尼兹的影响，也可以说，间接受了中国影响。叔本华哲学中除了有印度成分外，也受了朱子的影响。

## 中国美术之西传

随着中国哲学思想之西传，中国美术也传入欧洲。欧洲美术史上的罗柯柯时代约始于1760年，即乾隆二十五年，至18世纪末而未衰。此时中国美术传入，产生了显著影响。在绘画上重清淡之色彩。在建筑上力避锐角方隅，多用圆角。在文学上则盛行精致的小品。在哲学上采用模棱两可的名词。这与流行于当时的“中国趣味”或“中国风”是分不开的。

中国情趣表现在许多方面，首先是在园林布置方面。欧洲人认为，中国园艺兼有英、法二国之长。他们说，中国园艺匠心独运，崇尚自然，不像欧洲那样整齐呆板。于是中国式的庭园一时流行于欧洲各国，法国、英国、德国等地都出现了中国庭园的模仿物，遗迹至今尚能见到。

中国绘画也传入欧洲，主要是中国的山水画和人物画，在瓷器上表现最为突出。有一些画家也作有中国情趣的绘画，比如孤岛帆影、绿野长桥之类。据说梵高也学过中国泼墨画。

除了绘画之外，中国用具也流行欧洲。轿顶围的质料与颜色，受到中国影响。中国扇子、镜子传入欧洲。17 世纪后半，法国能制绸。中国瓷器西传，更不在话下。同时中国瓷器也受到西洋影响。

明末至清朝乾隆年间中国经籍和美术西传的情况大体上就是这个样子。

我现在举一个说明西方人如何看待中国文化的具体的例子。我想举德国最伟大的诗人歌德，他的一生跨越 18、19 两个世纪，是非常关键的时期。他在 1827 年 1 月 31 日同爱克曼谈话时说道：

（中国传奇）并不像人们所猜想的那样奇怪。中国人在思想、行为和感情方面几乎和我们一样，使我们很快就感到他们是我们的同类人，只是在他们那里一切都比我们这里更明朗，更纯洁，也更合乎道德。在他们那里，一切都是可以理解的，平易近人的，没有强烈的情欲和飞腾动荡的诗兴……他们还有一个特点，人和大自然是生活在一起的。你经常听到金鱼在池子里跳跃，鸟儿在枝头歌唱不停，白天总是阳光灿烂，夜晚也总是月白风清。月亮是经常谈到的，只是月亮不改变自然风景，它和太阳一样明亮……还有许多典故都涉及道德和礼仪。正是这种在一切方面保持严格的节制，使得中国维持到几千年之久，而且还会长存下去。(《歌德谈话录》，朱光潜译，人民文学出版社，1978年，页112)

这是歌德晚年说的话，他死于1832年。他死后没有过多少年，欧洲对中国的调子就逐渐改变了。据我个人多年的观察与思考，这与发生在1840年的鸦片战争有关。在这以前，中国这个天朝大国，虽然已经有点破绽百出，但仍然摆出一副纸老虎的架势，吓唬别人，欺骗自己。鸦片战争一下子把这只纸老虎戳破，真相暴露于光天化日之下。

西方对中国的政治、经济，进而对中国文化逐渐贬低起来。他们没有历史观点，以为从来就是这个样子，中国从来就没有好过。他们自己的老祖宗所说的一些话和所做的一些事，他们也忘了个一干二净。随着他们科学技术的发展，政治、经济的发展，环顾海内，唯我独尊，气焰万丈了。

第一次世界大战给他们敲了一下警钟，他们之中的有识之士开始反思，于是出了像斯宾格勒《西方的沉落》这样发人深思的书。可惜好景不长，到了20年代末30年代初，法西斯思潮抬头，把西方文化，特别是所谓“北方”文化捧上了天，把其他文化贬得一文不值。中国人在法西斯分子眼中成了劣等民族，更谈不到什么欣赏中国文化了。不久就爆发了第二次世界大战，比第一次大战还要残酷，还要野蛮，这又一次给西方敲了警钟。西方有识之士又一次反思，汤因比可以作为代表。预言已久的第三次世界大战，始终没有爆发。虽然在全球范围内大大小小的战争从未停止过，大家总算是能够和平共处了。到了今天，人类共同的公害，比如人口问题、粮食问题、污染问题、土地问题等等，一个个被认识得越来越清楚。两个超级大国似乎也认识到，靠武力征服世界的美梦是不现实的，他们似乎也愿意和平共处了。在这样的情况下，人们要怎样来认识西方文明，怎样来认识东方文明——中国文明，怎样来认识文化交流，就非常值得我们注意了。

我在上面提到的英国历史学家汤因比，对中国文化和中国未来的作用有自己的看法。在同日本宗教活动家池田大作的谈话中（见《展望二十一世纪——汤因比与池田大作对话录》，荀春生、朱继征、陈国梁译，国际文化出版公司，北京，1985 年），他详细阐述了自己的看法。为了把他的观点介绍得明确而翔实起见，我想在这里多引用他的一些话。汤因比说：

> 因此按我的设想，全人类发展到形成单一社会之时，可能就是实现世界统一之日。在原子能时代的今天，这种统一靠武力征服——过去把地球上的广大部分统一起来的传统方法——已经难以做到。同时，我所预见的和平统一，一定是以地理和文化主轴为中心，不断结晶扩大起来的。我预感到这个主轴不在美国、欧洲和苏联，而是在东亚。
>
> 由中国、日本、朝鲜、越南组成的东亚，拥有众多的人口。这些民族的活力、勤奋、勇气、聪明，比世界上任何民族都毫无逊色。无论从地理上看，从具有中国文化和佛教这一共同遗产来看，或者从对外来近代西欧文明不得不妥协这一共同课题来看，他们都

是联结在一条纽带上的。并且就中国人来说，几千年来，比世界任何民族都成功地把几亿民众，从政治文化上团结起来。他们显示出这种在政治、文化上统一的本领，具有无与伦比的成功经验。这样的统一正是今天世界的绝对要求。中国人和东亚各民族合作，在被人们认为是不可缺少和不可避免的人类统一的过程中，可能要发挥主导作用，其理由就在这里。

如果我的推测没有错误，估计世界的统一将在和平中实现。这正是原子能时代唯一可行的道路。但是，虽说是中华民族，也并不是在任何时代都是和平的。战国时代和古代希腊以及近代欧洲一样，也有过分裂和抗争。然而到汉朝以后，就放弃了战国时代的好战精神。汉朝的开国皇帝刘邦重新完成中国的统一是远在纪元前二〇二年。在这以前，秦始皇的政治统一是靠武力完成的。因此在他死后出现了地方的国家主义复辟这样的反动。汉朝刘邦把中国人的民族感情的平衡，从地方分权主义持久地引向了世界主义。和秦始皇带有蛊惑和专制性的言行相反，他巧妙地运用处世才能完成了这项事业。

将来统一世界的人，就要像中国这位第二个取得更大成功的统一者一样，要具有世界主义思想。同时也要有达到最终目的所需的干练才能。世界统一是避免人类集体自杀之路。在这点上，现在各民族中具有最充分准备的，是两千年来培育了独特思维方法的中华民族。不是在半个旧大陆，而是在人们能够居住或交往的整个地球，必定要实现统一的未来政治家的原始楷模是汉朝的刘邦。这样的政治家是中国人？日本人？还是越南人？或者朝鲜人？

池田说：

从两千年来保持统一的历史经验来看，中国有资格成为实现统一世界的新主轴。您这一说法，在考虑今后世界问题时，具有极为重要的启示。（页 294—295）

这两位著名的国际活动家，主要是从历史上和政治上谈论了中国的和世界的未来，其中也涉及文化。他们的意见，我觉得非常值得注意。至于我自己是否完全同意他们的意见，那是一个次要的问题。重要的是，在目前我们国内有那么一小撮人，声嘶力竭地想贬低中国，贬低中国文化，贬低中国的一切，在这样的时候，有像汤因比这样的通晓世界历史发展规律的大学者，说出了这样的意见，至少可以使这些人头脑清醒一下。你不是说月亮是外国的圆吗？你们中间不是有人竟认为中国连月亮都没有吗？现在有外国人来说，中国有月亮，中国的月亮也是圆的，而且圆得更美妙了。这一小撮人不是应该好好地反思一下吗？这一些人也许根本不知道汤因比是何许人。但那没有关系。他们最怕外国人，反正汤因比是外国人，这一点是错不了的。对这些人来说，这一点也就够了。我绝非听了外国人说中国月亮圆而飘飘然忘乎所以，把久已垂下的尾巴又翘了起来。中国的月亮也有阴晴圆缺，并不总是亮而圆的。但这是另一个问题。我们目前当务之急是全面地、实事求是地从最大的宏观上来考虑中国文化在世界上已经起过的作用和将来能够起的作用。在这样的时刻，兼听则明，汤因比和池田大作的意见是值得我们深思的。

对于人类文明前途的问题，我也曾胡思乱想过一些。我现在想从哲学上或者思想方法上来谈一谈我的想法。西方哲学或者思想方法是分析的，而东方的则是综合的。这两种方法异曲同工，各臻其妙。这已几乎是老生常谈，没有不同的看法。但是，对于分析的前途则恐怕是仁者见仁，智者见智。首先一个问题是：能不能永恒地分析下去？庄子说："一尺之棰，日取其半，万世不竭。"从理论上和逻辑上来讲，这是毫无问题的。但是，对具体的东西的分析，比如说对原子的分析，能不能越分越细，一至万世不竭呢？西方的自然科学走的就是分析的道路。一直到今天，这一条路是走得通的。现在世界上的物质文明就来源于此。这是事实，不容否认。但是，这一条路是否能永远走下去呢？在这里有两种意见：一种认为可以永远走下去，越分析越小，但永不能穷尽。一种认为不行，分析是有尽头的。我自己赞同后一种意见。至于我为什么赞同后者，我认为，这不是一个理论问题，而是一个实践问题。我自己解释不了，我也不相信别人的解释。只有等将来的实践来解答了。

我觉得，目前西方的分析已经走得够远了。虽然还不能说已经到了尽头，但是已经露出了强弩之末的端倪。照目前这样子不断地再分析下去，总有一天会走到分析的尽头。那么怎么办呢？我在上面已经说过，东西两大文化体系的关系从几千年的历史上来看是“三十年河东，三十年河西”。现在球已经快踢到东方文化的场地上来了。东方的综合可以济西方分析之穷，这就是我的信念。至于济之之方究竟如何，有待于事物（其中包含自然科学）的发展来提供了。

我从宏观上看中国文化，结果就是这样。希望有识之士共同来讨论。

1989 年 10 月 25 日写完

# 略说中国传统文化及其特点

说在中国传统文化的宝库中，中国传统道德是最重要的一部分内容，这话完全正确。因为从世界各国来看，像中国这样几千年如一日重视伦理道德的还没有第二个国家。什么叫中国传统道德？或者说中国传统道德有哪些内容呢？这个问题很复杂，每个人的回答都可能不一样。我讲讲自己的看法，我想这里面起码应包括这么几部分内容：

第一，正如我的老师——清华大学陈寅恪教授曾经说过的，《白虎通》当中的“三纲六纪”是中国文化的精华。什么叫“三纲”呢？就是君臣、父子、夫妇。他讲的当然是君为臣纲，父为子纲，夫为妻纲。这里边有糟粕，如夫妻应该是平等的，怎么男人成了女人的纲了呢？这个我们先不讲它。“六纪”，一是诸父，就是父亲的兄弟姊妹；二是兄弟；三是族人；四是诸舅，就是母亲家的人；五是师长；六是朋友。他说，这“三纲六纪”是中国文化的中心，我看他的话很有道理。因为人类自有社会以来，必然要有一种规则来维系，不然的话社会就会乱七八糟。现在马路上为什么要有交通警？为什么要有红绿灯？这就是一种规则，一种规章制度，要求大学都来遵守，这样社会生活才能进行。要是没有这些规则，社会生活就不能进行。《白虎通》的“三纲六纪”，把当时社会所有的人际关系都规定了。

第二，我们的文化还有一个提法，是我们的特点，就是“格、致、正、诚、修、齐、治、平”。意思就是格物、致知、正心、诚意、修身、齐家、治国、平天下八个步骤。先从自己开始格物，就是了解事物，了解以后致知，把规律找出来，正心、诚意就不用讲了，修身就是修自己，然后齐家，把家治好，然后再治国，治国以后是平天下，就是从个人内心一直到天下。那么，什么叫国，什么叫天下呢？在周代来讲，像齐国、燕国、郑国等国是国，天下则指整个周代的中国。现在像中国、日本叫国，天下就是世界。个人要从内心出发，正心、诚意，一直推到治国、平天下。这套系统的步骤，属于伦理道德范畴，也属于政治范畴，是其他任何国家所没有的。

第三，“礼义廉耻，国之四维”。就是说，礼义廉耻是国家的四个支柱。除了这个提法外，古人还提出了“孝悌忠信，礼义廉耻”等说法，意思都差不多。

上述三个方面是古代伦理道德最先最主要的内容。懂得了这三个方面的内容，大体就了解了中国伦理道德最基本的内容。我们的道德伦理又全面又有体系，其他的内容当然就多了，需要写一部中国伦理学史来阐述。

中国传统道德是中国传统文化当中最精华的内容，它在世界人类文明遗产中的特殊性非常之明显。为什么这么说呢？因为世界上任何国家，从古希腊一直到古印度，尽管每个国家都有自己的道德规范，每个民族都有自己的道德规范，可是内容这么全面、年代这么久远、涉及面这么广泛的道德规范，在全世界来看，中国是唯一的。现在中国周围这些国家，像日本、韩国、越南等，有一个名词叫汉文化圈，属于汉文化圈的国家基本上都受我国的影响。

我们一向讲中国是四大文明古国之一。现在我们的考古发现越多，就越证明我们的历史长久。随着考古学的不断进步，我估计将来考古发现不但有夏、有禹，一定还会有更古的尧、舜，还要往上发展。总而言之，我的看法是考古发现越多，我们的历史越长。这是从形成的历史时间看。

那么从具体内容上看，我们民族的特点就更明显了。

比如“孝”这个概念，“三纲五常”里面都有。除了中国以外，全世界各国都没有这么具体。何以证之呢？可以看一看欧洲现在社会的情况跟我们作比较。当然现在青年人也不像以前那样愚忠愚孝，“割肉疗母”我们也不提倡，可是就拿眼前来讲，我们中国的青年人还比世界各国的要孝得多，虽然程度不如以前了。我是研究语言的，有件事很有意思：把“孝”这个词（字）翻译为英语，用一个词翻译不出来，得用两个词。什么原因呢？因为虽然不能说外国没有孝，但是孝并非作为一个很重要的概念，所以译过去就得用两个词。英文里面两个什么词呢？就是儿女的“虔诚”与“尊敬”，而在中文中光一个“孝”就够了。这就说明“孝”这个词（字）有中国的特点。

我认为中国伦理道德中有两点值得提倡，第一点是讲气节、骨气。一个人要有骨头。我们现在不是还讲解放军硬骨头六连吗？文章也讲风骨。骨头本来是讲一种生理的东西，用到人身上，就是指人要讲气节。孟子就讲“富贵不能淫，贫贱不能移，威武不能屈，此之谓大丈夫”。富贵我们也不怕，贫贱我们也不怕，威武我们也不怕，这在别的国家是没有的。就是说作为一个人，我有我的人格，顶天立地，不管你多大的官，多么有钱，你做得不对我照样不买你的账。例子很多。《三国演义》里有个祢衡敢骂曹操，不怕他能杀人。近代的章太炎，他就敢在袁世凯住进中南海称帝时，到中南海新华门前骂袁称帝。这种骨气别的国家也不提倡。“骨气”这个词也不好译，翻成英文也得用两个词：道德的“反抗的力量”或者“不屈不挠的力量”，我们用一个“气节”“骨气”，多么简洁明了。我们中国的小说中，随便看看，都有像祢衡这样的人。我们为什么崇拜包公？就是因为他威武不能屈。皇帝掌握生杀大权，但皇帝做错了包公照样不买账；达官显贵虽然有钱有势，包公也照样不买账。这种品行外国是不提倡的。

我常对年轻人讲，不仅在国内要有人格，不能一见钱就什么都不讲了，出国也要有国格，不能忘记自己是中国人，不能忘记国格。

第二点是爱国主义。世界上真正提倡爱国主义的是中国。比如苏武北海牧羊而气节不改的故事，连小孩都知道。写《满江红》的抗金英雄岳飞，他的爱国精神更是历代传诵，后人在杭州西湖边专给他盖了一座庙。又如文天祥，谁都知道他的名言“人生自古谁无死，留取丹心照汗青”，全国都有他的祠堂。近代、现代的爱国英雄也多得很，如抗日战争中的张自忠、佟麟阁，等等。

当然，我们讲爱国主义要分场合，例如抗日战争里，我们中国喊爱国主义是好词，因为我们是正义的，是被侵略、被压迫的。压迫别人、侵略别人、屠杀别人的“爱国主义”是假的，是军国主义、法西斯。所以我们讲爱国主义要讲两点：一是我们绝不侵略别人，二是我们绝不让别人侵略。这样爱国主义就与国际主义、与气节联系上了。

关于中国传统道德在世界文明史中的地位问题，我想最好先举例来说明。大家都知道《歌德谈话录》这本书，在 1827 年 1 月 30 日歌德与爱克曼的谈话录中，歌德说，我今天看了一本中国的书：《好逑传》。中国人了不起，在中国人眼中，人跟宇宙合二为一（这是我这几年宣传的人与大自然和谐），男女谈情说爱，相互彬彬有礼，那么和谐、和睦，这个境界我们西方没有。可以说，《好逑传》在中国文学史上最多与《今古奇观》处在一个水平上，甚至中国文学史也不会写它。可是传到欧洲，当时欧洲文化的第一代表人歌德却大加赞美。但他是有根据的。虽然我国这类才子佳人题材的小说有些理想化，像《西厢记》。但是在当时的西方文化泰斗看来，起码中国作者心中的境界是很高的。歌德指出的这一点不是很值得我们回味吗？

我认为，从世界文化的发展趋向看，中国文化包括中国道德的精华，在 21 世纪的将来，会在人类精神文明的发展中，发挥更重要的作用。这是我所期望的。

1990 年

# 国学漫谈

《国学，在燕园又悄然兴起》[1]一文，在国内外一部分人中引起了轰动。据我个人看到的国内一些报纸和香港的报纸，据我收到的一些读者来信看，读者们是热诚赞成文章的精神的。

想要具体的例证，那可以说是俯拾即是。前不久，我曾就东方文化和国学作过一次报告。一位青年同志写了一篇“侧记”，叙述这一次报告的情况（王之昉《高屋建瓴启迪后人》,《人民日报》1993 年 12 月 1 日第三版）。读者如有兴趣，可以参阅。我因为是当事人，有独特的感触，所以不避啰唆之嫌，在这里对那天的情况再讲上几句。

那是一个阴雨连绵的晚间，天气已颇有寒意。报告定

① 作者为毕全忠，载于《人民日报》1993 年 8 月 16 日第三版。

在晚上七时。我毫无自信，事先劝同学们找一个不太大的教室，能容下一百人就行了。我是有私心的，害怕人少，讲者孑然坐在讲台上，面子不好看。然而他们坚持找电教大楼的报告大厅，能容下四百人。完全出我意料，不但座无虚席，而且还有不少人站在那里，或坐在台阶上，都在静静地谛听，整个大厅里鸦雀无声。我这个年届耄耋的世故老人，内心里十分激动，眼泪在眼睛里打转。据说，有人五点半就去占了座位。面对这样一群英姿勃发的青年，我心里一阵阵热浪翻滚，笔墨语言都是形容不出来的。

海外不是有一些人纷纷扬扬，说北大学生不念书，很难对付吗？上面这现象又怎样解释呢？

人世间有果必有因。上面说的这种情况也必有其原因。我经过思考，想用两句话来回答：顺乎人心，应乎潮流。

我们中华民族拥有五千年的光辉灿烂的文化，对人类做出了卓越的贡献。很难想象，世界上如果缺少了中华文化会是一个什么样子。前几年，弘扬中华优秀文化的号召一经提出，立即受到了国内外炎黄子孙的热烈拥护。原因何在呢？这个号召说到了人们的心坎上。弘扬什么呢？怎样来弘扬呢？这就需要认真地研究。我们的文化五色杂陈，头绪万端。我们要像韩愈说的那样："沉浸酿郁，含英咀华"，经过这样细细品味、认真分析的工作，把其中的精华寻找出来，然后结合具体情况，从而发扬光大之，期有利于中国人民和世界人民的前进与发展。“国学”就是专门做这件工作的一门学问。旧版《辞源》上说：“国学，一国所固有之学术也。”话虽简短朴实，然而却说到了点子上。七八十年以来，这个名词已为大家所接受。除了“脑袋里有一只鸟”的人（借用德国现成的话），大概不会再就这个名词吹毛求疵。如果有人有兴趣有工夫去探讨这个词儿的来源，那是他自己的事，我无权反对。

国学绝不是“发思古之幽情”。表面上它是研究过去的文化的，因此过去有一些学者使用“国故”这样一个词儿。但是，实际上，它既与过去有密切联系，又与现在甚至将来有密切联系。现在我们不是都谈建设有中国特色的社会主义吗？什么叫“特色”？特色表现在什么地方？我曾反复思考过这个问题。我觉得，科技对我们国家建设来说，对发展生产力来说，是非常重要的，万万不能缺少的。但是，科技却很难表现出什么特色。你就是在原子能、电脑、宇宙飞船等等尖端科技方面，有突出的成就，超过了世界先进国家，同其他国家比较起来，也只能是程度的差别，是水平的差别，谈不到什么特色。我姑且称这些东西为“硬件”。硬件的本质都是一样的，没有什么特色可言。

特色最容易表现在精神文化方面，我姑且称之为“软件”，哲学、宗教、文学、艺术、伦理、道德、经营、管理等等都属于这个范畴。这些东西也是能够交流的，所谓“固有”并不排除交流，这个道理属于常识范围。以上这些学问基本上都保留在我们所说的“国学”中。其中有不少的东西可以说是中华文化、中华智慧的结晶，直至今日，不但对中国人发挥影响，它的光辉也照到了国外去。最近听一位国家教委的领导说，他在新德里时亲耳听到印度总统引用中国《管子》关于“十年树木，百年树人”的话，在巴基斯坦他也听到巴基斯坦总理引用中国古书中的话，足征中华智慧已深入世界人民之心。这是我们中国人应该感到骄傲的。所有这一些中国智慧都明白无误地表露了中国的特色。它产生于中国的过去，却影响了中国和世界的今天，连将来也会受到影响。事实已经证明，连外国人都会承认这一点的。

国学的作用还不就到此为止，它还能激发我们整个中华民族的爱国热情。“爱国主义”是一个好词儿，没有听到有人反对过。但是，我总觉得，爱国主义有真伪之分。在历史上，被压迫被侵略的民族，为了自己的生存与尊严，不惜洒热血、抛头颅，奋抗顽敌，伸张正义。这是真爱国主义。反之，压迫别人侵略别人的民族，有时候也高呼爱国主义，然而却不惜灭绝别的民族。这样的“爱国主义”

是欺骗自己人民的口号，是蒙蔽别国人民的幌子。它实际上是极端民族沙文主义的遮羞布。例子不用举太远的，近代的德、意、日法西斯主义就是这一类货色。这是伪爱国主义。

中国的爱国主义怎样呢？它在主体上是属于真爱国主义范畴的。有历史为证，不管我们在漫长的封建时期内，“天朝大国”的口号喊得多么响，事实上我国始终有外来的侵略者，主要来自北方，先后有匈奴、突厥、辽、金、蒙、满等等。今天，这些民族基本上都成了中华民族的组成部分，但在当时只能说是敌对者，我们不能否定历史的本来面目。在历史上，连一些雄才大略的开国君主也难以逃避耻辱。刘邦曾被困于平城，李渊曾称臣于突厥，这是最明显的例子。我们也不能说，中国过去没有主动地侵略别人过，这情况也是有过的，但不是主流，主流是中国始终受到外来的威胁。正是由于这个原因，我们中国人民敬仰、歌颂许多爱国者，岳飞、文天祥、史可法等等都是。一直到今天，爱国主义，真正的爱国主义，始终左右我们民族的心灵。我常说，北京大学的优良传统之一，就是爱国主义，我这说法得到了许多人的赞同。探讨和分析中国爱国主义的来龙去脉，弘扬爱国主义思想，激发爱国主义热情，是我们今天“国学”的重要任务，国学的任务可能还可以举出一些来，以上三大项，我认为，已充分说明其重要性了。我上面说到“顺乎人心，应乎潮流”，我现在所谈的就是“人心”，就是“潮流”。我没有可能对所有的人都调查一番。我所说的“人心”，可能有点局限。但是，一滴水中可以见宇宙，从燕园来推测全国，不见得没有基础。我最近颇接触了一些青年学生。我发现，他们是很肯动脑筋的一代新人。有几个人告诉我，他们感到迷惘。这并不是坏事，这说明他们正在那里寻觅祛除迷惘的东西，正在那里动脑筋。他们成立了许多社团，有的名称极怪，什么“吠陀”，什么禅学，这一类名词都用上了。也许正在燕园悄然兴起的“国学”，正投了他们之所好，顺了他们的心。否则怎样来解释我在本文开头时说的那种情况呢？中国古话说“得道多助，失道寡助”，顺应人心和潮流的就是“道”。

但是，正如对人世间的万事万物一样，对国学也有不同的看法。提倡国学要有点勇气，这话是我说出来的。在我心中主要指的是以十年浩劫为代表的那一股极左思潮。我可万万没有想到，今天半路上竟杀出来了一个程咬金，在小报上写文章嘲讽国学研究，大扣帽子。不知国学究竟于他何害，我百思不得其解。无独有偶，北师大古籍研究所编纂《全元文》，按说这工作有百利而无一弊，然而竟也有人想全面否定。我觉得，有这些不同意见也无妨。国学，弘扬中华优秀文化，既然是顺乎人心、应乎潮流的事业，必然会发展下去的。

1993 年 12 月 24 日

# 作　文

## 一

当年，我还是学生时，从小学到大学，都有“国文”一门课，现在似乎是改称“语文”了。国文课中必然包括作文一项，由老师命题，学生写作。然后老师圈点批改，再发还学生，学生细心揣摩老师批改处，总结经验，以图进步。大学或其他什么学一毕业，如果你当了作家，再写作，就不再叫作文，而改称写文章，高雅得多了。

作文或写文章有什么诀窍吗？据说是有的。旧社会许多出版社出版了一些“作文秘诀”之类的书，就是瞄准了学生的钱包，立章立节，东拼西凑，洋洋洒洒，神乎其神，实际上是一派胡言乱语，谁要想从里面找捷径，寻秘诀，谁就是天真到糊涂的程度，花了钱，上了当，“赔了夫人又折兵”。

据我浏览所及，古今中外就没有哪一位大作家真正靠什么秘诀成名成家的。记得鲁迅或其他别的作家曾说过，“作文秘诀”一类的书是绝对靠不住的。想要写好文章，只能从多读多念中来。清代的《古文观止》或《古文辞类纂》一类的书，大概就是为了这个目的而编选的。结果是流传数百年，成为家喻户晓的书，我们至今尚蒙其利。

我从小就背诵《古文观止》中的一些文章，至今背诵上口者尚有几十篇。从小学一直到高中前半，写作文用的都是文言。在小学时，作文不知道怎样开头，往往先来上一句“人生于世”，然后再苦思苦想，写下面的文章。写的时候，有意或无意，模仿的就是《古文观止》中的某一篇文章。

在读与写的过程中，我逐渐悟出了一些道理。现在有人主张，写散文可以随意之所之，愿写则写，不愿写则停，率性而行，有如天马行空，实在是潇洒之至。这样的文章，确实有的。但是，读了后怎样呢？不但不如天马行空，而且像驽马负重，令人读了吃力，毫无情趣可言。

古代大家写文章，都不掉以轻心，而是简练揣摩，惨淡经营，字斟句酌，瞻前顾后，然后成篇，成为一件完美的艺术品。这一点道理，只要你不粗心大意，稍稍留心，就能够悟得。欧阳修的《醉翁亭记》，通篇用“也”字句，不是一个最明显的例子吗？

元刘壎的《隐居通议》卷十八讲道：“古人作文，俱有间架，有枢纽，有脉络，有眼目。”这实在是见道之言。这些间架、枢纽、脉络、眼目是从哪里来的呢？回答只有一个，从惨淡经营中来。

## 二

对古人写文章，我还悟得了一点道理：古代散文大家的文章中都有节奏，有韵律。节奏和韵律，本来都是诗歌的特点，但是，在优秀的散文中也都可以找到，似乎是不可缺少的。节奏主要表现在间架上。好比谱乐谱，有一个主旋律，其他旋律则围绕着这个主旋律而展开，最后的结果是：浑然一体，天衣无缝。读好散文，真如听好音乐，它的节奏和韵律长久萦绕停留在你的脑海中。

最后，我还悟得一点道理：古人写散文最重韵味。提到“味”，或曰“口味”，或曰“味道”，是舌头尝出来的。中国古代钟嵘《诗品》中有“滋味”一词，与“韵味”有点近似，而不完全一样。印度古代文论中有rasa（梵文）一词，原意也是“口味”，在文论中变为“情感”（sentiment）。这都是从舌头品尝出来的“美”转移到文艺理论上，是很值得研究的现象。这里暂且不提。我们现在常有人说“这篇文章很有味道”，也出于同一个原因。这“味道”或者“韵味”是从哪里来的呢？细读中国古代优秀散文，甚至读英国的优秀散文，通篇灵气洋溢，清新俊逸，绝不干瘪，这就叫做“韵味”。一篇中又往往有警句出现，这就是刘壎所谓的“眼目”。比如骆宾王《为徐敬业讨武曌檄》中的“一抔之土未干，六尺之孤何托！”两句话，连武则天本人读到后都大受震动，认为骆宾王是一个人才。王勃《滕王阁序》中有两句“落霞与孤鹜齐飞，秋水共长天一色”，也使主人大为激赏，这就好像是诗词中的炼字炼句。王国维说，有此一字而境界全出。我现在把王国维关于词的“境界说”移用到散文上来，想大家不会认为唐突吧。

纵观中国几千年写文章的历史，在先秦时代，散文和赋都已产生。到了汉代，两者仍然同时存在而且同时发展。散文大家有司马迁等，赋的大家有司马相如等等。到了六朝时代，文章又有了新发展，产生骈四俪六的骈体文，讲求音韵，着重词彩，一篇文章，珠光宝气，璀璨辉煌。这种文体发展到了极端，就走向形式主义。韩愈“文起八代之衰”，指的就是他用散文，明白易懂的散文，纠正了骈体文的形式主义。从那以后，韩愈等所谓“唐宋八大家”的文章，就俨然成为文章正宗。但是，我们不要忘记，韩愈等八大家，以及其他一些家，也写赋，也写类似骈文的文章。韩愈的《进学解》，欧阳修的《秋声赋》，苏轼的前后《赤壁赋》等等，都是例证。

这些历史陈迹，回顾一下，也是有好处的。但是，我要解决的是现实问题。

## 三

我要解决什么样的现实问题呢？就是我认为现在写文章应当怎样写的问题。

就我管见所及，我认为，现在中国散文坛上，名家颇多，风格各异。但是，统而观之，大体上只有两派：一派平易近人，不求雕饰；一派则是务求雕饰，有时流于做作。我自己是倾向第一派的。我追求的目标是：真情流露，淳朴自然。

我不妨引几个古人所说的话。元盛如梓《庶斋老学丛谈》卷中上说：“晦庵（朱子）先生谓欧苏文好处只是平易说道理。……又曰：作文字须是靠实说，不可架空细巧。大率七八分实，二三分文。欧文好者，只是靠实而有条理。”

上引元刘壎的《隐居通议》卷十八说：“经文所以不可及者，以其妙出自然，不由作为也。左氏已有作为处，太史公文字多自然。班氏多作为。韩有自然处，而作为处亦多。柳则纯乎作为。欧、曾俱出自然。东坡亦出自然。老苏则皆作为也。荆公有自然处，颇似曾文。唯诗也亦然。故虽古作者俱不免作为。渊明所以独步千古者，以其浑然天成，无斧凿痕也。韦、柳法陶，纯是作为。故评者曰：陶彭泽如庆云在霄，舒卷自如。”这一段评文论诗的话，以“自然”和“作为”为标准，很值得玩味。所谓“作为”就是“做作”。

我在上面提到今天中国散文坛上作家大体上可以分为两派，与刘壎的两个标准完全相当。今天中国的散文，只要你仔细品味一下，就不难发现，有的作家写文章非常辛苦，“作为”之态，皎然在目。选词炼句，煞费苦心。有一些词还难免有似通不通之处。读这样的文章，由于“感情移入”之故吧，读者也陪着作者如负重载，费劲吃力。读书之乐，何从而得？

在另一方面，有一些文章则一片真情，纯任自然，读之如行云流水，毫无扞格不畅之感。措词遣句，作者毫无生铸硬造之态，毫无“作为”之处，也是由于“感情移入”之故吧，读者也同作者一样，或者说是受了作者的感染，只觉得心旷神怡，身轻如燕。读这样的文章，人们哪能不获得最丰富活泼的美的享受呢？

我在上面曾谈到，有人主张，写散文愿意怎样写就怎样写，愿写则写，愿停则停，毫不费心，潇洒之至。这种纯任“自然”的文章是不是就是这样产生的呢？不，不，绝不是这样。我在上面已经谈到惨淡经营的问题。我现在再引一句古人的话，《湛渊静语》上引柳子厚答韦中立云：“故吾每为文章，未尝敢以轻心掉之。”上面引刘壎的话说“柳则纯乎作为”，也许与此有关。但古人为文绝不掉以轻心，惨淡经营多年之后，则又返璞归真，呈现出“自然”来。其中道理，我们学为文者必须参悟。

1997年10月30日

# 成语和典故

成语，旧《辞源》的解释是："谓古语也。凡流行于社会，可征引以表示己意者皆是。"典故，《现代汉语词典》的解释是："诗文里引用的古书中的故事或词句。"后者的解释不够全面，除了"古典"外，有些人还用"今典"这个词儿。

成语和典故是一种语言的精华，是一个民族智慧的结晶，是高水平文化的具体表现。短短几个字或一句话，却能唤起人们的联想，能蕴涵无穷无尽的意义，有时是用千言万语也难以表达清楚的。中国古代文人，特别是诗人和词人，鲜有不用典者，一个最著名的例外是李后主。

在世界上各大民族中，成语和典故最丰富多彩的是哪一个民族呢？这个问题，我想，考虑到的人极少极少，反正我还没有遇到呢。我自己过去也从未想到过，只是到了最近，我才豁然开朗：是中国。

中国汉语浩如瀚海的诗文集是最好的证明。没有足够的古典文献的知识，有些诗词古文是无法理解的。许多古代大家的诗文集，必须有注释才能读得懂。有的大家，注释多到数十家，数百家，其故就在于此。

这情况不但见于古典诗文，连老百姓日常习用的口语也不能避免，后者通常被称为“成语”。成语和典故的区分，有时真是难解难分。我的初步的肤浅的解释是，成语一般限于语言，典故则多见诸文字。我们现在每个人每天都要说话（哑巴当然除外），话中多少都用些成语，多半是无意识的，成语已经成为我们口语中不可或缺的一个组成部分了。

成语的量大得不得了，现在市面上流行着许多版本的《汉语成语大词典》可以为证。例子是举不胜举的，现在略举数例，以见一斑。“司空见惯”“一箭双雕”“滥竽充数”“实事求是”“每况愈下”“连中三元”“梅开二度”“独占鳌头”“声东击西”“坐井观天”“坐山观虎斗”“坐失良机”“座无虚席”“坐以待毙”“闻鸡起舞”，等等，等等。这不过只是沧海一粟而已。在我这篇短文中，我就不自觉地使用了一些典故。连电视中的体育报告员，嘴里也有不少成语。比如，踢足球踢进第二个球，则报告员就用“梅开二度”，连踢进三个球，则是“连中三元”了。连不识字的农民有时也想“转”（读音 zhuǎi）文，使用成语，比如，“实事求是”，对一个农民来说实在太拗口，他便改为“以实求实”。现在常听人说“不尽人意”，实际上应该是“不尽如人意”，去掉“如”字，是不通的。但是，恐怕约定俗成，将来“不尽人意”就会一统天下了。

汉语的优点是说不完的，今天只能讲到这里，等以后有机会再来啰唆。

1999 年 10 月 16 日

# 漫谈词典

我先从宏观上讲起。中国几千年的历史证明了一件事：一个民族的语言文字是随时变动的，绝不会是一成不变的。变动是绝对的，不变是相对的，而变动之权是操在使用这种语言文字的人民大众的手中的。

宇宙间万事万物无时无刻不在变动中，人类社会也是如此。存在决定意识，人们的思想感情必然会随着社会环境的变化而变化，作为思想感情的载体的语言文字焉能不随时变化？要求或者强制它不变是绝对办不到的。

但是，在世界历史上和中国历史上，都有政府企图使语言文字固定不变的尝试。中国的秦始皇就是一个例子。他那“书同文”的政策不能说一点效果都没有。它统一了六国的文字，为中国大统一做出了贡献。但是，从长远处来看，它并没能阻止汉字的变化。

既然语言和文字随时都在变化，那么收罗字和词的字典和词典或辞典应该怎么办？

答复似乎是异常简单的：跟着变。

但是实际情况却并不这样简单。中国自古以来就有多种多样的名目繁多的内容不同的字典和词典，或者不叫字典或词典，而有字典和词典之实的，应当根据不同情况来加以处理。比如有名的《康熙字典》，流传已数百年，所收的字和对字的解释已不属于活的语言的范畴。我们今天仍然查这一部字典，但用不着再出《新版康熙字典》。

而那些与现在流行的语言文字有关的字典或词典就不能这样处理。我在上面已经讲到语言文字在随时变化，字典必须能顺应这种变化，绝不能以不变应万变，那样的字典是没有用的。现在看书看报，经常遇到一些新词，例子多得无法列举。从小孩子嘴中常常能听到一些他们自己创造的新词，而且这些词并不固定，流行了一阵以后，立即销声匿迹，又有一批新词来代替。比如眼前的报纸上“入世”一词特别多，知情者知道这是“加入世界贸易组织”的缩写。可是，如果一个老外看中国报纸，遇到这个他不懂的词，想查一下《汉语词典》。我想他肯定会失望的。在当前的中国，这样的缩写词比比皆是，这样做自有其必要性，而且这样的词寿命也不会太长。词典怎样来反应呢？这是一个值得探讨的问题，反正以不变应万变是不行的。再举一个我在广播中听到的词——亮（或靓）丽，听到了不止一次，似乎已为一部分人所承认。这样的词又如何处理？反正也不能置若罔闻。人民大众创造的词，到了什么时候，达到了什么流行的程度，才能被收入词典？收与不收，由谁来决定？这都是必须回答的问题，不但回答，而且还要见诸行动。这是我切盼解决的问题。我再说一遍，以不变应万变是不行的。

2000 年 1 月 31 日

# 我和东坡词

几年前的一段亲身经历，至今回忆起来，历历如在目前；然而其中的一点隐秘，我却始终无法解释。

患了老年性白内障，要动手术。要说怕得不得了，还不至于；要说心里一点波动都没有，也不是事实。坐车到医院去的路上，同行的人高谈阔论，我心里有点忐忑不安，一点也不想参加，我静默不语，在半梦幻状态中，忽然在心中背诵起来了苏东坡的词：

> 明月几时有？把酒问青天。不知天上宫阙，今夕是何年。我欲乘风归去，又恐琼楼玉宇，高处不胜寒。起舞弄清影，何似在人间！　转朱阁，低绮户，照无眠。不应有恨，何事长向别时圆？人有悲欢离合，月

有阴晴圆缺，此事古难全。但愿人长久，千里共婵娟。

默诵完了一遍，再从头默诵起，最终自己也不知道，究竟默诵了多少遍，汽车到了医院。

在这样的时候，在这样的地方，我为什么单单默诵东坡这一首词，我至今不解。难道它与我当时的处境有什么神秘的联系吗?

在医院里住了几天，进行了细致的体检，终于把我送进了手术室。主刀人是施玉英大夫，号称“北京第一刀”，技术精湛，万无一失，因此我一点顾虑都没有。但因我患有心脏病，为了保险起见，医院特请来一位心脏科专家，并运来极大的一台测量心脏的仪器，摆在手术台旁，以便随时监测我心跳的频率。于是我就有了两位大夫。我舒舒服服地躺上了手术台。动手术的右眼虽然进行了麻醉，但我的脑筋是十分清楚的，耳朵也不含糊。手术开始后，我听到两位大夫慢声细语地交换着意见，间或还听到了仪器碰撞的声音。一切我都觉得很美妙。但是，我又在半梦幻的状态中，心里忽然又默诵起宋词来，仍然是苏东坡的，不是上面那一首，而是：

缥缈红妆照浅溪，薄云疏雨不成泥。送君何处古台西。　废沼夜来秋水满，茂林深处晚莺啼。行人肠断草凄迷。

我仍然是循环往复地默诵，一遍又一遍，一直到走下手术台。

在这样的时候，在这样的地方，我为什么偏偏又默诵起词来，而且又是东坡的。其原因我至今不解。难道这又与我当时的处境有什么神秘的联系吗？

这样的问题，我无法解释。

但是，我觉得，如果真要想求得一个答复，也是有可能找得到的。

我不是诗词专家，只有爱好，不懂评论。可是读得多了，管窥蠡测，似乎也能有点个人的看法。现在不妨写了出来，供大家品评。

中国词家一向把词分为婉约与豪放两派。每一派中的诸作者也都各有特点，不完全是一个模样。在婉约派中，我最喜欢的是李后主、李易安和纳兰性德。在豪放派中，我最欣赏的是苏东坡。

原因何在呢？

我想提出一个真正的专家学者从来没有提过的肯定是野狐谈禅的说法。为了把问题说明白，我想先拉一位诗人来作陪，他就是李太白。我个人浅见认为，太白和东坡是中国几千年的文学史上两位最有天才的最伟大的作家。他们俩共同的特点是：为文如万斛泉涌，不择地而出，文不加点，倚马可待。每一首诗词，好像都是一气呵成，一气流转。他们写的时候，笔不停挥，欲住不能；我们读的时候，也是欲停不能，宛如高山滑雪，必须一气到底，中间绝无停留的可能。这一种气或者气势，洋溢充沛在他们诗词之中，霈然不可抗御。批评家和美学家怎样解释这个现象，我不得而知，这现象是明明白白地存在着的，我则丝毫也不怀疑。

我在下面举太白的几首诗，以资对比：

长安一片月，万户捣衣声。秋风吹不尽，总是玉关情。何日平胡虏，良人罢远征。

明月出天山，苍茫云海间。长风几万里，吹度玉门关。

蜀僧抱绿绮，西下峨嵋峰。为我一挥手，如听万壑松。

你无论读上面哪一首诗，你能中途停下吗？真仿佛有一股力量，一股气势，在后面推动着你，非读下去不行，读东坡的词，亦复如是。这就是我独独推崇东坡和太白的原因。

这种想法，过去并没有明确地意识到过，它埋藏在我心中有年矣。白内障动手术是我平生一件大事，它触动了我的内心，于是这种想法就下意识地涌出来，东坡词适逢其会自然流出了。

我的文艺理论水平低，只能说出，无法解释，尚望内行里手有以教我。

2000 年 3 月 20 日

# 我的美人观

说清楚一点，就是：我怎样看待美人。

纵观动物世界，我们会发现，在雌雄之间，往往是雄的漂亮、高雅，动人心魄，惹人瞩目。拿狮子来说，雄狮多么威武雄壮，英气磅礴。如果张口一吼，则震天动地，无怪有人称之为兽中之王。再拿孔雀来看，雄的倘一开屏，则遍体金碧耀目，非言语所能形容。仪态万方，令人久久不能忘怀。

但是，一讲到人美，情况竟完全颠倒过来。我们不知道，造物主囊中卖的是什么药。她（他，它）先创造人中雌（女人）。此时她大概心情清爽，兴致昂扬，精雕细琢，刮垢磨光。结果是创造出来的女子美妙、漂亮、悦目、闪光。她看到了自己的作品，左看右看，十分满意，不禁笑上脸庞。

但是，她立刻就想到，只造女人是不行的。这样怎么能传宗接代呢？必须再创造人中雌的对应物人中雄。这样创造活动才算完成。

这样想过，她立即着手创造人中雄。此时，她的心情比较粗疏，因此手法难以细腻。结果是，造出来的人中雄，一反禽兽的标格，显得有点粗陋。连她自己都并不怎样满意。但是，既然造出来了，就只能听之任之，不必再返工了。

到了此时，造物主老年忽发少年狂，决心在本来已经很秀丽、美妙、赏心悦目的人中雌中再创造几个出类拔萃、傲视群雌的超级美人。于是人类中就出现了西施、明妃、赵飞燕、貂蝉、二乔、杨贵妃、柳如是、董小宛、陈圆圆等等出类拔萃的超级美人。这样一来，在中国老百姓的中国史观中，就凭空增添了几分靓丽，几分滋润，几分光彩，几分清芬。

打油一首：

中华自古重美人，
西施貂蝉论纷纭。
美人只今仍然在，
各为神州添馨淳。

但是，我还是有问题的。世界文明古国，特别是亚洲文明古国，不止中国一个。为什么只有中国传留下来这么多超级美人，而别的国家则毫无所闻呢？我个人认为，这绝不是一个无足轻重的问题。如果研究比较文化史，这个问题绝对躲不过去的。目前，我对于这个问题考虑得还不够深透。我只能说，中国老百姓的中国史观，是丰富多彩的，有滋有味的，不是一堆干巴巴的相斫书。

我现在越来越不安分了，越来胆子越大了。我想在太岁头上动一下土，探讨一下“美人”这个美字的含义。我没有研究过美学，只记得在很多年以前，中国美学论坛上忽然爆发了一场论战。我以一个外行人的身份，从窗外向论坛上瞥了一眼，只见专家们意气风发，舌剑唇枪争得极为激烈。有的学者主张，美是主观的。有的学者主张美是客观的。有的学者主张，美是主客观相结合的。像美这样扑朔迷离、玄之又玄的现象或者问题，一向难以得到大家一致同意的结论或者解释的。专家们讨论完了，一哄而散，问题仍然摆在那里，原封未动。

我想从一个我认为是新的观点中解决问题。我认为，美人之所以被称为美人，必然有其异于非美人者。但是，她们也只具有五官四肢，造物主并没有给她们多添上一官一肢，也没有挪动官肢的位置，只在原有的排列上卖弄了一点手法，使这个排列显得更匀称，更和谐，更能赏心悦目。

美人身上有多处美的亮点，我现在不可能一一研究。我只选其中一个最引人注意的来谈一谈，这就是细腰的问题。这是一个极老的问题，但是，无论多么古老，也古老不到蒙昧的远古。那时候，人类首要的问题是采集野果，填饱肚子。男女都整天奔波，男女的腰都是粗而又粗的。哪里有什么余裕来要妇女细腰呢？大概到了先秦时期，情况有了改变。《诗经》第一篇中的"苗条（窈窕）淑女，君子好逑"，苗条二字，无论怎样解释也离不开妇女的腰肢。先秦典籍中还有"楚王好细腰，宫中多饿死"的记载。可见此风在高贵不劳动的妇女中已经形成。流风所及，延续未断，可以说到今天也并没有停住。

中国古典诗词中，颇有一些描绘美人的文章。其中讲到美人的各个方面，细腰当然不会遗漏。我现在从宋词中选取几个例子，以见一斑。

1. 柳永《乐章集・木兰花》

酥娘一搦腰肢袅。回雪萦尘皆尽妙。几多狎客看无厌，一辈舞童功不到。　星眸顾拍精神峭。罗袖迎风身段小。而今长大懒婆娑，只要千金酬一笑。

2. 柳永《乐章集·浪淘沙令》

有个人人。飞燕精神。急锵环佩上华茵。促拍尽随红袖举，风柳腰身。

3. 柳永《乐章集·合欢带》

身材儿、早是妖娆，算风措、实难描。一个肌肤浑似玉，更都来、占了千娇。妍歌艳舞，莺惭巧舌，柳妒纤腰。自相逢，便觉韩娥价减，飞燕声消。

4. 柳永《乐章集·少年游》

世间尤物意中人。轻细好腰身。

5. 秦观《淮海集·虞美人影》

妒云恨雨腰肢袅，眉黛不堪重扫。薄幸不来春老，羞带宜男草。

6. 秦观《淮海集·昭君怨》

隔叶乳鸦声软。啼断日斜阴转。杨柳小腰肢，画楼西。

7. 贺方回《万年欢》

吴都佳丽苗而秀，燕样腰身，按舞华茵。

8. 秦观《淮海集·满江红》

越艳风流，占天上、人间第一。须信道，绝尘标致，倾城颜色。 翠绾垂螺双髻小。柳柔花媚娇无力。笑从来、到处只闻名，今相识。

9. 辛弃疾《临江仙》

小靥人怜都恶瘦，曲眉天与长颦。沉思欢事惜腰身。枕添离别泪，粉落却深匀。

宋词里面讲到细腰的地方，大体就是这样。遗漏几个地方，无关大局，不影响我的推论。

中国其他古典诗词中，也有关于细腰的叙述。因为同我要谈的主要问题无关，我就不谈了。

我现在的首要任务是解释一下，为什么细腰这个现象会同美联系起来。简捷了当地说一句话，我是想使用德国心理学家 Lipps 的“感情移入”的学说来解决这个问题。比如说，你看一个细腰的美女走在你的眼前，步调轻盈，柔软，好像是曹子建眼中的洛神。你一时失神，产生了感情移入的效应，仿佛与细腰女郎化为一体，得大喜悦，飘飘欲仙了。真诚的喜悦，同美感是互相沟通的。

# 江山胜迹

# 访绍兴鲁迅故居

一转入那个地上铺着石板的小胡同，我立刻就认出了那一个从一幅木刻上久已熟悉了的门口。当年鲁迅的母亲就是在这里送她的儿子到南京去求学的。

我怀着虔敬的心情走进了这一个简陋的大门。我随时在提醒自己：我现在踏上的不是一个平常的地方。一个伟大的人物、一个文化战线上的坚强的战士就诞生在这里，而且在这里度过了他的童年。

对于这样一个人物，我从中学时代起就怀着无限的爱戴与向往。我读了他所有的作品，有的还不止一遍。有一些篇章我甚至能够背诵得出。因此，对于他这个故居我是十分熟悉的。今天虽然是第一次来到这里，我却感到我是来到一个旧游之地了。

房子已经十分古老，而且结构也十分复杂，不像北京的四合院那样，让人一目了然。但是我仍觉得这房子是十分可爱的。我们穿过阴暗的走廊，走过一间间的屋子。我们看到了鲁迅祖母给他讲故事的地方，看到长妈妈在上面睡成一个“大”字的大床，看到鲁迅抄写《南方草木状》用的桌子，也看到鲁迅小时候的天堂——百草园。这都是一些普普通通的东西和地方，一点也看不出有什么神奇之处。但是，我却觉得这都是极其不平常的东西和地方。这里的每一块砖、每一寸土、桌子的每一个角、椅子的每一条腿，鲁迅都踏过、摸过、碰过。我总想多看这些东西一眼，在这些地方多流连一会。

鲁迅早已离开这个世界了。他生前，恐怕也很久没有到这一所房子里来过了。但是，我总觉得，他的身影就在我们身旁。我仿佛看到他在百草园里拔草捉虫，看到他同他的小朋友闰土在那里谈话游戏，看到他在父亲严厉监督之下念书写字，看到他做这做那。

这个身影当然是一个小孩子的身影。但是，就是当鲁迅还是一个小孩子的时候，他那坚毅刚强的性格已经有所表露。在他幼年读书的地方三味书屋里，我们看到了他用小刀刻在桌子上的那一个“早”字。故事是大家都熟悉的：有一天，他不知道是由于什么原因，上学迟到了，受到了老师的责问。他于是就刻了这一个字，表示以后一定要来早。以后他就果然再没有迟到过。

这是一件小事。然而，由小见大，它不是很值得我们深思自省吗?

这坚毅刚强的性格伴随了鲁迅一生。“他没有丝毫的奴颜和媚骨”，他一生顽强战斗，追求真理。“横眉冷对千夫指，俯首甘为孺子牛。”他对人民是一个态度，对敌人是完全不同的另一个态度。谁读了这样两句诗，不深深地受到感动呢?现在我在这一间阴暗书房里看到这一个小小的“早”字，我立刻想到他那战斗的一生。在我心目中，他仿佛成了一块铁，一块钢，一块金刚石。刀砍不断，石砸不破，火烧不熔，水浸不透。他的身影突然大了起来，凛然立于宇宙之间，给人带来无限的鼓舞与力量。

同刻着“早”字的那一张书桌仅有一壁之隔，就是鲁迅文章里提到的那一个小院子。他在这里读书的时候，常常偷跑到这里来寻蝉蜕，捉苍蝇。院子确实不大，大概只有两丈多长、一丈多宽。墙角上长着一株腊梅，据说还是当年鲁迅在这里读书时的那一棵。按年岁计算起来，它的年龄应该有一百八十岁了。可是样子却还是年轻得很。梗干茁壮坚挺，叶子是碧绿碧绿的。浑身上下，无限生机；看样子，它还要在这里站上一千年。在我眼中，这一株腊梅也仿佛成了鲁迅那坚毅刚强的，威武不能屈、富贵不能淫的性格的象征。我从地上拾起了一片叶子，小心地夹在我的笔记本里。

把树叶夹在笔记本里，回头看到一直陪我们参观的闰土的孙子在对着我笑。我不了解他这笑是什么意思。也许是笑我那样看重那一片小小的叶子；也许是笑我热得满脸出汗。不管怎样，我也对他笑了一笑。我看他那壮健的体格，看他那浑身的力量，不由得心里就愉快起来，想同他谈一谈。我问他的生活情况和工作情况，他说都很好，都很满意。我这些问题其实都是多余的。从他那满脸的笑容、全身的气度来看，他生活得十分满意、工作得十分称心，不是很清清楚楚的吗?

我因此又想到他的祖父闰土。当他隔了许多年又同鲁迅见面的时候，他不敢再承认小时候的友谊，对着鲁迅喊了一声“老爷”。这使鲁迅打了一个寒噤。他给生活的担子压得十分痛苦，但却又说不出。这又使鲁迅吃了一惊。可是他的儿子水生和鲁迅的侄儿宏儿却非常要好。鲁迅于是大为感慨：他不愿意孩子们再像他那样辛苦展转而生活，也不愿意他们像闰土那样辛苦麻木而生活，也不愿意他们像别人那样辛苦恣睢而生活。他们应该有新的生活。

这样的生活鲁迅没有能够亲眼看到。但是，今天这新的生活却确确实实地成为现实了。他那老朋友闰土的孙子过的就是这样的新生活，是他们所未经生活过的。按年龄计算起来，鲁迅大概没有见到过闰土的这个孙子。但这是不重要的。重要的是，鲁迅一生为天下的“孺子”而奋斗，今天他的愿望实现了。这真是天地间一大快事。如果鲁迅能够亲眼看到的话，他会多么感到欣慰啊！

我从闰土的孙子想到闰土，从现在想到过去。今昔一比，恍若隔世。我眼前看到的虽然只是闰土的孙子的笑容，但是，在我的心里，却仿佛看到了普天下千千万万孩子们的笑容，看到了全国人民的笑容。幸福的感觉油然流遍了我的全身。我就带着这样的感觉离开了那一个我以前已经熟悉、今天又亲眼看到的门口。

1963 年 11 月 23 日写毕

# 在敦煌

刚看过新疆各地的许多千佛洞，在驱车前往敦煌莫高窟千佛洞的路上，我心里就不禁比较起来：在那里，一走出一个村镇或城市，就是戈壁千里，寸草不生；在这里，一离开柳园，也是平野百里，禾稼不长；然而却点缀着一些骆驼刺之类的沙漠植物，在一片黄沙中绿油油的充满了生意，看上去让人不感到那么荒凉、寂寞。

我们就是走过了数百里这样的平野，最终看到一片葱郁的绿树，隐约出现在天际，后面是一列不太高的山岗，像是一幅中国水墨山水画。我暗自猜想：敦煌大概是来到了。

果然是敦煌到了。我对敦煌真可以说是“久仰大名，如雷贯耳”了。我在书里读到过敦煌，我听人谈到过敦煌，我也看过不知多少敦煌的绘画和照片。几十年梦寐以求的东西如今一下子看在眼里，印在心中，“乍见翻疑梦”，我似乎有点怀疑，这是否是事实了。

敦煌毕竟是真实的。它的样子同我过去看过的照片差不多，这些我都是很熟悉的。此处并没有崇山峻岭，幽篁修竹，有的只不过是几个人合抱不过来的千岁老榆，高高耸入云天的白杨，金碧辉煌的牌楼，开着黄花、红花的花丛。放在别的地方，这一切也许毫无动人之处；然而放在这里，给人的印象却是沙漠中的一个绿洲，戈壁滩上的一颗明珠，一片淡黄中的一点浓绿，一个不折不扣的世外桃源。

至于千佛洞本身，那真是琳琅满目，美不胜收，五光十色，云蒸霞蔚。无论用多么繁缛华丽的语言文字，不管这样的语言文字有多少，也是无法描绘，无法形容的。这里用得上一句老话了：“只能意会，不能言传。”洞子共有四百多个，大的大到像一座宫殿，小的小到像一个佛龛。几乎每一个洞子里都画着千佛的像。洞子不论大小，墙壁不论宽窄，无不满满地画上了壁画。艺术家好像绝不吝惜自己的精力和颜料，绝不吝惜自己的光阴和生命，把墙壁上的每一点空间，每一寸的空隙，都填得满满的，多小的地方，他们也绝不放过。他们前后共画了一千年，不知流出了多少汗水，不知耗费了多少心血，才给我们留下了这些动人心魄的艺术瑰宝。有的壁画，就暴露在光天化日之下，经过了一千年的风吹、雨打、日晒、沙浸，但彩色却浓郁如新，鲜艳如初。想到我们先人的这些业绩，我们后人感到无比兴奋、震惊、感激、敬佩，这难道不是很自然的吗?

我们走进了洞子，就仿佛走进了久已逝去的古代世界，甚至古代的异域世界；仿佛走进了神话的世界，童话的世界。尽管洞内洞外一点声音都没有，但是看到那些大大小小的雕塑，特别是看到墙上的壁画：人物是那样繁多，场面是那样富丽，颜色是那样鲜艳，技巧是那样纯熟，我们内心里就不禁感到热闹起来。我们仿佛亲眼看到释迦牟尼从兜率天上骑着六牙白象下降人寰，九龙吐水为他洗浴，一下生就走了七步，口中大声宣称：“天上天下，唯我独尊。”我们仿佛看到他读书、习艺。他力大无穷，竟把一只大象抛上天空，坠下时把土地砸了一个大坑。我们仿佛看到他射箭，连穿七个箭靶。我们仿佛看到他结婚，看到他出游，在城门外遇到老人、病人、死人与和尚，看到他夜半乘马逾城逃走，看到他剃发出家。我们仿佛看到他修苦行，不吃东西，修了六年，把眼睛修得深如古井。我们又仿佛看到他翻然改变主意，毅然放弃了苦行，吃了农女献上的粥，又恢复了精力，走向菩提树下，同恶魔波旬搏斗，终于成了佛。成佛后到处游行，归示，度子，年届八旬，在双林涅槃。使我们最感兴趣、给我们印象最深的是那许许多多的涅槃的画。释迦牟尼已经逝世，闭着眼睛，右胁向下躺在那里。他身后站着许多和尚和俗人。前排的人已经得了道，对生死漠然置之，脸上毫无表情地站在那里。后排的人，不管是国王，各族人民，还是和尚、尼姑，因为道行不高，尘欲未去，参不透生死之道，都嚎啕大哭，有的捶胸，有的打头，有的击掌，有的顿足，有的撕发，有的裂衣，有的甚至昏倒在地。我们真仿佛听到哭声震天，看到泪水流地，内心里不禁感到震动。最有趣的是外道六师，他们看到主要敌手已死，高兴得弹琴、奏乐、手舞、足蹈。在盈尺或盈丈的墙壁上，宛然一幅人生哀乐图。这样的宗教画，实际上是人世社会的真实描绘。把千载前的社会现实，栩栩如生地搬到我们今天的眼前来。

在很多洞子里，我们又仿佛走进了西方的极乐世界，所谓净土。在这个世界里，阿弥陀佛巍然坐在正中。在他的头上、脚下、身躯的周围画着极乐世界里各种生活享受：有伎乐，有舞蹈，有杂技，有饮馔。好像谁都不用担心生活有什么不足，衣来伸手，饭来张口。而且这些饮食和衣服，都用不着人工去制作。到处长着如意神树，树枝子上结满了各种美好的饮食和衣着，要什么，有什么，只须一伸手一张口之劳，所有的愿望就都可以满足了。小孩子们也都兴高采烈，他们快乐地把身躯倒竖起来。到处都是美丽的荷塘和雄伟的殿阁，到处都是快活的游人。这些人同我们这些凡人一样，也过着世俗的生活。他们也结婚。新郎跪在地上，向什么人叩头。新娘却站在那里，羞答答不肯把头抬。许多参加婚礼的客人在大吃大喝。两只鸿雁站在门旁。我早就读过古代结婚时有所谓“奠雁”的礼节，却想不出是什么情景。今天这情景就摆在我眼前，仿佛我也成了婚礼的参加者了。他们也有老死。老人活过四万八千岁以后，自己就走到预先盖好的坟墓里去。家人都跟在他后面，生离死别。虽然也有人磕头涕哭，但是总起来看，脸上的表情却都是平静的、肃穆的，好像认为这是人生规律，无所用其忧戚与哀悼。所有这一切世俗生活的绘画，当然都是用来宣扬一个主题思想：不管在什么样的生活环境中，只要一心念阿弥陀佛，就可以往生净土，享受天福。这当然都是幻想，甚至是欺骗。但是艺术家的态度是认真的，他们的技巧是惊人的。他们仔细地描，小心地画，结果把本是虚无缥缈的东西画得像真实的事物一样，生动活泼地、毫不含糊地展现在我们眼前，让我们对于历史得到感性认识，让我们得到奇特美妙的艺术享受。

艺术家可能真正相信这些神话的，但是这对我们是无关重要的，重要的是他们的画。这些画画得充满了热情，而且都取材于现实生活。在世界各国的历史上，所有的神仙和神话，不管是多么离奇荒诞，他们的模特儿总脱离不开人和人生，艺术家通过神仙和神话，让过去的人和人生重现在我们眼前。我们探骊得珠，于愿已足，还有什么可以强求的呢?

最使我吃惊的是一件小事：在这富丽堂皇的极乐世界中，在巍峨雄伟的楼台殿阁里，却忽然出现了一只小小的老鼠，鼓着眼睛，尖着尾巴，用警惕狡诈的目光向四下里搜寻窥视，好像见了人要逃窜的样子。我很不理解，为什么艺术家偏偏在这个庄严神圣的净土里画上一只老鼠。难道他们认为，即使在净土中，四害也是难免的吗?难道他们有意给这万人向往的净土开上一个小小的玩笑吗?难道他们有意表示即使是净土也不是百分之百的纯洁吗?我们大家都不理解，经过推敲与讨论，仍然是不理解。但是我们都很感兴趣，认为这位艺术家很有勇气，绝不因循抄袭，绝不搞本本主义，他敢于石破天惊地去创造。我们对他都表示敬意。

在许多洞子里，我们还看到了许多经变，什么法华经变，楞伽经变，金光明经变，如此等等。艺术家把经中的许多章节，不是根据经文，而是根据变文，用绘画的形式表现出来。在这些经变里，法华经普门品似乎是最受欢迎的一品。普门品说，谁要是一心称观世音菩萨的名，入大火，大火不能烧；入大水，大水不能漂；入海求宝遇到黑风，船飘堕罗刹国，可以解脱罗刹之难；遭迫害临刑，刑刀段段坏；女子求生男孩，就可以生福德智慧之男；求生女孩，就可以生端正有相之女。总之，威灵显赫，有求必应。画上最多的是临刑刀寸寸断的情景。这似乎是最能形象地表现观音菩萨的法力的一个题材。但是我们也可以看到许多描绘人民生活和生产的情景。一个农民赶着耕牛去耕地。许多小手工业者坐在那里制作什么东西。人们在家里面安静地宴客。人们在花园中游乐。人们到灞桥去送别亲友，折杨柳为赠。我曾在不知多少唐诗中读到这情景，今天才第一次在绘画上看到。最有意思的、最耐人寻味的是许多绘画，画的是人们大便的情景，刷牙的情景，据我所知道的，在世界各国任何时代的任何绘画中都难找到这样的绘画。这好像也成了绘画的禁区。然而我们的艺术家却有勇气冲破这不成文而事实上却存在的禁区，把这种细微并不那么太雅观的情景画给我们看。除了佩服以外，我还能说些什么呢？此外，描绘舞蹈的场面和杂技的场面，也是非常动人的。一个个乐队，一个个乐工，手中执着各种各样的乐器，什么箫、笛、筝、琴、箜篌、排箫、阮咸、琵琶，还有尺八，神情是这样逼真，人物是这样细致，我们耳中仿佛能听到各种乐器和谐的弹奏声，静静的洞子一时喧阗起来。舞蹈的场面也很动人。男女舞人，翩翩起舞，有人甩着长大的袖子，有人动作非常强烈，所谓“胡旋舞”大概就是这个样子吧。我们看到的虽然不是真正舞蹈，而只是绘画，但是我们也恍然感到“观者如山色沮丧，天地为之久低昂。㸌如羿射九日落，矫如群帝骖龙翔。来如雷霆收震怒，罢如江海凝清光”。至于杂技，更是动人心魄。一个演员站在那里，头上顶着长竿，竿顶上站着一个人，人头顶上还站着一个小孩子。看那摇摇欲坠的样子，我们不禁为画上的古人担忧起来。然而，不要怕，两旁还站着两个人哩。他们好像是为了防备万一而站在那里。虽然都戴着纱帽，斯斯文文的，看来好像也满有把握。我们可以放心了。前面坐着一些人，这大概就是观众。画面上人数不算多，但看上去却热闹得很。在古代文化交流中，音乐、舞蹈和杂技，好像是占着突出的地位。在新疆的许多千佛洞中，这样的场面也是随时可见的。

在所有的经变中，维摩诘经变是最常见的。这一部经在唐代大概是非常流行、非常受欢迎的。唐代一个姓王的大诗人，取名维，字摩诘，合起来就是维摩诘，就是一个很好的证明。我们在很多洞子里，都看到关于维摩诘的壁画。尽管大小不同，洞子不同，但是他的形象却基本上是一致的。维摩诘手执麈尾或者扇子，傲然地斜坐在一张床上，眼神嘴角流露出一副能言善辩、轻蔑藐视的神态。这一部经本身就是一部很好的长篇小说，讲的是一个佛教的居士，名叫维摩诘，唐玄奘译为无垢称。他深通佛法，辩才无碍。有一次他病了，如来佛派大弟子舍利弗去问疾。舍利弗吃过他辩才的苦头，有点发怵不敢去。佛又派大目犍连、大迦叶、须菩提、富楼那多罗尼子、摩诃迦旃延、阿那律、优波离、罗睺罗、阿难、弥勒菩萨、善德等等去，但是谁也没有胆量去。最后文殊师利膺命前往。维摩诘以神力空其室内，只留下了一张床，他生病坐在上面。于是二人展开了一场辩才战。诸菩萨、大弟子、群释、四天王等都赶来瞧热闹。后来舍利弗和大迦叶也赶了来。最后文殊师利和维摩诘一起来见佛。这一篇小说似的经文以如来把正法付嘱于弥勒佛而结束。小说本身内容很丰富，辩论很激烈，描绘很生动，对话很犀利。壁画更发展了这一部经文，把故事画得热闹非常、生动活泼，具有极大的感染力。维摩诘仿佛就要从床上站立起来，而且要走下墙来，同我们展开一场唇枪舌剑……

在许多洞子里，除了神话故事以外，还画着许多世俗画。开洞的窟主往往把自己以及一家人都画在墙上。有时候画上一队男官人，前面的几个都是秃头的和尚；一队贵妇前面几个是秃头的尼姑。这是本家庭里面出家的人，是他们的光荣，是他们的骄傲，所以才被画在前面。这些男女贵人排成队，好像要向佛爷走去。他们为什么要把自己的像画在这千佛洞里呢？是为了宗教功德吗？还是为了永垂不朽？恐怕二者都有一点吧。最引人注目的是张义潮出游图。唐代这一个独霸一方的大军阀、大官僚，在河西一带很有势力，很有影响，他一跺脚，整个河西走廊都会震动。他的家族开凿了不少的洞子，在一个洞子里就画着自己出游的情景。他自己巍然骑在马上，前面是部队开路，也都骑着马，有的手里拿着乐器，有的手里举着旗帜。拿乐器的正在猛吹猛奏，好像是要行人回避，也好像是在为军容壮声威。后面跟的是成群的扈从，都是宽衣博带，雍容华贵。乐器中除了喇叭等之外，还有画角，我从小念唐诗，不知多少次碰到"画角"这个字眼，但是始终没有见过画角是什么样子。今天见面，宛如故友重逢，分外感到亲切。总之，这一幅一千多年前的出游行乐图，彩色鲜艳地、生动活泼地摆在我们眼前。当时的情景跃然壁上。我们今天站在下面看壁画的人，恍惚间成了当时站在路旁的旁观者，看人马杂沓，车如流水，乐声喧腾，尘土飞扬，好像正从墙壁的一端走向另一端，转瞬即逝。

在一个洞子里，我们还看到一幅巨大的五台山图。既然是五台山，当然与宣扬文殊菩萨是分不开的。但是我们今天看到的却是一幅用绘画形式表现出来的地图和人民生活图。这幅图上画的是从镇州（正定）一直到并州（太原）旅途的情景。这条绵延数百里的路是同绵延数百里的五台山分不开的。这座大山峰峦起伏，山头林立，宛如雨后的春笋一般。山上的名刹都画出了房舍，标出了名字。山下则是一条商路。商人们熙熙攘攘，车水马龙，牲口背上驮着货物，匆匆忙忙向前赶行。旅途是遥远的，就必然要有住宿的客店。于是在图上许多地方都画着客店。店主人、店小二在热情地招呼客人，客人则是出出进进，热闹非常。我们今天的中国青年，甚至中年老年，习惯于住北京饭店、国际饭店一类的高楼大厦，对古代商人旅人行路困难丝毫没有认识。读到“鸡声茅店月，人迹板桥霜”，还有什么“夕阳西下，断肠人在天涯”，也许还能引起一些遐思，但是绝不会引起同情，我们对那种生活已经非常非常隔膜了。但是这一幅五台山图，会把我们带回到当年的生活环境中去，让我们做一个思古的梦。从这个意义上来讲，这一幅壁画无疑是我们的国宝之一。当年有一个帝国主义国家要出十万美元，收买这一幅壁画，没有得逞，否则我们的这件国宝早已到了波士顿博物馆之类的地方去了。岂不惜哉！

在另外一些洞子里，我们还看到一些和尚西行求法的壁画。这也是必然的。开凿这些洞子主要的是为了宣扬佛教。“千佛洞”这个名词本身就说明了一切。佛教来自印度，这里画着许多出生在印度的佛爷和菩萨，是很自然的。但是如果没有中国和尚到印度去取经，没有印度和尚到中国来送经，佛教是绝不会自己走了来的。因此，我们总是期望，在某一些洞子里能够看到中国西行求法的和尚，事实上也正是这样，我们看到了，而且看到的还不少。一提到西行求法，谁都会立刻就想到唐代高僧玄奘。在一个洞子里，我们确实看到了唐僧取经的壁画。这是一幅水月观音的巨大的壁画，水月观音巨大的身躯几乎占满了全壁。他身上衣着金碧辉煌，头上冠冕富丽堂皇。令人吃惊的是，他嘴上居然还留着一撮小胡子。他神态倨傲又慈悲，伸脚坐在那里。在壁画的右下角一块小小的地方画着玄奘，双手合十站在一个悬崖上，面向水月观音，好像就正向他致敬。他身后是大徒弟孙悟空，手里牵着那一匹小白龙变成的马。二徒弟猪八戒和三徒弟沙僧跑到哪里去了呢？看样子他们并没有去寻山探路，也不是去托钵求斋，他们还站在壁画外面，正在向着壁画里走哩。

同求法高僧有联系的是商人。宗教按理说是出世的，和尚尼姑是不许触摸金银的。而“商人重利轻别离”，他们总是想赚大钱的。他们之间是风马牛不相及的，哪里会有什么联系呢？但是所有在中国境内的千佛洞都是开凿在丝绸之路沿线的，丝绸之路顾名思义是一条商业大道。这就有力地说明了二者间的密切关系。在印度佛教史上，从佛祖释迦牟尼开始，就同商人有亲密的往来，和尚和商人，不但相辅相成，而且相依为命。所以丝绸之路，同时也是宗教之路。中国、印度和其他国家的高僧很大一部分是走丝绸之路来往的。因此，在千佛洞里除了求法高僧外，看到商人的壁画，也是很自然的。在新疆拜城克孜尔千佛洞中，我曾在一壁佛画的中间一小块空隙中看到一个穿伊朗服装的商人，赶着几匹骆驼，上面驮着中国出产的丝，正在走路的样子。一个佛爷站在旁边，好像把自己的右手的两个指头像点蜡烛一样点了起来，发出万丈光芒，照亮了丝绸之路。这幅壁画的用意是再清楚不过的，这里用不着多说。在敦煌的千佛洞里，丝绸之路也有所表现。贩运丝绸的中外商人，赶着骆驼和马，向西方迈进。沙路茫茫，前途万里，而商人毫不气馁。有的地方画着商人在路上走路的情况。路大概是很难走，马走得乏了，再也不想前进，于是一个商人在前面用力牵，另一个商人在后面拼命地用鞭子抽打，人忙马嘶的情景宛在目前，宛在耳边。还有不少地方画着商人遇劫的情况。一些绿林豪客手执明晃晃的钢刀，耀武扬威地挡在那里。商人们则卑躬屈膝，甚至跪在地上求饶，觳觫之状可掬，他们仿佛是在对话，声音就响在我们耳边。可见，虽然有佛光照亮万里长途，但人间毕竟是人间，行路难之叹，唐代诗人早就发出来了，何况是漫漫数万里呢？至于海上商路，虽然不在丝绸之路上，但是我们的艺术家也不放过。我们在几个地方都看到航海的商船。船并不大，上面画着几个人，好像都已经把船占满了，有点象征主义的味道。但是船外的海涛绝不含糊地告诉我们，这是漂洋过海的壮举。为什么在万里之外的甘肃新疆大沙漠里，竟然画到海上贸易呢？这一点，我还不十分清楚，也还要推敲而且研究。

总之，洞子共有四百多个，壁画共有四万多平方米，绘画的时间绵延了一千多年，内容包括了天堂、净土、人间、地狱、华夏、异域、和尚、尼姑、官僚、地主、农民、工人、商人、小贩、学者、术士、妓女、演员，男、女、老、幼，无所不有。在短短的几天之内，我仿佛漫游了天堂、净土，漫游了阴司、地狱，漫游了古代世界，漫游了神话世界，走遍了三千大千世界，攀登神山须弥山，见到了大梵天、因陀罗，同四大天王打过交道，同牛首马面有过会晤，跋涉过迢迢万里的丝绸之路，漂渡烟波浩渺的大海大洋，看过佛爷菩萨的慈悲相，听维摩诘的辩才无碍，我脑海里堆满色彩缤纷的众生相，错综重叠，突兀峥嵘，我一时也清理不出一个头绪来。在短短几天之内，我仿佛生活了几十年。在过去几十年中，对于我来说是非常抽象的东西，现在却变得非常具体了。这包括文学、艺术、风俗习惯、民族、宗教、语言、历史等等领域。我从前看到过唐代大画家阎立本的帝王图，李思训的金碧山水，宋朝米襄阳米点山水，明朝陈老莲的人物画，大涤子的山水画，曾经大大地惊诧于这些作品技巧之完美，意境之深邃，但在敦煌壁画上，这些都似乎是司空见惯，到处可见。而且敦煌壁画还要胜它们一筹：在这里，浪漫主义的气氛是非常浓的。有的画家竟敢画一个乐队，而不画一个人，所有的乐器都系在飘带上，飘带在空中随风飘拂，乐器也就自己奏出声音，汇成一个气象万千的音乐会。这样的画在中国绘画史上，甚至在别的国家的绘画史上能够找得到吗？

不但在洞子里我们好像走进了久已逝去的古代世界，就是在洞子外面，我们倘稍不留意，就恍惚退回到历史中去。我们游览国内的许多名胜古迹时，总会在墙壁上或树干上看到有人写上的或刻上的名字和年月之类的字，什么某某人何年何月到此一游。这种不良习惯我们真正是已经司空见惯，只有摇头苦笑。但要追溯这种行为的历史那恐怕是古已有之了。《西游记》上记载着如来佛显示无比的法力，让孙悟空在自己的手掌中翻筋斗，孙悟空翻了不知多少十万八千里的筋斗，最后翻到天地尽头，看到五根肉红柱子，撑着一股青气。为了取信于如来佛，他拔下一根毫毛，吹口仙气，叫“变！”，变作一管浓墨双毫笔。在那中间柱子上写一行大字云：“齐天大圣，到此一游。”还顺便撒了一泡猴尿。因此，我曾想建议这一些唯恐自己的尊姓大名不被人知、不能流传的善男信女，倘若组织一个学会时，一定要尊孙悟空为一世祖。可是在敦煌，我的想法有些变了。在这里，这样的善男信女当然也不会绝迹。在墙壁上题名刻名到处可见，这些题刻都很清晰，仿佛是昨天才弄的。但一读其文，却是康熙某年，雍正某年，乾隆某年，已经是几百年以前的事了。当我第一次看到的时候，我不禁一愣：难道我又回到康熙年间去了吗？如此看来，那个国籍有点问题的孙悟空不能专“美”于前了。

我们就在这样一个仿佛远离尘世的弥漫着古代和异域气氛的沙漠中的绿洲中生活了六天。天天忙于到洞子里去观看。天天脑海里塞满了五光十色丰富多彩的印象，塞得是这样满，似乎连透气的空隙都没有。我虽局处于斗室之中，却神驰于万里之外；虽局限于眼前的时刻之内，却恍若回到千年之前。浮想联翩，幻影沓来，是我生平思想最活跃的几天。我曾想到，当年的艺术家们在这样阴暗的洞子里画画，是要付出多么大的精力啊！我从前读过一部什么书，大概是美术史之类的书，说是有一个意大利画家，在一个大教堂内圆顶天篷上画画，因为眼睛总要往上翻，画了几年之后，眼球总往上翻，再也落不下来了。我们敦煌的千佛洞比意大利大教堂一定要黑暗得多，也要狭小得多，今天打着手电，看洞子里的壁画，特别是天篷上藻井上的画，线条纤细，着色繁复，看起来还感到困难，当年艺术家画的时候，不知道有多少困难要克服。周围是茫茫的沙碛，夏天酷暑，而冬天严寒，除了身边的一点浓绿之外，放眼百里惨黄无垠。一直到今天，饮用的水还要从几十里路外运来，当年的情况更可想而知。在洞子里工作，他们大概只能躺在架在空中的木板上，仰面手执小蜡烛，一笔一笔地细描细画。前不见古人，我无法见到那些艺术家了。我不知道他们的眼睛也是否翻上去再也不能下来。我不知道是一种什么力量在支撑着他们，在那样艰苦的条件下给我们留下了这样优美的杰作，惊人的艺术瑰宝。我们真应该向这些艺术家们致敬啊！

我曾想到，当年中国境内的各个民族在这一带共同劳动，共同生活，有的赶着羊群、牛群、马群，逐水草而居，辗转于千里大漠之中；有的在沙漠中一小块有水的土地上辛勤耕耘，努力劳作。在这里，水就是生命，水就是幸福，水就是希望，水就是一切，有水斯有土，有土斯有禾，有禾斯有人。在这样的环境中，只有互相帮助，才能共同生存。在许多洞子里的壁画上，只要有人群的地方，从人们的面貌和衣着上就可以看到这些人是属于种种不同的民族的。但是他们却站在一起，共同从事什么工作。我认为，连开凿这些洞的窟主，以及画壁画的艺术家都绝不会出于一个民族。这些人今天当然都已经不在了。人们的生存是暂时的，民族之间的友爱是长久的。这一个简明朴素的真理，一部中国历史就可以提供证明。我们生活在现代，一旦到了敦煌，就又仿佛回到了古代。民族友爱是人心所向，古今之所同。看了这里的壁画，内心里真不禁涌起一股温暖幸福之感了。

我又曾想到，在这些洞子里的壁画上，我们不但可以看到中国境内各个民族的人民，而且可以看到沿丝绸之路的各国的人民，甚至离开丝绸之路很远的一些国家的人民。比如我在上面讲到如来佛涅槃以后，许多人站在那里悲悼痛苦，这些人有的是深目高鼻，有的是颧骨高而眼睛小，他们的衣着也完全不同。艺术家可能是有意地表现不同的人民的。当年的新疆、甘肃一带，从茫昧的远古起，就是世界各大民族汇合的地方。世界几大文明古国，中国、印度、希腊的文化在这里汇流了。世界几大宗教，佛教、伊斯兰教、基督教在这里汇流了。世界的许多语言，不管是属于印欧语系，还是属于其他语系也在这里汇流了。世界上许多国家的文学、艺术、音乐，也在这里汇流了。至于商品和其他动物植物的汇流更是不在话下。所有这一切都在洞子里留下了不可磨灭的痕迹。遥想当年丝绸之路全盛时代，在绵延数万里的路上，一定是行人不断，驼、马不绝。宗教信徒、外交使节、逐利商人、求知学子，各有所求，往来奔波，绝大漠，越流沙，轻万生以涉葱河，重一言而之奈苑，虽不能达到摩肩接踵的程度，但盛况可以想见。到了今天，情势改变了，大大地改变了。出现在我们眼前的是流沙漫漫，黄尘滚滚，当年的名城——瓜州、玉门、高昌、交河，早已沦为废墟，只留下一些断壁颓垣，孤立于西风残照中，给怀古的人增添无数的诗料。但是丝路虽断，他路代兴，佛光虽减，人光有加，还留下像敦煌莫高窟这样的艺术瑰宝，无数的艺术家用难以想象的辛勤劳动给我们后人留下这么多的壁画、雕塑，供我们流连探讨，使世界各国人民惊叹不置。抚今追昔，我真感到无比的幸福与骄傲，我不禁发思古之幽情，觉今是昨亦是，感光荣于既往，望继承于来者，心潮起伏，感慨万端了。

薄暮时分，带着那些印象，那些幻想，怀着那些感触，一个人走出了招待所去散步。我走在林荫道上，此时薄霭已降，暮色四垂。朱红的大柱子，牌楼顶上碧色的琉璃瓦，都在熠熠地闪着微光。远处沙碛没入一片迷茫中，少时月出于东山之上，清光洒遍了山头、树丛，一片银灰色。我周围是一片寂静。白天里在古榆的下面还零零落落地坐着一些游人，现在却空无一人。只有小溪中潺湲的流水间或把这寂静打破。我的心蓦地静了下来，仿佛宇宙间只有我一个人。我的幻想又在另一个方面活跃起来。我想到洞子里的佛爷，白天在闭着眼睛睡觉，现在大概睁开了眼睛，连涅槃了的如来也会站了起来。那许多商人、官人、菩萨、壮汉，白天一动不动地站在墙壁上，任人指指点点，品头论足。现在大概也走下墙壁，在洞子里活动起来了。那许多奏乐的乐工吹奏起乐器，舞蹈者、演杂技者，也都摆开了场地，表演起来。天上的飞天当然更会翩翩起舞，洞子里乐声悠扬，花雨缤纷。可惜我此时无法走进洞子，参加他们的大合唱。只有站在黑暗中望眼欲穿，倾耳聆听而已。

在寂静中，我又忽然想到在敦煌创业的常书鸿同志和他的爱人李承仙同志，以及其他几十位工作人员。他们在这偏僻的沙漠里，忍饥寒，斗流沙，艰苦奋斗，十几年，几十年，为祖国，为人民立下了功勋，为世界上爱好艺术的人们创造了条件。敦煌学在世界上不是已经成为一门热门学科了吗？我曾到书鸿同志家里去过几趟。那低矮的小房，既是办公室、工作室、图书室，又是卧室、厨房兼餐厅。在解放了三十年后的今天，生活条件尚且如此之不够理想，谁能想象在解放前那样黑暗的时代，这里艰难辛苦会达到何等程度呢？门前那院子里有一棵梨树。承仙同志告诉我，他们在将近四十年前初到的时候，这棵梨树才一点点粗，而今已经长成了一棵粗壮的大树，枝叶茂密，青翠如碧琉璃，枝上果实累累，硕大无比。看来正是青春妙龄，风华正茂。然而看着它长起来的人却垂垂老矣。四十年的日日夜夜在他们身上不可避免地会留下了痕迹。然而，他们却老当益壮，并不服老，仍然是日夜辛勤劳动。这样的人难道不让我们每个人都油然起敬佩之情吗？

我还看到另外一个人的影子，在合抱的老榆树下，在如茵的绿草丛中，在没入暮色的大道上，在潺潺流水的小河旁。它似乎向我招手，向我微笑，“翩若惊鸿，宛如游龙；荣曜秋菊，华茂春松”，这影子真是可爱极了。我是多么急切地想捉住它啊！然而它一转瞬就不见了。一切都只是幻影。剩下的似乎只有宇宙和我自己。

剩下我自己怎么办呢？我真是进退两难，左右拮据。在敦煌，在千佛洞，我就是看一千遍一万遍也不会餍足的。有那样桃源仙境似的风光，有那样奇妙的壁画，有那样可敬的人，又有这样可爱的影子。从我内心深处我真想长期留在这里，永远留在这里。真好像在茫茫的人世间奔波了六十多年才最后找到了一个归宿。然而这样做能行得通吗？事实上却是办不到的。我必须离开这里。在人生中，我的旅途远远不到结束的时候，我还不能停留在一个地方。在我前面，可能还有深林、大泽、崇山、幽谷，有阳关大道，有独木小桥。我必须走上前去，穿越这一切。现在就让我把自己的身躯带走，把心留在敦煌吧。

1979年10月9日初稿

1980年3月3日定稿

# 富春江上

记得在什么诗话上读到过两句诗：

到江吴地尽，
隔岸越山多。

诗话的作者认为是警句，我也认为是警句。但是当时我却只能欣赏诗句的意境，而没有丝毫感性认识。不意我今天竟亲身来到了钱塘江畔富春江上。极目一望，江水平阔，浩渺如海；隔岸青螺数点，微痕一抹，出没于烟雨迷蒙中。“隔岸越山多”的意境我终于亲临目睹了。

钱塘、富春都是具有诱惑力的名字。实际的情况比名字更有诱惑力。我们坐在一艘游艇上。江水青碧，水声淙淙。

艇上偶见白鸥飞过，远处则是点点风帆。黑色的小燕子在起伏翻腾的碎波上贴水面飞行，似乎是在努力寻觅着什么。我虽努力探究，但也只见它们忙忙碌碌，匆匆促促，最终也探究不出，它们究竟在寻觅什么。岸上则是点点的越山，飞也似的向艇后奔。一点消逝了，又出现了新的一点，数十里连绵不断。难道诗句中的“多”字表现的就是这个意境吗？

眼中看到的虽然是当前的景色，但心中想到的却是历史的人物。谁到了这个吴越分界的地方不会立刻就想到古代的吴王夫差和越王勾践的冲突呢？当年他们钩心斗角互相角逐的情景，今天我们已经无从想象了。但是乱箭齐发、金鼓轰鸣的搏斗总归是有的。这种鏖兵的情况无论如何同这样的青山绿水也不能协调起来。人世变幻，今古皆然。在人类前进的程途上，这些都是不可避免的。但青山绿水却将永在。我们今天大可不必庸人自扰，为古人担忧，还是欣赏眼前的美景吧！

但是，我的幻想却不肯停止下来。我心头的幻想，一下子又变成了眼前的幻象。我的耳边响起了诗僧苏曼殊的两句诗：

春雨楼头尺八箫，
何时归看浙江潮？

这里不正是浙江钱塘潮的老家吗？我平生还没有看到浙江潮的福气。这两句诗我却是喜欢的，常常在无意中独自吟咏。今天来到钱塘江上，这两句诗仿佛是自己来到了我的耳边。耳边诗句一响，眼前潮水就涌了起来：

怒声汹汹势悠悠，
罗刹江边地欲浮。
漫道往来存大信，
也知反覆向平流。
狂抛巨浸疑无底，
猛过西陵似有头。
至竟朝昏谁主掌，
好骑赪鲤问阳侯。

但是，幻象毕竟只是幻象。一转瞬间，“怒声汹汹”的江涛就消逝得无影无踪，眼前江水平阔，浩渺如海，隔岸青螺数点，微痕一抹，出没于烟雨迷蒙中。

可是竟完全出我意料：在平阔的水面上，在点点青螺上，竟又出现了一个人的影子。它飘浮飞驶，“翩若惊鸿，宛如游龙”，时隐时现，若即若离，追逐着海鸥的翅膀，跟随着小燕子的身影，停留在风帆顶上，飘动在波光潋滟中。

我真是又惊又喜。“胡为乎来哉？”难道因为这里是你的家乡才出来欢迎我吗？我想抓住它，这当然是不可能的。我想正眼仔细看它一看，这也是不可能的。但它又不肯离开我，我又不能不看它。这真使我又是兴奋，又是沮丧；又是希望它飞近一点，又是希望它离远一点。我在徒唤奈何中看到它飘浮飞动，定睛敛神，只看到青螺数点，微痕一抹，出没于烟雨迷蒙中。

我们就这样到了富阳。这是我们今天艇游的终点。我们舍舟登陆，爬上了有名的鹳山。山虽不高，但形势极好。山上层楼叠阁，曲径通幽，花木扶疏，窗明几净。我们登上了春江第一楼，凭窗远望，富春江景色尽收眼底。因为高，点点风帆显得更小了，而水上的小燕子则小得无影无踪。想它们必然是仍然忙忙碌碌地在那里飞着，可惜我们一点也看不着，只能在这里想象了。山顶上树木参天，森然苍蔚。最使我吃惊的是参天的玉兰花树。碗大的白花在绿叶丛中探出头来，同北地的玉兰花一比，小大悬殊，颇使我这个北方人有点目瞪口呆了。

在山边上一座石壁下是名闻天下的严子陵钓台。宋朝大诗人苏东坡写的四个大字：登云钩月，赫然镌刻在石壁上。此地距江面相当远，钓鱼无论如何是钓不着的。遥想两千多年前，一个披着蓑衣的老头子，手持几十丈长的钓竿，垂着几十丈长的钓丝，孤零一个人，蹲在这石壁下，等候鱼儿上钩，一动也不动，宛如一个木雕泥塑。这样一幅景象，无论如何也难免有滑稽之感。古人说：姑妄言之姑听之，过分认真，反会大煞风景。难道宋朝的苏东坡就真正相信吗？此地自然风光，天下独绝，有此一个传说，更会增加自然风光的妩媚，我们就姑妄听之吧！

两年前，我曾畅游黄山。那里景色之奇丽瑰伟，使我大为惊叹。窃念大化造物，天造地设，独垂青于中华大地。我觉得生为一个中国人，是十分幸福的，是非常值得骄傲的。今天我又来到了富春江上。这里景色明丽，秀色天成，同样是美，但却与黄山形成了鲜明的对照。如果允许我借用一个现成的说法的话，那么一个是阳刚之美，一个是阴柔之美。刚柔不同，其美则一，同样使我惊叹。我们祖国大地，江山如此多娇，我的幸福之感，骄傲之感，更油然而生。我眼前的富春江在我眼中更增加了明丽，更增加了妩媚，仿佛是一条天上的神江了。

在这里，我忽然想到唐代诗人孟浩然的一首著名的诗：《宿桐庐江寄广陵旧游》：

山暝听猿愁，
沧江急夜流。

风鸣两岸叶，

月照一孤舟。

建德非吾土，

维扬忆旧游。

还将两行泪，

遥寄海西头。

孟浩然说“建德非吾土”，在当时的情况下，这种心情是容易理解的。他忆念广陵，便觉得建德非吾土。到了今天，我们当然不会再有这样的感觉了。我觉得桐庐不但是“吾土”，而且是“吾土”中的精华。同黄山一样，有这样的“吾土”就是幸福的根源。非吾土的感觉我是有过的。但那是在国外，比如说瑞士，那里的山水也是十分神奇动人的，我曾为之颠倒过，迷惑过。但一想到“山川信美非吾土”，我就不禁有落寞之感。今天在富春江上，我丝毫也不会有什么落寞之感。正相反，我是越看越爱看，越爱看便越觉得幸福，在这风物如画的江上，我大有手舞足蹈之意了。

我当然也还感到有点美中不足。我从小就背诵梁代大文学家吴均的一篇名作《与宋元思书》。这封信里描绘的正是富春江的风景：

风烟俱净，天山共色。从流飘荡，任意东西。自富阳至桐庐，一百许里，奇山异水，天下独绝。

下面就是对这“奇山异水”的描绘。那确是非常动人的。然而他讲的是“自富阳至桐庐”，我今天刚刚到了富阳，便戛然而止。好像是一篇绝妙的文章，只读了一个开头。这难道不是天大的憾事吗？然而，这一件憾事也自有它的绝妙之处，妙在含蓄。我知道前面还有更奇丽的景色，偏偏今天就不让你看到。我望眼欲穿，向着桐庐的方向望去，根据吴均的描绘，再加上我自己的幻想，把那一百多里的奇山异水给自己描绘得如阆苑仙境，自己感到无比的快乐，我的心好像就在这些奇山异水上飞驰。等到我耳边听到有点嘈杂声，是同伴们准备回去的时候了。我抬眼四望，唯见青螺数点，微痕一抹，出没于烟雨迷蒙中。

1981 年

# 观秦兵马俑

好像从地下涌出来一样，千军万马的兵马俑一个个英姿勃发地突然站立在大地上。说是千军万马，绝不是夸大之词。仅就已知的俑的数目来看，足足够编成一个现代化的师。有待于发现的还没有计算在内。

你说这是一个奇迹吗？我同意。这几乎是全世界到中国来参观兵马俑的外国朋友的一致的意见，他们中间有的人甚至说，秦兵马俑这一个奇迹超过了举世闻名的万里长城。但是，同时我也可以不同意。我们伟大的祖国是文明古国。在现在的九百多万平方公里的土地上，十亿人口正在从事于万马奔腾的社会主义现代化的伟大建设工作。这是地面上的奇迹，是明明白白的摆在光天化日之下的，是人们都能够看到的。但是在地下呢？谁也说不清楚，究竟还有多少像秦兵马俑这样的奇迹暂时还埋藏在那里。就连邻近兵马俑的地带，地下情况我们也还不很清楚，何况是这样辽阔的大地呢？

在兵马俑没有涌出来以前，想来地面上也不过是一片青青的庄稼，或者一片荒烟蔓草。这一块土地，同另外任何一块土地完全是一模一样的。两千多年以来，不知道有多少人脚踩过这一块土地，也许在上面种过庄稼，种过菜，栽过树，养过花；也许在上面盖过房子，修过花园。谁也不会想到，就在自己的脚下，竟埋藏着这样多这样神奇的国宝。中国古人有一句现成的话说："地不爱宝。"现在也许是大地忽然不再爱这些宝贝了。于是兵马俑这样的国宝就一下子涌到地面上来。

今天我们不远千里来到这里，无非是想看一看这些国宝，这些奇迹。一路之上，从西安城一直到这里，看到的当然都是地面上的东西。车过秦始皇陵，看到一个高高的土丘，上面郁郁葱葱，长满了石榴树。因为天气不好，骊山只剩下一片影子，黑魆魆的扑人眉宇。田地里长满了青青的蔬菜，间或也能看到麦苗。麦苗长得还很矮小，但却青翠茁壮。在骊山的阴影压迫之下，这麦苗显得更加青翠，逗人喜爱。

但是在西安引人注意的却不是这些青翠茁壮的麦苗。西安是一个最容易让人发思古之幽情的地方。只要一看到秦始皇陵和骊山，人们的思潮就会冲决这两个地方，向外扩散。我现在正是这样。我的心思仿佛长上了翅膀，联绵起伏，奔腾流泻。看到半坡，我自然就想到了蒙昧远古的祖先。接着想到的是我们汉族公认的始祖轩辕黄帝，他的陵墓距离西安不算太远。骊山当然让我想到周幽王和骊姬。始皇陵里埋着妇孺皆知的秦始皇。茂陵是汉武帝的陵墓。这一位雄才大略的大皇帝把自己的大将和大臣都埋葬在身边，霍去病和卫青的墓都在茂陵附近。这两个杰出的年轻的大将军在死后还在赤胆忠心地保卫着自己的主子。

至于唐代，那遗迹更是到处可见。很多地方都与中国文学史上一些非常显赫的诗人的名字联系在一起。抬头一看，低头一想，无一不让你想到唐代诗歌的黄金时代，想到一些脍炙人口的诗句。这里简直是诗歌的王国，是幻想的天堂，是天上彩虹的故乡，是人间真情的宝库。走过灞桥，我怎能会不想到当年折柳赠别的那一些名句和那种依依不舍的友情呢？看到蓝田这个地名，我自然就想到了王维的辋川别墅，想到那些意境幽远的短诗。终南山抬头就能够见到，一看到终南山：

终南阴岭秀，

积雪浮云端。

林表明霁色，
城中增暮寒。

吟咏这首诗的声音，就在我耳边响起。车子驰过城西北的那一些原，我不由自主地低吟：

五陵北原上，
万古青蒙蒙。

走过咸阳桥，杜甫的名句：

耶娘妻子走相送，
尘埃不见咸阳桥。

自然就在我耳边响起。我仿佛看到在滚滚的黄尘中唐代出征军人的身影，他们的父母妻子把臂牵袂，痛哭相送。一走过渭水：

秋风生渭水，
落叶满长安。

这样的诗句马上把我带到了长安的深秋中，身上感到一阵阵的凉意。一想到秋天，我马上就想到春天：

云里帝城双凤阙，
雨中春树万人家。

这样春雨中的情景立刻就把千树万树枝头滴着红雨的杏花带到我眼前来，我身上感到一阵阵的湿意。从帝城我联想到大明宫：

九天阊阖开宫殿，
万国衣冠拜冕旒。

我仿佛亲眼看到当年世界的首都长安的情景，大街上熙熙攘攘，挤满了人，在黄皮肤的人群中夹杂着不少皮肤或白或黑、衣着怪异、语言奇特的外国学者、商人、僧侣、外交官。

…………

总之，在我乘车驶向秦俑馆的路上，我眼前幻影迷离，心头忆念零乱，耳旁响着吟诗声，嘴里念着美妙的诗句，纵横八百里，上下数千年，浮想联翩，心潮腾涌。我以前在任何时候任何地方都没有过这样复杂的感情，我是既愉快，又怅惘；既兴奋，又冷静，中间还搀杂上一点似乎是骄傲的意味。

就这样，转眼之间，我们已经到了秦兵马俑馆。

所谓兵马俑馆，是一个硕大无比的大厅，目测至少有几个足球场大。在进入大厅之前，我们先参观了大厅旁边的一间小厅，中间陈列着正在修复中的一辆铜车、四匹铜马。四匹铜马神采奕奕，仿佛正在努力拉着铜车奔驰。一个铜军官坐在车上，驾驭着这四匹马。看到这样精致绝伦的艺术国宝，我们每个人都不禁啧啧称叹：想不到宇宙间竟有这样神奇的珍品，我心中那一点骄傲的意味不由得更加浓烈起来了。

走进了大厅，站在栏杆旁边向下面的大坑里望去，看到一排排的坑道，坑道中，前排的兵俑和马俑都成排成行地站在那里。将军俑、铠甲武士俑、骑马俑等等，好像都聚精会神地站在那里，静候命令，一个个秩序井然，纪律严明，身体笔直，一动也不动。兵俑中间间杂着一些马俑，也都严肃整齐，伫立待命。我原以为，这些兵俑都是一个模子里塑制出来的，千篇一律，不会有什么变化。但是仔细一看才发现，他们的面部表情几乎每一个都不相同：有的像是在微笑，有的像是在说话，有的光着下颌，有的留着胡子，个个栩栩如生，而又神态各异，没有发现一个愁眉苦脸的。他们好像是都衷心喜悦地为大皇帝站岗放哨。他们的“物质待遇”好像是很不错，否则怎么能个个都心满意足呢？我简直难以想象，当年的艺术家是怎样塑制这些兵马俑的。数以万计的兵马俑竟都能这样精致生动，不叫它是宇宙间一大奇迹又叫它什么呢？

我的思潮又腾涌起来，眼前幻象浮动，心头波浪翻滚。蓦地一转眼，我仿佛看到坑里的兵俑和马俑一齐跳动起来。兵俑跑在前面，在将军俑的率领下，奋勇前进。马俑紧紧地跟在后面。有的兵俑骑上马俑，放松缰绳，任马驰骋。后排坑道里那些还没有被完全挖出来的兵俑和马俑，有的只露出了头，有的露出了半身，有的直着身子，有的歪着身子，也都在那里活动起来。在这里，地面高高低低，坎坷不平。它在我眼中忽然变成了海浪，汹涌澎湃，气象万千。兵俑和马俑正从海浪中挣扎出来。有脑袋的奋勇向前。连那些没有脑袋的也顺手抓起一个脑袋，安在脖子上，骑上马俑，向前奔去；想追上前面那些成行成排的俑，一齐飞出大厅。那四匹铜马拉着铜车四马当先，所向无前。连乾陵的那两匹带翅膀的飞马也从远处赶了来，参加到飞腾的队伍中去。他们一飞出大厅，看到今天祖国已经换了人间，都大为惊诧与兴奋。他们大声互相说着话：“我们一睡就是几千年，今天醒来，看到河山大地花团锦簇，人民群众意气风发。我们虽然都有了一把子年纪，但是身子骨还很硬朗。我们休息了这样多年，正有用不完的劲。我们也一定要尽上一份力量，绝不能后人。现在是大显身手的好时候了，干呀！干呀！”边说边飞，浩浩荡荡，飞向天空，飞向骊山：

骊山高处入青云，
仙乐风飘处处闻。

现在我耳边响起的不是缓歌慢奏的仙乐，而是兵马杂沓，金鼓齐鸣，这些声音汇成了三界大乐，直干青云，跟随着兵俑和马俑，把我的心也夹在了中间，飞驰掠过八百里秦川。

这八百里秦川可真是一块宝地啊！在若干千年中，我们的先民在这里胼手胝足，辛勤耕耘，才收拾出来了现在这样的锦绣河山。就拿西安这一个地方来说吧。在汉唐时期，以它那光辉灿烂的文化，吸引了成千上万的外国朋友，不远万里，来到这里，或学习，或贸易，或当外交官。西安俨然成了当时世界的中心。城中盛况，依稀可以想象。这一点我在上面已经谈到。今天，又发现了数目这样多、塑制又这样精美、能同世界奇迹长城媲美的兵马俑，锦上添花，又招引来了全国各地的人士和世界各国的朋友，云集此处，都瞪大了眼睛，惊叹不置。在我们来的路上，外国朋友乘坐的车子，络绎不绝。现在在秦俑馆内，外国朋友，男女老幼，穿着五光十色的衣服，说着稀奇古怪的语言，其数目远远超过国内人民。在这样的情况下，作为一个中国人，人们会想些什么呢？别人的心思我无法揣度，我说不出，但是我自己的心思我是清楚的。我在来的路上的那一点淡淡的骄矜之意、幸福之感，现在浓烈起来了。为生为一个中国人而感到骄矜与幸福，难道不是我们共同的感觉吗？

我就是怀着这样的骄矜之意与幸福之感，依依不舍一步三回首地离开了秦俑馆的。此时天色已经渐渐地晚了下来。骊山山顶隐入一层薄薄的暮霭中。浩浩荡荡的兵俑和马俑的队伍大概已经飞越了骊山，只留下一片寂静，伴随着我驰过八百里秦川。

1982 年 10 月 29 日草稿<br>1982 年 11 月 16 日修改<br>1985 年 1 月 14 日抄出

# 星光的海洋

星光，星光，星光……

到处都是星光。

是星光的瀚海，是星光的大洋；是星光的密林，是星光的丛莽；有红，有绿；有白，有黄；有大，有小；有弱，有强；有明，有暗；有高，有低；有远，有近；有疏，有密；有的成堆，有的成行；有的排成一线，有的组成一方；瞻之在前，忽焉在后；光辉灿烂，绵延数十里；汪洋浩瀚，好像充塞了天地。有时候，这星光的海洋似乎已经达到了黑暗的边缘；我满以为，在此之外，已是无边无际的大黑暗了。然而，只要一转瞬，再往上一看，依然是一片星光。

星光，星光，星光……

到处都是星光。

是夏夜的星空从天上落到地上来了吗？是哪一个神话世界里的神灯从虚无缥缈的高天上飘到人间来了吗？我有点迷惑，有点恍惚，有点好奇，有点糊涂。我注意探讨，仔细研究，猛然发现，这些都不是，都不是。这根本不是星光，而是绵延不断的灯光。

我抬头向上看，在这一片我原来误认为是星光的灯光上面，亮晶晶的一大片，大大小小的一群在那里眨着眼睛，那才是真正的星光。我低头向下看，看到星光和灯光在水面上的倒影，金光闪闪，像一条条的金蛇。原来就在我脚下，在我伫立的一个小小的山头的下面几十米深的黑暗处，从左边流来了嘉陵江，从右边流来了“不尽长江滚滚来”的长江。江声低咽，金波摇影。我现在不是在天上，而是在人间；不是在人间别的地方，而是在嘉陵江和长江汇流处的重庆。嘉陵江上通四川辽阔的地区，长江下达更辽阔的地区，一直通到大海。我正站在祖国的大地上，我眼前是重庆，是重庆的夜晚。眼前的一片星光是这座山城高高低低的山坡上的群灯。

在白天里，我曾在这一座山城里蜂房般的鳞次栉比的房屋的迷宫中漫游。我曾出出进进于大小商店之中，看点什么，买点什么。我也曾在大街上滚滚的人流中漫步，没有什么固定的目的，只是作为一个外地人，一个旁观者看看而已。我看玻璃窗里陈列的五光十色的商品；我看街旁菜摊上摆的有一些我叫不出名的蔬菜。我间或也能看到一些少数民族的妇女穿着花团锦簇颜色鲜艳的服装，头上和手上戴着的首饰闪闪发出银白色的光芒。我顾而乐之，忘记了时间的流逝。

最使我难忘的是我瞻仰的一些革命圣地，比如红岩、曾家岩、周公馆、桂园等等。特别是红岩，更给我留下了永不磨灭的印象。我怀着十分虔敬的心情在这个革命圣地里走上走下，在那些大大小小的房间里瞻望。我的步履很轻很轻，我几乎屏止住了呼吸。我一向景仰的那一些革命前辈仿佛还住在这里。我不敢放肆，我怕打扰了他们的清神。在院子里，虽然现在时令已是冬天，但是那些五颜六色的菊花却傲然凌霜怒放，显示出与众不同的骨气。最引起我注意的是一丛开着红色花朵的我不知道名字的蔓藤，红得像火焰，像朝霞，耀眼惊心。就在这红色花朵的旁边矗立着一棵高大的黄桷树。在那黑云压城特务横行的日子里，在这棵大树的向外面的一侧是阴间。过了这棵树是红岩的主楼，就是阳间。因此，人民群众把这棵大树称做阴阳树。今天我来到了这棵树下，看到它枝干突兀腾跃，矫健挺拔，尖顶直刺灰蒙蒙的天空，好像把我的心情也带向高处。站在树下，我久久不想离去。今天我们全国人民都住在阳间，阴间已经消失得无影无踪了。我心头之兴奋可以想见了。也许是由于兴奋过度，我没有注意树上是否有灯。即使有的话，我也绝不会把灯光误认为星光。

眼前白天已经转入暗夜，我登上了长江和嘉陵江汇流处的三角洲头。白天看到的那一些密密麻麻的大街、小巷、高楼、低舍，我都看不到了，都没入一片迷茫的黑暗中。我眼前看到的只有万家灯火，高高低低，前后左右，汇成了一片星光的海洋。

我当然不知道红岩、曾家岩、周公馆、桂园等等都在什么地方。我更不知道，那里现在是否都亮起了红灯。但是，我确信，在这一片灯光的海洋中，有几盏灯就是挂在那里的。红岩、曾家岩、周公馆、桂园，每一个窗口都会有闪亮的红灯让灯光流出，汇入这浩渺的灯光的海洋里。其中那最明亮、最高大的一盏一定是挂在阴阳树上。在它辉耀的光线的照耀下，我仿佛看到了大树下那些傲霜怒放的菊花，小红灯笼似的累累垂垂的花朵，衬托着碧绿的叶子，散发出无穷的活力。当年在这一座黑暗弥天的山城里，那些向往光明的人们，特别是青年们，一定是望眼欲穿地望着阴阳树上的这一盏明灯而欢欣鼓舞。这明灯给他们以信心，给他们以勇气，给他们以方向，给他们以安身立命之地。他们终于在灯光的照耀下，慢慢地冲出黑暗，奔向光明。我那时虽然不在重庆，但是，我确信，一定是有这样一盏灯的，而这灯又必然是异常明亮，异常光辉灿烂的。

今天，弥天的黑暗已经永远消失了，光明降临到大地上。我来到了重庆，缅怀往事，心潮腾涌。我很后悔，为什么当年竟没能够来到这里，看一看红岩、曾家岩、周公馆和桂园等地，献上我的一瓣心香？现在，我站在两江汇流处的三角洲山头上，面对山城的万家灯火，五十年的往事一下子逗上心头。回首前尘，唯余感慨；瞻望未来，意气风发。我完完全全沉浸在幻想之中。一转瞬间，眼前的万家灯火又突然变成了星光。这星光把我带到天上去，带到那片能抒发畅想曲的碧落中去。

星光，星光，星光……

到处都是星光。

1981 年草稿

1984 年 12 月 13 日修改于深圳

1985 年 1 月 15 日抄于燕园

# 登蓬莱阁

去年，也是在现在这样的深秋时分，我曾来登过一次蓬莱阁。当时颇想写点什么，只是由于印象不深，自己也仿佛没有进入“角色”，遂致因循拖延，终于什么也没有写。现在我又来登蓬莱阁了，印象当然比去年深刻得多，自己也好像进入了“角色”，看来非写点什么不行了。

蓬莱阁是非常出名的地方，也可以说是“蓬莱大名垂宇宙”吧。我在来到这里以前，大概是受蓬莱三山传说的影响，总幻想这里应该是仙山缥缈，白云缭绕，仙人宫阙隐现云中，是洞天福地，蓬莱仙境，不食人间烟火。至少应该像《西游记》描绘镇元大仙的万寿山那样：

高山峻极，大势峥嵘。根接昆仑脉，顶摩霄汉中。

白鹤每来栖桧柏，玄猿时复挂藤萝。……麋鹿从花出，青鸾对日鸣。乃是仙山真福地，蓬莱阆苑只如然。

然而，眼前看到的却不是这种情况。只不过是一些人间的建筑，错综地排列在一个小山头上。我颇有一些失望之感了。

既然是在人间，当然只能看到人间的建筑。从这个标准来看，蓬莱阁的建筑还是挺不错的：碧瓦红墙，崇楼峻阁，掩映于绿树丛中。这情景也许同我们凡人更接近，比缥缈的仙境更令人赏心悦目。一进入嵌着“丹崖仙境”四个大字的山门，就算是进入了仙境。所谓“丹崖”，指的是此地多红石，现在还有四大块红石耸立在一个院子里面。这几块石头不是从别的地方搬来的，而是与大地紧紧地连在一起，原来是大地的一部分，其名贵也许就在这里吧。

进入天后宫的那一层院子，最引人注目的还不是天后的塑像和她那两间精致的绣房中的床铺，而是那一株古老的唐槐。这一棵树据说是铁拐李种下的，它在这仙境里生活了已经一千多年了，虽然还没有“霜皮溜雨四十围，黛色参天二千尺”，但是老态龙钟，却又枝叶葱茏，浑身仙风道骨，颇有一点非凡的气概了。我想，一看到这样一棵古树，谁也会引起一些遐思：它目睹过多少朝代的更替，多少风流人物的兴亡，多少度沧海桑田，多少次人事变幻，到现在依然青春永葆，枝干挺秀。如果树也有感想的话，难道它不应该大大地感喟一番吗？我自己却真是感慨系之，大有流连徘徊不忍离去之意了。

回头登上台阶，就是天后宫正殿。正中塑着天后的像，俨然端坐在上面。天后是海神。此地近海，渔民天天同海打交道；大海是神秘难测的，它有波平浪静的一面，但也有波涛汹涌的一面。自古以来，不知道有多少渔民葬身波涛之中。他们迫不得已，只好乞灵于神道，于是就出现了天后。我们南海一带都祭祀天后。在这个端庄美丽的女神后边，不知道包含着多少血泪悲剧啊！在我上面提到的左右两间绣房中，床上的被褥都非常光鲜美丽。据说，天后有一个习惯：她轮流在两间屋子里睡觉。为什么这样？其中定有道理。但这是神仙们的事，我辈凡夫俗子还是以少打听为妙，还是欣赏眼前的景色吧！

到了最后一层院子，才真正到了蓬莱阁。阁并不高，只有两层。过去有诗人咏道："登上蓬莱阁，伸手把天摸。"显然是有点夸张。但是，一登上二楼，举目北望，海天渺茫，自己也仿佛凌虚御空，相信伸手就能摸到天，觉得这两句诗绝非夸张了。谁到这里都会想到蓬莱三山的传说，也会想到刻在一个院子里两边房墙上的四句话：

直上蓬莱阁，

人间第一楼。

云山千里目，

海岛四时秋。

现在不正是这样子吗？我自己也真感觉到，三山就在眼前，自己身上竟飘飘有些仙气了。

多少年来就传说，八仙过海正是从这里出发的。阁上有八仙的画像，各自手中拿着法宝，各显神通，越过大海。八仙中最引人注目的当然是吕洞宾。提起此仙，大大有名。全国许多地方都有关于他的神话传说。据说，吕洞宾并不姓吕。有一天，他同妻子到山洞里去逃难，这两口子住在洞中，相敬如宾，于是他就姓了吕，而名洞宾。这个故事很有趣，但也很离奇，颇难置信。可是，我觉得，这同天后的床铺一样，是神仙们的私事，我辈凡夫俗子还是以少谈为妙，且去欣赏眼前的景色吧！

眼前景色是美丽而有趣的。我们在楼上欣赏窗外的景色。楼中间围着桌子摆了许多把古色古香的椅子，正中一把太师椅，据说是吕洞宾坐过的；谁要坐上，谁就长生不老。我们中吕叔湘先生年高德劭，又适姓吕，于是就被大家推举坐上这一把太师椅，大家哄然大笑。我们虔心祷祝吕先生真能长生不老！

在这楼上，人人看八仙，人人说八仙，人人听八仙，人人不信八仙，八仙确实是太渺茫无稽了。但是，从这里能看到海市蜃楼却是真实的。我从前从许多书上，从许多人的嘴里读到、听到过海市的情景，心向往之久矣。只是海市极难看到。宋朝的大文学家苏轼，曾在登州做过五天的知府。他写过一首诗，叫做《登州海市》，还有一篇短短的序言，我现在抄一下：

> 予闻登州海市旧矣。父老云："尝出于春夏，今岁晚，不复见矣。"予到官五日而去，以不见为恨，祷于海神广德王之庙，明日见焉，乃作此诗。
>
> 东方云海空复空，群仙出没空明中。
> 荡摇浮世生万象，岂有贝阙藏珠宫？
> 心知所见皆幻影，敢以耳目烦神工。
> 岁寒水冷天地闭，为我起蛰鞭鱼龙。
> 重楼翠阜出霜晓，异事惊倒百岁翁。
> 人间所得容力取，世外无物谁为雄。
> 率然有请不我拒，信我人厄非天穷。
> 潮阳太守南迁归，喜见石廪堆祝融。
> 自言正直动山鬼，岂知造物哀龙钟。

伸眉一笑岂易得，神之报汝亦已丰。
斜阳万里孤鸟没，但见碧海磨青铜。
新诗绮语亦安用，相与变灭随东风。

在这里，苏东坡自己说，祷祝成功，海市出现。但是，给我们导游的那个小姑娘却说，苏轼大概没有看到海市；因为他呆的时间很短，而且是岁暮天寒之际。究竟相信谁的话呢？我有点怀疑，苏轼是故弄玄虚，英雄欺人。他可能是受了韩愈祝祷衡山的影响："潜心默祷若有应，岂非正直能感通。须臾静扫众峰出，仰见突兀撑青空。"他的遭遇同韩文公差不多，他们俩都认为自己是"正直"的。韩文公能祝祷成功（实际上也未必），为什么自己就不行呢？于是就写了这样一首诗，写得有鼻子有眼，仿佛亲眼看到一般。但是，这只是我个人的怀疑。又焉知苏轼的祝祷不会适与天变偶合、海市在不应该出现的时候出现了呢？我实在说不清楚。古人的事情今人实在难以判断啊！反正登州人民并不关心这一切，尽管苏轼只在这里呆了五天，他们还是在蓬莱阁上给他立庙塑像，把他的书法刻在石头上，以垂永久。苏轼在天有灵，当然会感到快慰吧。

我们游遍了蓬莱阁，抚今追昔，幻想迷离。八仙的传说，渺矣，茫矣。海市蜃楼又急切不能看到，我心里感到无名的空虚。在我内心的深处，我还是执着地希望，在蓬莱阁附近的某一个海中真有那么一个蓬莱三山。谁都知道，在大自然中确实没有三山的地位。但是，在我的想象中，我宁愿给蓬莱三山留下一个位置。“山在虚无缥缈间”，就让这三山同海市蜃楼一样，在虚无缥缈间永远存在下去吧，至少在我的心中。

1985 年 10 月 26 日写完

# 登庐山

苍松翠柏，层层叠叠，从山麓向上猛奔，气势磅礴，压山欲倒，整个宇宙仿佛沉浸在一片浓绿之中。原来这就是庐山啊！

汽车沿着盘山公路，在万绿丛中盘旋而上。我一边仿佛为这神奇的绿色所制服，一边嘴里哼着苏东坡那一首脍炙人口的诗：

横看成岭侧成峰，
远近高低各不同。
不识庐山真面目，
只缘身在此山中。

我很后悔，在年轻读中小学的时候，学习马虎，对岭与峰的细微区别没有弄清楚。到了此时，悔之晚矣。无论横看，还是侧看，我都弄不明白苏东坡用意之所在。我只觉得，苏东坡没有搔着痒处，没有真正抓住庐山的神韵，没有抓住庐山的灵魂，空留下这一首传诵古今的名篇。

到了我们的住处以后，天色已经黄昏。窗外松涛澎湃，山风猎猎，鸟鸣在耳，蝉声响彻，九奇峰朦胧耸立，天上有一弯新月。我耳朵里听到的是松声，眼睛仿佛看到了绿色。我在庐山的第一夜，做了一个绿色的梦。

中国的名山胜境，我游得不多。五十年前，我在大学毕业后，改行当了高中的国文教员。虽然为人师表，却只有二十三岁。在学生眼中，我大概只能算是一个大孩子。有一个学生含笑对我说："我比你还大五岁哩！老师！"这有什么办法呢？我当时童心未泯，颇好游玩。曾同几个同事登泰山，没费吹灰之力就登上了南天门。在一个鸡毛小店里住了一夜，第二天凌晨攀登玉皇顶，想看日出。适逢浮云蔽天，等看到太阳时，它已经升得老高了。我们从后山黑龙潭下山，一路饱览山色，颇有一点"一览众山小"的情趣。泰山给我留下了非常深刻的印象。从审美的角度上来评断，我想用两个字来概括泰山，这就是：雄伟。

六年以前，我游了黄山。从前山温泉向上攀，经过了许多名胜古迹，什么一线天、蓬莱三岛等，下午三时到了玉屏楼。回望天都峰鲫鱼背，如悬天半。在玉屏楼住了一夜，第二天再向北海前进。一路上又饱览了数不清的名胜古迹。在北海住了两夜，看到了著名的黄山云海和奇峰怪石。世之论者认为黄山以古松胜，以云海胜，以奇峰胜，以怪石胜。古人说："五岳归来不看山，黄山归来不看岳。"这是非常有见地的话。从审美的角度来评断，我也想用两个字来概括黄山，这就是：诡奇。

那一次陪我游黄山的是小泓，我们祖孙二人始终走在一起。他很善于记黄山那一些稀奇古怪的名胜的名字，我则老朽昏庸，转眼就忘，时时需要他的提醒和纠正。当时日子过得似乎平平常常，并没有觉得有什么奇妙之处，有什么值得怀念之处。但是，前几年我到安徽合肥去开会，又有游黄山的机会，我原本想再去黄山的。可是，我忽然怀念起小泓来，他已在千山万水浩渺大洋之外了。我顿时觉得，那一次游黄山，日子过得不细致，有点马马虎虎，颇有一点身在福中不知福的味道。如今回忆起来，情景历历如在眼前。哪怕是极小的生活细节，也无一不温馨可爱，到了今天，宛如一梦，那些情景永远永远不会再回来了。我觉得，再游黄山，谁也代替不了小泓。经过了反复的考虑，我决意不再到黄山去了。

今天我来到了庐山，陪我来的是二泓。在离开北京的时候，我曾下定决心，在庐山，日子一定要仔仔细细地过，认真在意地过，把每一个细微末节，每一分钟，每一秒钟，都要仔细玩味，绝不能马马虎虎，免得再像游黄山那样，日后追悔不及。我也确实这样做了。正像小泓一样，二泓也是跟我形影不离。几天以来，我们几乎游遍整个庐山。茂林修竹，大陵深涧，岩洞石穴，飞瀑名泉。他扶着我，有时候简直是扛着我，到处游观。我觉得，这一次确实是仔仔细细地过日子了，一点也没有敢疏忽大意。对一草一木，一山一石，变幻莫测的白云，流动不息的飞瀑，我都全心全意地把整个灵魂都放在上面。我只希望，到得庐山之游成为回忆时，我不再追悔。是否真正能做到这一步，我眼前还不敢夸下海口，只有等将来的事实来验证了。

庐山千姿百态，很难用一个字或几个字来概括。但是，总起来说，庐山给我的印象同泰山和黄山迥乎不同。在这里，不管是远山，还是近岭，无不长满了松柏。杉树更是特别郁郁葱葱，尖尖的树顶直刺云天。目光所到之处，总是绿，绿，绿，几乎看不到任何别的颜色，是一片浓绿的天地，一片浓绿的大洋。从审美的角度来看，我也想用两个字来概括庐山，这就是：秀润。

我觉得，绿是庐山的精神，绿是庐山的灵魂，没有绿就没有庐山。绿是有层次的。有时候蓦地白云从谷中升起，把苍松翠柏都笼罩起来，笼罩得迷蒙一片，此时浓绿就转成了青色，更给人以秀润之感，可惜东坡翁当年没能抓住庐山这个特点，因而没有能认识庐山的真面目，成为千古憾事。我曾在含鄱口远眺时信口写一七绝：

近浓远淡绿重重，

峰横岭斜青蒙蒙。

识得庐山真面目，

只缘身在此山中。

我自谓抓住了庐山的精神，抓住了庐山的灵魂。庐山有灵，不知以为然否？

1986 年 8 月 6 日于庐山

# 法门寺

法门寺，多么熟悉的名字啊！京剧有一出戏，就叫做《法门寺》。其中有两个角色，让人永远忘记不了：一个是太监刘瑾，一个是他的随从贾桂。刘瑾气焰万丈，炙手可热。他那种小人得志的情态，在戏剧中表现得惟妙惟肖，淋漓尽致，是京剧中最著名的人物之一。贾桂则是奴颜婢膝，一副小人阿谀奉承的奴才相。他的“知名度”甚至高过刘瑾，几乎是妇孺皆知。“贾桂思想”这个词儿至今流传。

我曾多次看《法门寺》这一出戏，我非常欣赏演员们的表演艺术。但是，我从来也没想研究究竟有没有法门寺这样一个地方？它坐落在何州何县？这样的问题好像跟我风马牛不相及，根本不存在似的。

然而，我何曾料到，自己今天竟然来到了法门寺，而且还同一件极其重要的考古发现联系在一起了。

这一座寺院距离陕西扶风县有八九里路，处在一个比较偏僻的农村中。我们来的时候，正落着蒙蒙细雨，据说这雨已经下了几天。快要收割的麦子湿漉漉的，流露出一种垂头丧气的神情。但是在中国比较稀见的大棵大朵的月季花却开得五颜六色，绚丽多姿，告诉我们春天还没有完全过去，夏天刚刚来临。寺院还在修葺，大殿已经修好，彩绘一新，鲜艳夺目。但是整个寺院却还是一片断壁残垣，显得破破烂烂。地上全是泥泞，根本没法走路。工人们搬来了宝塔倒掉留下来的巨大的砖头，硬是在泥水中垫出一条路来。我们这一群从北京来的秀才们小心翼翼，战战兢兢地踏着砖头，左歪右斜地走到了一个原来有一座十三层的宝塔而今完全倒掉的地方。

这样一个地方有什么可看的呢？千里迢迢从北京赶来这里难道就是为了看这一座破庙吗？事情当然不会这样简单。这一座法门寺在唐代真是大大地有名，它是皇家烧香礼佛的地方。这一座宝塔建自唐代，中间屡经修葺。但是在一千多年的漫长的时间内，年深日久，自然的破坏力是无法抗御的，终于在前几年倒塌了。我们现在看到的就是倒塌后的样子。

倒塌本身按理说也用不着大惊小怪。但是，倒塌以后，下面就露出了地宫。打开地宫，一方面似乎是出人意料，另一方面又似乎是在意料之内，在这里发现了大量异常珍贵的古代遗物。遗物真可以说是丰富多彩，琳琅满目，其中有金银器皿、玻璃器皿、茶碾子、丝织品。据说，地宫初启时，一千多年以前的金器，金光闪闪，光辉夺目，参加发掘的人为之吃惊，为之振奋。最引人瞩目的是秘色瓷，实物还从来没有看到过。另外根据刻在石碑上的账簿，丝织品中有中国历史上唯一的一位女皇武则天的裙子。因为丝织品都粘在一起，还没有能打开看一看，这一条简直是充满了神话色彩的裙子究竟是什么样子。

但是，真正引起轰动的还是如来佛释迦牟尼的真身舍利。世界上已经发现的舍利为数极多，我国也有不少。但是，那些舍利都是如来佛遗体焚化后留下来的。这一个如来佛指骨舍利却出自他的肉身，在世界上从来没有过。我不是佛教信徒，不想去探索考证。但是，这个指骨舍利在十三层宝塔下面已经埋藏了一千多年，只是它这一把子年纪不就能让我们肃然起敬吗？何况它还同中国历史上和文学史上的一段公案紧密地联系在一起呢！唐朝大文学家韩愈有一篇著名的文章《论佛骨表》。千百年来，读过这篇文章的人恐怕有千百万。我自己年幼时也曾读过，至今尚能背诵。但是，我从来也没有想到，唐宪宗“令群僧迎佛骨于凤翔”的佛骨竟然还存在于宇宙间，而且现在就在我们眼前，我原以为是神话的东西就保存在我们现在来看的地宫里，虚无缥缈的神话一下子变为现实。它将在全世界引起多么大的轰动，目前还无法逆料。这一阵“佛骨旋风”会以雷霆万钧之力扫过佛教世界，这一点是肯定无疑的了。

我曾多次来过西安，我也曾多次感觉到过，而且说出来过：西安是一块宝地。在这里，中国古代文化仿佛阳光空气一般，弥漫城中。唐代著名诗人的那些名篇名句，很多都与西安有牵连。谁看到灞桥、渭水等等的名字不会立即神往盛唐呢？谁走过丈八沟、乐游原这样的地方不会立即想到杜甫、李商隐的名篇呢？这里到处是诗，美妙的诗；这里到处是梦，神奇的梦；这里是一个诗和梦的世界。如今又出现了如来真身舍利。它将给这个诗和梦的世界涂上一层神光，使它同西天净土，三千大千世界联系在一起，生为西安人，生为陕西人，生为中国人有福了。

从神话回到现实。我们这一群北京秀才们是应邀来鉴定新出土的奇宝的。对我们这些凡夫俗子来说，如来真身舍利渺矣茫矣。对每一个中国人来说，古代灿烂的文化遗物却是活生生的现实。即使对于神话不感兴趣的普通老百姓，对现实却是感兴趣的。现在法门寺已经严密封锁，一般人不容易进来。但是，老百姓却有自己的想法，有自己的价值观。我曾在大街上和飞机场上碰到过一些好奇的老百姓。在大街上，两位中年人满面堆笑，走了过来：

“你是从北京来的吗？”

“是的。”

“你是来鉴定如来佛的舍利吗？”

“是的。”

“听说你们挖出了一地窖金子？！”

对这样的“热心人”，我能回答些什么呢？

在飞机场五六个年轻人一下子涌了上来：

“你们不是从北京来的吗？”

“是的。”

“听说，你们看到的那几段佛骨，价钱可以顶得上三个香港？！”

多么奇妙的联想，又是多么天真的想法。让我关在屋子里想一辈子也想不出来。无论如何，这表示，西安的老百姓已经普遍地注意到如来真身舍利的出现这一件事，街头巷尾，高谈阔论，沸沸扬扬，满城都说佛舍利了。

外国朋友怎样呢？他们的好奇心，他们的轰动，绝不亚于中国的老百姓。在新闻发布会上，一位日本什么报的记者抢过扩音器，发出了连珠炮似的问题：“这个指骨舍利是如来佛哪一只手上的呢？是左手，还是右手？是哪一个指头上的呢？是拇指，还是小指？”我们这一些“答辩者”，谁也回答不出来。其他外国记者都争着想提问，但是这一位日本朋友却抓紧了扩音器，死不放手。我绝不敢认为，他的问题提得幼稚，可笑。对一个信仰佛教又是记者的人来说，他提问题是非常认真严肃的，又是十分虔诚的。据我了解到的，现在世界上许多国家，特别是日本、印度以及南亚和东南亚佛教国家，都纷纷议论西安的真身舍利。这个消息像燎原的大火一样，已经熊熊燃烧起来了，行将见“西安热”又将热遍全球了。

就这样，我在细雨霏霏中，一边参观法门寺，一边心潮起伏，浮想联翩。多年来没有背诵的《论佛骨表》硬是从遗忘中挤了出来，我不由得一字一句暗暗背诵。同时我还背诵着：

一封朝奏九重天，
夕贬潮州路八千。
欲为圣明除弊事，
肯将衰朽惜残年？
云横秦岭家何在，
雪拥蓝关马不前。

知汝远来应有意，

好收吾骨瘴江边。

韩愈因谏迎佛骨，遭到贬逐，他的侄孙韩湘来看他，他写了这一首诗。我没有到过秦岭，更没有见过蓝关，我却仿佛看到了一个孤苦伶仃的老人，忠君遭贬，我不禁感到一阵凄凉。此时月季花在雨中别具风韵，法门寺的红墙另有异彩。我幻想，再过三五年，等到法门寺修复完毕，十三级宝塔重新矗立之时，此时冷落僻远的法门寺前，将是车水马龙，摩肩接踵，与秦俑馆媲美了。

1987年8月26日

# 虎门炮台

从小学起，学中国历史，就知道有一次鸦片战争，而鸦片战争必与林则徐相联系，而林则徐又必与虎门炮台相联系。

因此，虎门炮台就在我脑筋里生了根。

可是虎门炮台究竟是什么样子呢？我说不出。正如世界上其他事物一样，倘还没见到实物，往往以幻想填充。我的幻想并不特别有力，它填充给我的不过是一片荒凉的海滩，一个有雉堞的小城堡，上面孤零零地架着一尊旧式的生铁铸成的大炮，前面是大海，汪洋浩瀚，水天渺茫，微风乍起，浊浪拍岸，如此而已。

今天由于一个偶然的机会，我竟然来到了这里。我眼前看到的实际情况与我的幻想不同，这是意中事，我丝毫不感到奇怪。但是，这个不同竟然是这样大，却不能不使我大吃一惊了。炮台在海滩上，这用不着奇怪，也不可能有别的可能。但是，这海滩却与荒凉丝毫也不沾边，却是始料所不及。这里杂花生树，绿木成荫。几棵粗大的榕树挺立着，浓荫匝地，绿意扑人。从树干的粗细来看，它们已经很老很老了。当年海战时，它们必已经站立在这里，亲眼看了这一场激烈的搏斗。它们必然也随着搏斗的进行，时而欢欣鼓舞，时而怒发冲冠，最终一切寂静下来。当年活着的人早已不在了，只有它们年复一年地守候在这里，跟着季节的变化而变化，一直守候到现在。现在到处是一片生机，一片浓绿，雉堞犹存，大炮还在，可无论如何也令人无法把当前情况与一百五十多年以前的残酷的战争联系在一起。这个古战场我实在无法凭吊了。

可是我的回忆还是清楚的。当年外国的侵略者凭其坚船利炮，想在这一块弹丸之地的海滩上踏上我们神圣的国土。他们挥舞刀枪，惨杀我们的士兵。我们的士兵义愤填膺，奋起抵抗，让一批批的入侵者陈尸滩头，最后不得不夹着尾巴逃掉。我们的士兵也伤亡惨重。统率我军杀敌的关天培将军以身殉国。至今还有七十五位忠勇将士的尸体合葬在山坡上，让后人永远凭吊。当时林则徐以钦差大臣的身份在后面不远的山头上督战。这一场搏斗申正义于海隅，振大汉之天声，是我们中华民族永不磨灭的伟业，是我们全民族的骄傲。今天虽然已经时过境迁，当年的事情早已成为历史陈迹，然而我们今天来到这里，又有哪一个人不觉得我们阵亡的将士仍虎虎有生气，而缅怀往事，感到无限振奋呢？

当我们走出炮台去参观林则徐销毁鸦片烟池的时候，我们又为另一种情景而无限振奋。林则徐把从殖民主义强盗手中没收来的两百多万公斤之多的鸦片烟，倒入一个大水池中，先用海水把鸦片泡成糊状，然后再倾入石灰，借石灰的力量把鸦片烟销毁，最后放出海水把残渣冲入海中。据说，他当时邀请了不少的外国人来参观。外国老爷大概怀疑这销烟的行动，也乐意来亲眼看一看。当他们看到林则徐是真销毁，而销毁的数量又是如此巨大时，都大为吃惊。他们哪会想到，在清代末叶贪官污吏横行霸道之时，竟然还有林则徐这样的硬骨头，他们对中华民族不得不油然起尊敬之心。那么，林则徐以一介书生，凛然代表了民族正气，功业彪炳青史，直至百多年之后的今天，还让我们感佩敬仰，不是完全可以理解的吗？

时间是一种非常古怪的东西。有忧伤之事，它能让你慢慢地渐渐地忘掉，否则你会活不下去的。有欢乐之事，它也能让你慢慢地渐渐地忘掉，否则永远处在快乐兴奋之中，血压也难免升高，你也会活不下去的。这一慢一渐，既可感，又可怕，人们必须警惕。独有英雄业绩、民族正气，却能让你永志不忘，而且弥久弥新。这才真正是民族历史的脊梁，一个民族能生存下去，靠的就是这个脊梁。我们在山顶上林则徐的塑像下看到镌刻着的他的两句诗：

苟利国家生死以，
岂因祸福避趋之。

真可以说是掷地作金石声。这一位世间巨人的形象在我眼前立刻更高大了起来，他不是值得我们全体炎黄子孙恭恭敬敬地、诚诚恳恳地学习一辈子吗？

1988年5月30日下午于广州

# 交光互影

# 团结起来 共同前进
## ——祝贺中国民族古文字展览开幕

中国是一个多民族的国家，在几千年漫长的历史上，各个民族互相学习，取长补短，共同努力，创造了今天这样的物质财富和精神财富，创造了今天这样灿烂的文明，也创造了我们这个伟大的中华民族。

我们民族多，语言文字也就多。专就文字而论，就很不相同。把我们各民族的文字摆在一起，形式迥异，各极其妙。在今天是这样，在过去历史上更是这样。有的民族有字母，有的只有文字而没有字母，有的在某一段时间连文字都没有。在我国境内发掘出不少的古代文字，使用这些文字的民族有的在名义上早已不存在了，但是他们的文字却保留了下来。从这些古老的甚至已经死亡的文字中，我们还可以学习很多的东西。我们从中可以看出，古代在这个地区曾出现过多么繁荣的经济生活和文化生活，虽然今天可能只是一片荒漠。无论发掘出来的是哲学宗教的文书，还是科学技术的文书，甚至还有政治经济的文书，都能够明白无误地告诉我们当时这个地区的真实情况和这个地方的历史，还能告诉我们各个不同民族互相学习的情况，以及这些民族同外国民族往来的情况。无论在科学技术方面，在文学艺术方面，还是在宗教哲学方面，我们各民族之间确实是交光互影，互相渗透。民族有大小，文化基础有厚薄，做出的贡献有多少，但是总是互相学习，共同提高的。哪一个民族也不能自己吹嘘，只是给与而从不接受。像夜郎那样的国家（民族）毕竟只是极个别的，而且那种自大狂也可能只表现在个别人身上。

我们各民族互相学习的例子，专从语言文字方面来看也是不胜枚举的。比如，几乎所有的少数民族都借用了多少不等的汉字词汇，但是汉语也借用了一些少数民族的词汇。至于字母，有一些学者就认为西藏字母同古代和阗字母有关系。至于蒙文和满文的字母，以及新疆一些古代民族使用的字母，有渊源关系，更是大家所熟知的事实。文字和语言的互相借用，说明民族间文化的交流，说明民族间在各方面的互相学习。这种互相学习、互相理解和互相帮助，就是我们今天立国的基础。此外，我们还可以从这些古代文字的花样繁多上，更深刻地理解到我们的文化确实博大精深。

今天，我们搞一个中国民族古文字展览，绝不是在玩弄古董，发思古之幽情，而是着眼于现实。我们是想从文字这一个看似比较小的角度上，让大家了解各民族古代文字的形象，了解它们之间的关系，了解它们所包含的内容，了解与它密切相连的文化，更进一步了解我们各民族间关系之密切。

今天，我们的基本任务是实现四个现代化。完成这样一个十分艰巨的任务，绝不是哪一个民族单枪匹马就可以胜任的，它要求我们各个民族比过去任何时候都要更加紧密地团结起来，同心协力，这既符合整个的中华民族的利益，也是与各个民族的利益完全一致的。

我们这个伟大国家的前途，是光明灿烂的。眼前的一些困难，有的是不可避免的，有的是没有经验造成的，一个国家，一个民族，同一个人一样，绝不会永远走平坦的道路。道路暂时曲折崎岖，也是合乎规律的。总之，我们要树立信心，认清前途，为实现我们这个多民族的祖国的伟大愿望而共同努力。

1980 年 9 月 25 日

# 交光互影的中外文化交流

谈到文化交流，过去大概有两个比较普遍的看法：一个是认为，文化交流的研究是一门专业性很强的学科，同我们平民老百姓关系不大；一个是认为，文化交流是“单行线”，换句话说，就是一个国家的文化在某一个时期、某一方向，流到了另一个国家，在那里生根开花。几乎没有人强调，一个国家接受了另一个国家某一方面的文化以后，结合自己的情况，加以融会贯通、发扬光大，然后再流回来源的国家去。这两个看法，我自己和别人都有过。我看过别人的文章，表现的是这种观点。我自己也写过一些论文化交流的文章，表现的同样的是这种观点。只是到了最近，我才意识到，这种看法不符合事实，因而是错误的。同时我也日益感到，文化交流同我们关系异常密切，我们的日常生活时时刻刻处处都离不开文化交流。

我先谈文化倒流的问题。在文化交流中，来源于某一个外国的思想或者事物是否能再流回那一个国家去呢？有没有这样的例子呢？有的，而且很多。为了说明这个现象，我从日常非常习见的食品和用品中选取两个例子，加以阐释：一个是白糖，一个是钢铁。

关于白糖。

我们中国古代没有“糖”这个字，只有一个“餳”字，指的是麦芽糖一类的东西。甘蔗我们是有的，比如《楚辞·招魂》中说：“胹鳖炮羔，有柘浆些。”“柘浆”就是后代的“蔗浆”。现在的“甘蔗”二字，古代有很多写法，“甘柘”是其中之一。这个词儿看来像个外来语，词儿中的两个字都只是音译。古代的蔗浆只供饮用，而不用来熬糖。熬糖则使用麦芽。利用甘蔗汁熬糖是以后的事情。大概到了南北朝时期才出现了“糖”字，利用蔗浆熬糖可能也始于此时。三国以前个别典籍中偶有“糖”字，那是后来窜入的，或者是“糠”等字的讹误。至于汉末许多文章中的“西极石蜜”或“西国石蜜”，则是从外国传进来的牛奶糖一类的东西，还不就是冰糖。

到了唐代，中国的蔗浆熬糖技术已经有了进步，但可能还有所不足。《新唐书》卷二二一《西域列传·摩揭陀》

说："太宗遣使取熬糖法，即诏扬州上诸蔗，拃沈如其剂，色味愈西域远甚。""诸蔗"即"藷蔗"，"西域"指印度。这说明，中国从印度学习了蔗浆熬糖某一方面的新技术，结合中国固有的技术，进一步加以发展，遂使成品在色和味两个方面都远远地超过印度了。

印度古代的熬糖技术是相当高明的。梵文、巴利文和汉译的佛典中有大量的例子可以说明这个情况。连甘蔗这种植物本身很可能就原产于印度。印度的熬糖术在公元六七世纪在世界上可能处于领先地位，因此唐太宗才派人去学习。

但是，我们中华民族绝不是只安于学习外国的民族。唐代以后，中国熬糖技术继续有所创新，有所发展。因为过去中国的文人学士多半轻视技术，所以文献中记载不多，我们对熬糖技术发展的情况了解得不多，不切实，不具体。到了元代，根据马可孛罗[①]的记述，又有埃及人来到中国，把更先进的熬糖技术带了进来。中国人在固有的基础上，结合埃及的炼糖术，把熬糖技术又大大地向前推进了，结果是，到了明代，中国熬制白砂糖的技术水平已经很高，在当时世界上也许是处于先进地位。明末清初的许多文献中都记载着中国的白砂糖输出国外的情况。输出到的地区

① 现通译为"马可·波罗"。——编者注

和国家范围很广，日本、南亚和东南亚都在其中，大概也运到了印度。因此，印地语中有一个字 cīnī，原意是“中国的”，可是在这里意思是白糖。这明确无误地指明，印度白砂糖来自中国。同时，印地语中还有一个字 misarī，原意是“埃及的”，在这里意思是冰糖。可见印度同中国一样，也从埃及学习了炼糖术。埃及的炼糖术也不是从天上掉下来的，它在某一个时期也学习过印度的技术。中、印、埃三国这种互相学习、辗转学习的历史是十分发人深思的。

白糖这一种日常习见的、天天必吃的、微末不足道的食品，其背后竟然隐含着一部这样复杂的中国、印度、埃及、伊朗和其他阿拉伯国家之间的文化交流的历史，这情况知道的人恐怕不会太多吧。

关于钢铁。

在过去，中国很多的历史学家都曾有过一种看法，认为铁在中国的使用开始比较晚。在殷墟发掘中没有发现铁器。但是，1972 年在河北藁城考古发掘时，发现了一把商代的铁刃铜钺。这铁刃不是人工铸铁制成的，而是天上掉下来的陨铁。这同古代埃及一样，最早的铁是天上的陨铁。然而能把陨铁制成铁刃，说明工艺水平已经相当高。在商代就能达到这个水平，这是十分值得重视的。

中国的冶铁工业，到了春秋后期，已有相当大的规模。

根据中外学者共同研究的结果，中国铸铁的发明比欧洲要早上一千几百年。战国时候，我们已经有了钢。中国的冶铁技术和钢铁早已输出国外。《史记》上记载着中国铸铁技术传入安息（今伊朗）的情况。欧洲的一些古书上也有关于中国钢铁的记载。

另一方面，在印度最古的文化遗址中，比如在摩亨殊达鲁和哈拉巴，没有发现铁制的东西，这说明，古代印度土著是不知道铁的。而雅利安人则很早就知道铁，雅利安人的部族都知道铁，赫梯人就是其中之一。雅利安人进入印度，共有两次浪潮。他们在第二次浪潮中把铁和冶铁技术带进了印度，时间约在公元前1100年左右。从此以后，印度冶铁技术迅速发展起来。公元前5世纪的希腊伟大历史家希罗多德讲到，古波斯泽尔士大帝麾下的印度士兵携带着带铁头的箭。公元前4世纪前，高质量的印度钢已经输出国外。从各方面的情况和记载来看，印度古代的钢可以说是誉满全球的。

然而在梵文中，在许许多多的表示“钢”的同义字中，却有一个很特殊的字：cīnaja。“cīna”就是“支那”，指中国；“ja”的意思是“生”。合起来这个字的意思就是“生在中国的”。这肯定指明了，中国冶炼的钢，在某一个时期，通过某一条渠道，输入到了印度。印度素以产钢著名，而中国的钢却偏偏传入印度。其间的关系不也同样发人深思吗？

但是事情还没有就到此为止。中世纪阿拉伯旅行家伊本·穆哈尔希尔（Ibn Muhalhil）于10世纪中叶在克什米尔看到了一个大观象台，是用中国铁筑成的，永不破碎。这一件事实也指明了，到了中世纪，中国钢铁仍然传入印度。

上面叙述的钢铁的交流只限于中印两国。可是事实上交流的范围还要广阔得多，大大轶出了中印两国的范围。中国有一种品种优良的铁，叫做“镔铁”。这一种铁的冶炼和传布不限于中印两国，连伊朗（古代波斯）也包括进来了。这里不再讨论，后当专文论述。

从上面举出的白糖和钢铁这两个简单的例子中我们可以引申出什么样的涵义呢？我们可以看到，对待日常生活中的食品和用品，如果漫不经心，习焉不察，那就什么问题也看不出来。如果稍一留心，则会发现一个“平凡的真理”：我们是生活在文化交流中，在非常习见的东西的背后往往隐藏着一部十分复杂、十分曲折的文化交流的历史，白糖和钢铁就是如此。研究这种人类文化交流的历史，当然是一门非常专门的学科；一般老百姓不可能，也用不着去从事这一项研究工作。然而，如果我们知道一点这样的历史，也给生活带来一些情趣，并且提高我们的爱国主义和国际主义相结合的精神。试想一想，看一看：我们今天吃的、喝的、穿的、戴的、听的、看的、乘的、坐的，甚至想的、梦的，哪一件不是文化交流的结果？面包、咖啡、西装、革履，固然不必说了。其余的东西又哪一件是黄帝老子创造出来的？哪一件是完完全全的国货？这都是“对外开放”的结果。我现在再举几种常吃的蔬菜。西红柿、胡萝卜、土豆等是舶来品，知道的人比较多。但是一年四季离不开的菠菜也是外来户，能有几个人知道呢！

我还想着重谈一谈文化倒流或者回流的问题。我在上面谈的白糖和钢铁具体地体现了这种倒流。然而注意到这一个倒流现象的人却不多，或者根本没有。这是指眼前的情况而言。我们的古人确实有人注意到了。我举一个例子。《宋高僧传》卷二七《释含光传》说：

> 未闻中华演述佛教倒传西域，有诸乎？通曰：“昔梁武世，吐谷浑夸吕可汗使来，求佛像及经论十四条。帝与所撰《涅槃》《般若》《金光明》等经疏一百三卷付之。原其使者必通华言，既达音字，到后以彼土言译华成胡，方令通会。彼亦有僧，必展转传译，从青海西达葱岭北诸国，不久，均行五竺，更无疑矣。”

下面又谈到，智者大师演述的无相空教，玄奘大师解释的中道教，西域罕及，大为倾慕。这里讲的虽然只是佛教，但其意义却绝不限于宗教。印度文化流到中国，经过发展，又流了回去，彰彰明矣。

《含光传》里面还说到道教：

> 又唐西域求易道经，诏僧道译唐为梵。二教争菩提为道，纷拏不已，中辍。设能翻传到彼，见此方玄赜之典籍，岂不美欤！又夫西域者佛法之根干也。东夏者，传来之枝叶也。世所知者，知枝叶，不知根干，而不知枝叶殖土，亦根生干长矣。

这里讲了两个问题：一个是佛教倒流，一个是道教西流。佛教的发源地是尼泊尔和印度。从那里传入中国，到了唐代已有相当长的时间了。经过了中国的改造与发展，又传回印度。道教的发源地是中国，在唐代有传入印度的可能。只因翻译《道德经》的时候在如何翻译“道”这个字，和尚道士发生了争吵，翻译工作停了下来。否则，老子《道德经》就很有可能传入印度了。在这里，只有第一个例子属于倒流的范畴。《宋高僧传》用根干和枝叶来比喻印度和中国，说明枝叶也能变成根干。这比喻很形象，很生动，也很有趣，耐人寻味。这一个例子足以说明，文化交流中确实存在着倒流的现象。可是我们现在讲文化交流的书没有哪一本强调这种倒流现象的。这不能不算是一件憾事。宋代的一个和尚能注意到这个现象，说得又如此生动、深刻，又不能不算是一件喜事了。

《含光传》的意义还不止这一点。它还谈到了一个非常重要的现象，这就是中印两国文化的差异问题。我再引一段原文：

> 盖东人之敏利，何以知耶？秦人好略，验其言少而解多也。西域之人淳朴，何以知乎？天竺好繁，证其言而后悟也。由是观之，西域之人利在乎念性，东人利在乎解性也。

“东人”和“秦人”，指的是中国人；“西域之人”指的是印度人。这里的“性”，指的是本体、本质、自性、原因，是哲学的根本问题。中印两国人民对待哲学根本问题，态度和办法是有差异的。

一千年前的《宋高僧传》的作者赞宁看到了文化倒流的现象，又从而分析了中印思想方法的差异，扩大来看，也可以说是分析中印文化的差异，这确实是十分难能可贵的。对这种中外文化差异的观察与分析，后来一直有人在做。近代注意介绍西方思想的思想家严复是其中非常值得注意的一个。他曾说过：

> 中之人好古而忽今，西之人力今以胜古。中之人以一治一乱、一盛一衰为天行人事之自然；西之人以日进无疆，既盛不可复衰、既治不可复乱，为学术政化之极则……中国最重三纲，而西人首明平等；中国亲亲，而西人尚贤；中国以孝治天下，而西人以公治天下；中国尊主，而西人隆民；中国贵一道而同风，而西人喜党居而州处；中国多忌讳，而西人众讥评。其于财用也，中国重节流，而西人重开源；中国追淳朴，而西人求欢虞。其接物也，中国美谦屈，而西人多发舒；中国尚节文，而西人乐简易。其于为学也，中国夸多识，而西人尊新知。其于祸灾也，中国委天数，而西人恃人力。(《论世变之亟》)

所有这一些观察，都具体确实，细致入微。虽然我们不一定全盘接受，但对我们很有启发，则是完全可以肯定的。

到了20世纪20年代，又掀起了一番东西文化及其哲学的讨论，在国外，有东方精神文明与西方物质文明之说。在国内，有的人主要讨论中国文化与印度文化的异同问题。有人认为，这一场论战规模大，持续久，也更深入。但是后来终于也没能得出什么一致的结论，就销声匿迹了。

到了最近一二十年，这样的观察与思考又以比较文化的名义重新振作起来。在全世界许多国家里，许多学者都对于这个问题表现出异常大的兴趣。我个人认为，这是一个很好的现象，十分令人鼓舞。我们研究比较文化，我们研究文化交流，绝不是为研究而研究。除了学术意义以外，还有现实意义。在过去，由于历史情况、地理情况等等的不同，每一个民族都发展了自己的独特的文化。但是国与国之间，民族与民族之间的文化交流始终也没有停止过。到了今天，历史情况、地理情况等等都大大地改变了。全世界各国人民都时时刻刻生活在文化交流中，都从文化交流中既得到物质利益，也得到精神利益。从人类发展的前途来看，全世界文化的大汇流是不可避免的，尽管可能需要极长的时间，几百年，上千年，甚至千年以上，但是汇流终究必然会来到的。1827年1月31日，德国的伟大诗人歌德在同爱克曼博士谈话的时候讲到，他正在读一本“中国传奇”。根据这一本中国小说，歌德评论了中国文学中表现出来一些特点，他的总印象是，中国人严格遵守道德和礼仪。话题一转，歌德又讲到法国诗人贝朗瑞。他认为，中国诗人彻底遵守道德，而现代法国第一流诗人却正相反，这非常值得注意。他最后说：

> 民族文学在现代算不了很大的一回事，世界文学的时代已快来临了。（见朱光潜译：《歌德谈话录》）

我们现在可不可以预言一个“世界文化”呢？我认为是可以的。我们现在进行文化交流的研究，也可以说是给这种“世界文化”，这种世界文化大汇流做准备工作吧。这种研究至少能够加强各国各民族之间的相互了解，促进我们之间的友谊，共同保卫世界和平，难道说这不是一件十分有意义的工作吗？

1986年3月5日写完

# 翻　译

翻译（translation）是把已说出或写出的话的意思用另一种语言表达出来的活动。这种语言活动，人类几千年来一直在进行，它影响到文化和语言的发展。与翻译有关的可变因素很多，例如文化背景不同、题材不同、语言难译易译不同、读者不同等等，很难把各种不同因素综合起来，都纳入一条通则。

在欧洲，翻译实践有长远的历史。有人甚至认为，欧洲文明源于翻译，上至罗马帝国，下至今天的欧洲共同市场，都要靠翻译来进行国际贸易。有人说，用古希伯来语写的《圣经》和用阿拉米语写的《福音》，如果没有先译为希腊文和拉丁文，后来又译为中世纪和近代诸语言的话，两千年来的犹太基督教文化就不会产生，因而欧洲文化也不会出现。自翻译《圣经》起，将近两千年来，欧洲的翻译活动一直没有停止过。《圣经》的翻译是一件大事，它帮助许多国家的语言奠定了基础。在古代希腊、拉丁文学方面，荷马的史诗，希腊悲剧、喜剧和抒情诗，忒奥克里托斯（约前310—前250）、卡图卢斯（约前87—前54）、普卢塔克（约46—120或127）的作品等等也多次被译成欧洲许多国家的语言。在保存古希腊文艺方面，阿拉伯译者做出了巨大的贡献。至于欧洲各国古代和近代的其他大作家，如维吉尔、但丁、莎士比亚、歌德、塞万提斯、安徒生、易卜生、托尔斯泰、陀思妥耶夫斯基、莫里哀等等的作品，也都多次被译成其他国家的语言。在东方文学方面，阿拉伯的《一千零一夜》、日本的能剧、中国的小说诗歌、印度的《故事海》《薄伽梵歌》《沙恭达罗》等等都译成了欧洲语言。特别值得一提的是印度的《五卷书》，它通过中古波斯文和阿拉伯文译本，反反复复地被译成了多种欧洲语言，产生了巨大的影响。

实践产生理论，欧美许多国家的翻译理论是五花八门的。从大的方面来看，可以分为两大派：一派是翻译可能论，一派是翻译不可能论。其实，完完全全百分之百的可能是没有的，完完全全百分之百的不可能也是没有的。世界上一切翻译活动都是在这两个极端之间进行的。欧洲许多著名的人物，比如马丁·路德、M. 阿诺德、F. W. 纽曼、J. B. 波斯特加特、H. 白洛克、Fr. R. 诺克斯、V. 那巴可夫等等，都对翻译提出了自己的理论。据《开塞尔世界文学百科全书》的意见，这些理论中有些是刚愎自用的。

翻译一篇作品或者一段讲话，必然涉及两种语言：一种是原来那个作品或者讲话的语言，德国学者称之为 ausgangssprache（源头语言），英美学者称之为 original 或 source language；一种是译成的语言，德国学者称之为 zielsprache（目的语言），英美学者称之为 target language。二者之间总会或多或少地存在着差距。因为，从严格的语言学原则上来讲，绝对的同义词是根本不存在的。一个翻译者，不管水平多么高，也只能尽可能地接近源头语言，而不可能把原意和神韵完全传达过来。翻译者的任务就是处理两种语言之间的关系。关于翻译工作，一般的看法是，逻辑的抽象的东西，比如说数学、物理、化学等等著作，翻译起来比较容易。但是也有含义转移的危险。重在故事情节的作品，比如浅薄平庸的小说之类，翻译起来也比较容易。重在说理或鼓动的作品，比如格言诗、论战文章、政治演说、有倾向性的剧本以及讽刺文学等等，翻译起来也不十分困难。但是重在表达感情的高级文学作品，翻译起来就极为困难。在这里，翻译或多或少只能是再创作，只能做到尽可能地接近原作，原作的神韵、情调是无论如何也难以完全仿制的。特别是源头语言中那些靠声音来产生的效果，在目的语言中是完全无法重新创造的。

除了翻译可能与不可能的争论之外，还有直译与意译的争论。这种争论在欧洲也有很长的历史，但在中国尤其突出。

中国的翻译理论和实践在世界上有显著的地位。《礼记》已有关于翻译的记载。《周礼》中的“象胥”，就是四方译官之总称。《礼记·王制》提到“五方之民，言语不通”，为了“达其志，通其欲”，各方都有专人，而“北方曰译”。后来，佛经译者在“译”字前加“翻”，成为“翻译”一词，一直流传到今天。在中国，佛经的翻译自后汉至宋代，历一千二三百年，这样历久不衰的翻译工作，在世界上是空前的。从实践中产生的理论，也以佛家为最有系统，最深刻。晋代道安（314—385）主张质，即直译。他提出了“五失本”，意思是，在用汉文翻译佛经时，有五种情况允许译文与原文不一致。他又提出了“三不易”，意思是，三种不容易做到的情况。苻秦的鸠摩罗什（344—413）则主张除“得大意”外，还须考虑到“文体”。他说：“天竺国俗，甚重文制，其宫商体韵，以入弦为善。凡觐国王，必有赞德；见佛之仪，以歌叹为贵，经中偈颂，皆其式也。

但改梵为秦，失其藻蔚，虽得大意，殊隔文体，有似嚼饭与人，非徒失味，乃令呕哕也。”(《高僧传》卷二《鸠摩罗什传》) 隋代彦琮（557—610）最推崇道安的理论，他主张直译，提出“八备”和“十条”。“八备”指翻译者必须具备的八项条件；“十条”指他对译文体例、格式的十种规定。到了唐代，玄奘（602—664）是中国翻译史上集大成的人，文质并重，但似以质为主。他没有留下专门阐述翻译理论的文章。《翻译名义集》中记载了他的“五种不翻”的学说，指出有五种词语只能译音。北宋赞宁总结了前人的经验，提出翻译佛经的“六例”，详细探讨了翻译中六个方面的问题。他给翻译下的定义是：“翻也者，如翻锦绮，背面俱花，但其花有左右不同耳。”这个生动的比喻，说明翻译是一种艺术（如翻锦绮），它将（语言的）形式加以改变（左右不同），而内容不变（背面俱花）。

北宋（960—1127）初期还有翻译活动，以后逐渐衰微。它的重新兴起始于明代（1368—1644）永乐五年（1407）。那时由于对外交通的需要，创立了四夷馆，培训翻译人才。明代末期，西学东渐，翻译工作更活跃起来。但此时翻译的方向已完全改变，不再是印度的佛经，而是欧洲的天文、几何、医学等方面的典籍，中国翻译史已达到了一个新的阶段。

明代一些著名的翻译家对翻译工作也提出自己的看法。意大利传教士利玛窦（1552—1610）说：“且东西文理，又自绝殊，字义相求，仍多阙略。了然于口，尚可勉图；肆笔为文，便成艰涩矣。”这是说，中西语言结构不同，文章脉络不同，西方有的术语为中国所无，口头解释一下还可以做到，笔译成文，人家就看不懂了。同时代的一位中国科学家李之藻（？—1631）在描写当时外国传教士的译书态度时说：“诸皆借我华言，翻出西义而止，不敢妄增闻见，致失本真。”此时的翻译往往用合作方式，同初期佛典翻译相似，即中国学者与外国人合作翻译，润文的责任则放在中国学者身上。

鸦片战争以后，中国有识之士痛感学习西方之必要，翻译活动又逐渐兴起，在中国翻译史上形成又一个新阶段。马建忠（1845—1900）强调译事之难。梁启超（1875—1929）鼓吹佛典翻译之高明。毕生从事西方社会科学翻译的严复（1853—1921）在几篇序文里申述了他在翻译中遵循的原则。在《天演论》序中他说：“译事三难：信、达、雅。”“信”是忠于原作，“达”是忠于读者，“雅”是对于文学语言的忠诚。信、达、雅虽然只三个字，但体现了作品、读者、语言三者之间的关系。在严复那些译本当中，《天演论》接近意译，《原富》则近于直译，他说：“是译与

《天演论》不同，下笔之顷，虽于全节文理不能不融会贯通为之，然于辞义之间无所颠倒附益。”不过他对本书“繁赘而无关宏旨”的地方，则又有所删除。在《群己权界论》“译凡例”中他说：“原书文理颇深，意繁句重，若依文作译，必至难索解人，故不得不略为颠倒，此以中文译西书定法也。”可以看出，《天演论》是意在达旨的述译，《原富》是辞义无所颠倒的严译，《群己权界论》是不依文作译的宽译。但是不论译法如何，有一点是始终如一的，即避免按字直译，努力用新的词或词组以求词义的全部传递。例如evolution 中文没有与之相应的词，于是采用“天演”一词；liberty 这个法制观念中国当时还没有，于是用“群己权界”这一词组。严复对于西文词义的翻译作出了可贵的尝试，但是这方面的研究还有待开展。

五四运动以后，中国历史进入了现代，翻译的重要性远迈前古。中国新文学的兴起同翻译是分不开的。第一个重视翻译并大力加以倡导的人是鲁迅。鲁迅主张直译。他这样做的目的是：在介绍外国思想以供借鉴的同时，还要通过译文改造我们的语言。1931 年 12 月 28 日他在给瞿秋白的信中谈到严复。他说：“他的翻译，实在是汉唐译经历史的缩图。中国之译佛经，汉末质直，他没有取法。六朝真是‘达’而‘雅’了，他的《天演论》的模范就在此。

唐则以‘信’为主，粗粗一看，简直是不能懂的，这就仿佛他后来的译书。”鲁迅不主张译文完全中国化。不完全中国化的译本“不但在输入新的内容，也在输入新的表现法”。他认为中国语法不够精密。“这语法的不精密，就在证明思路的不精密，换一句话，就是脑筋有些糊涂。”

在主张直译方面，瞿秋白和鲁迅见解一致。他说：“翻译——除出能够介绍原来的内容给中国读者之外——还有一个很重要的作用，就是帮助我们创造出新的中国的现代言语。”但是他同时指出：“当翻译的时候，如果只管‘装进异样的句法’等等，而不管是否活人嘴里能够说得出来——那么，这些‘异样的句法’始终不能‘据为己有’。”他认为：“新的言语应当是群众的言语——群众有可能了解和运用的言语。”现代许多翻译家基本上都是直译派。所谓“直译”是指：原文有的，不能删掉；原文没有的，不能增加。这与译文的流畅与否无关。鲁迅译的《苦闷的象征》等书，文字就非常流畅，但仍然是直译。所谓“意译”是指对原文可以增删。古代的鸠摩罗什属于这一派。郭沫若一方面说：“我们相信理想的翻译对于原文的字句，对于原文的意义，自然不许走转，而对于原文的气韵尤其不许走转。”另一方面，他也主张：“我知道翻译工作绝不是轻松的事件，而翻译的文体对于一国的国语或文学的铸造也绝不是无足重轻的因素。”茅盾更是简洁了当地指出：“翻译文学之应直译，在今日已没有讨论之必要。”他又说：“‘直译’这名词，在‘五四’以后方成为权威。”傅斯年、郑振铎、周作人、艾思奇等都主张直译。因此，可以说，在近现代中国翻译史上，直译是压倒一切的准则。

比较欧洲和中国翻译的历史，以及翻译的理论，可以看出，东西双方探讨的问题基本相同。双方都讨论翻译的可能与不可能的问题，也讨论直译与意译的问题。但是双方也有不同之处。西方谈翻译理论，偏重于可能与不可能的问题，以及可能的程度。他们得出的结论是：文学翻译难，科技翻译易。直译与意译问题，也偶尔涉及，但不是重点。在翻译的基础或背景方面，欧洲与中国不同。在欧洲，除了最早的希伯来语以外，基本上是同一语系的语言之间的互相翻译。因此才产生了某一些理论家主张的翻译三分法：一、翻译；二、变换；三、逐词对照本。这种三分法对中国是完全不适用的。中国绝不可能有变换。因为在中国几千年的翻译史上都是不同语系语言之间的翻译，在同一语系语言间才能变换。中国偏重于直译与意译之争，所谓文与质者就是。这是由于从佛经的翻译到现代科学文学著作的翻译，都有其特殊的文化和历史背景。中西双方的思维方式有所不同，在这里也表现了出来。中国讨论翻译的人没有对语言本质作细致的分析，而是侧重于综合，侧重于实际应用方面，因此谈翻译技巧多，而谈抽象理论少。在直译与意译的问题解决以后，如何解决具体作品和文句的译法问题将提到日程上来。

季羡林、许国璋　合著

1986年2月22日

# 文化交流的必然性和复杂性
## ——在“东方文化系列讲座”上的报告

从全国范围来看，近几年来对文化的研究特别感兴趣。从报上可以知道，去年（1986年）上海大规模地开展文化发展问题的讨论，北京也搞了。这种现象解放以来还未曾有过。据我记忆，讨论文化问题，在20年代（我还是中学生的时候）有过一次，是讨论东西方文化的。后来在30年代又一次讨论文化问题。近几年来，为什么好多地方、团体、学者热心地讨论文化问题？其中必有缘故。我看讨论文化问题的热潮还没过去，还正在发展，而且方兴未艾。下面想谈谈我自己对文化问题的看法。

大家知道，我不是搞理论的，是搞语言的。对于文化问题我是外行。现在，我把自己对文化的想法和同志们谈谈。我们搞一个学术讨论会或写一篇文章，最好不要讲八股，要敞开自己的思想讲，这样彼此都有好处。我就是本着这样的一个精神来谈的。这里面肯定有正确的（我并非不谦虚），也肯定有错误，实事求是，供同志们思考。

## 一　文化交流的必然性

谈这个问题前要谈三个小问题：

### （一）什么叫“文化”

我们这个讲座叫“东方文化系列讲座”。写文章、说话也常谈到“文化”。但你要给“文化”下个定义，并不容易。现在世界上对“文化”下的定义有几百个。有的说两百个，有的说六百个，我没作统计。但还没有一个定义是大家都同意的。大家都会感觉到，在社会科学领域里，包括人文科学，要给某个现象下个定义十分难，而自然科学较容易。如“直线”，两点之间最短的线是“直线”。大家没有什么可争论的。可是在社会科学领域里，对什么是“美”，不知有多少定义。我看了后感到都有些合理的地方和不合理的地方。今天，我也不想给“文化”勉强下一个定义。我只想谈谈自己的理解。我认为凡人类在历史上所创造的精神、物质两个方面，并对人类有用的东西，就叫“文化”。这是我对“文化”的理解，也可以算做一个“定义”吧。同志们看后会觉得，这不像定义。定义必须叙述得很神秘，拐很多弯，用好些形容词等等。这样的事我干不了。我就是这样理解的，也可以说是最广义的文化吧。

### （二）“文化”和“文明”有何区别？

同志们写文章也好，讲话也好，提到“文化”“文明”，不知大家对此是否进行过研究。什么叫“文化”？什么叫“文明”？我在这里也不是研究，也还是讲讲自己的理解。一般的英文字典，“culture”是“文化”，“civilization”是“文明”。可是有的英文字典，“culture”又是“文化”，又是“文明”。“civilization”也又是“文化”，又是“文明”。法文字典也一样。这说明这两个词有共同的地方。平常我们讲“东方文化史”也可以说“东方文明史”。可是有的时候，这两个词就不能通用。如“文明礼貌”，你说“文化礼貌”就不行。“学文化”你不能说“学文明”。因此，这两个词还有区别。我认为“文明”是对野蛮而言的，“文明”的对立面是“野蛮”。“文化”的对立面是“愚昧”。但“野蛮”和“愚昧”又有联系，“野蛮”中“愚昧”成分居多，也有不愚昧的“野蛮”。我们学文化是因为过去没有文化，学了文化把“愚昧”去掉了。我们讲文明礼貌是过去不文明，有一些野蛮，提倡文明礼貌，把“野蛮”成分去掉了。同志们或许觉得我这样理解过分简单化了，但简单化比一点想法都没有要好。

### （三）文化的产生是一元的还是多元的？

我认为文化、文明的产生是多元的。不能说世界上的文化是一个民族创造的。这种说法是有的，这就是法西斯希特勒，他认为文化都是雅利安人创造的。最近有人说人类起源于云南的元谋。我觉得其中有点问题。这不能称为“爱国主义”，这是“超爱国主义”。非洲也有人讲人类起源于非洲。关于人类起源这个问题很复杂，大家都没吵清楚，恐怕若干年后也吵不清楚。绝对不是起源于一个地方，不是元谋，也不是非洲。文化也是这样。一个部族、部落的创造、发明，比如火的发现、工具的使用，再晚一些，比如农耕、建筑等，都是人类文化的创造。但不一定在一个地方。文化的产生不是一元的，不能说一个地方产生文化。这样说也许有人会问，是否否认我们常讲的文化体系？不，我认为世界文化是有体系的。我的看法是有四大体系，即中国文化、印度文化、希腊文化、伊斯兰阿拉伯文化。有人说还有希伯莱文化，我看很难成体系。它不是属于伊斯兰文化的先驱归入伊斯兰文化，就是和希腊文化合在一起。世界文化是有体系的，我们不能否认。世界四大文化体系中有三个文化体系是在东方。中国、印度、伊斯兰阿拉伯，它们的文化各有特点，有它的独立性，对其他国家有影响。专就文学而论，日本、朝鲜、越南的文学，很受中国文学的影响。中世纪印尼、柬埔寨、老挝、泰国、缅甸的文学受印度文学的影响。乌尔都、现代印尼以及印度的一部分受穆斯林阿拉伯的影响。所谓“体系”，它必须具备“有特色、能独立、影响大”这三个基本条件。我讲的文化的产生是多元的，和文化体系并不矛盾。

现在谈文化交流的必然性。

文化一旦产生，它必须要交流。上面提到一个部落发现用火，其他部落必然来学习。其他如农耕等都一样。文化一旦发现，人们感到这对他们有好处，他就必然来学习。可以这样讲，从古代到现在，在世界上还找不出一种文化是不受外来影响的。记得以前我曾作过一次报告，我问在座的同志，你们研究一下你们从头顶到脚下，有多少是出自于中国的？头发式样不是，衬衣、裤子、鞋子也不是。吃的喝的东西中，面包、啤酒不是。坐的汽车、骑的自行车，以及沙发、电灯、电话等，都不是。可以说没有文化交流，就没有文化发展。我们现在生活在文化交流的时代，随时有新东西传进来，如喇叭裤（当然，它流行一时又很少见了）。现在流行牛仔裤。牛仔裤究竟要流行多久，谁也不知道。反正将来还得换。交流是不可避免的，无论谁都阻挡不住。交流总的来说是好的，当然也有坏的。坏的，对人们没有益处的，不能称为“文化”。我是说对人类有好处的、有用的，物质、精神两方面的东西交流才叫“文化交流”。现在报纸上常报导某地方发现原始民族。现在世界上恐怕没有真正的原始民族，而某些所谓原始民族其文化也有过交流。60 年代初，我去非洲访问，走了很多国家，看到一些国家的农村，钉子都不会制，风箱是用牛皮灌上气，用手来按。这种文化水平，我国在公元前 3000 年就达到了。甚至这些国家的农村种庄稼还不用铁，用木棒在土地上杵一个坑，上面放一粒种子，这就不管了。靠天吃饭——天下雨就来收获，不下雨就算了。当时感到这些地方比较原始，但往牛皮风箱里吹气，那也是学来的。所以说在原始状态下也还是有交流。

## 二　文化交流的复杂性

在谈这个问题前，同样有三个小问题要谈一谈：

### （一）研究的方法

我们研究文化交流究竟采用什么方法。拿比较文学来说，其研究方法有很多派。如法国学派、美国学派、苏联学派、欧洲学派等。现在我们中国搞比较文学的同志想创造一个中国学派。在上述学派中，据我个人以及好多同志的看法，有两派最有代表性，一派是美国派，搞平行研究；另一派是法国派，搞影响研究。这是大体上讲。世界上的东西都不会纯之又纯的。“平行研究”是研究发展的规律。这一个国家有这一现象，另外一个国家也有这个现象。但它不一定是这个国家影响了另一个国家。我这个国家可以创造这个东西，另一个国家不受外来影响也可创造这个东西。“影响研究”是举具体事实。这个国家有什么东西，用什么方式传到另一个国家去？讲具体事实，讲它的影响。我看研究文化交流也是这两个方法，这两条道路。美法两学派多年来经常打笔墨官司。法国人对美国的办法不赞成；美国人对法国的学派不赞成。其他国家如苏联、德国、中国等也都各有各的特点。但从研究方法、道路讲，就是这么两条。我是赞成影响研究的，因为它看得见，抓得住。平行研究很玄乎。当然讲影响研究也不能绝对化，如孙悟空的猴子形象哪里来的？我认为是受到印度的影响。有的同志不赞成，并写文章反驳。对此我不在乎。但不能绝对说猴子形象完完全全是从印度搬来的，这不可能。文化交流有个特点，一国的文化传到另一个国家，那个国家必然要加以修正，完完全全照搬的很少。

有一个字很有意思。法国比较语言学家常用的一个字，法文是“sécurite”，英文是“securty”，意为“安全”“安全感”“安全的”。法国比较文学家用此字的意思是：搞平行研究不那么安全，你可以胡扯。搞影响研究安全，事实俱在。比较文学，最早是从 19 世纪 20—30 年代，由一位德国学者开始的。他研究一本阿拉伯文的书叫《卡里来和笛木乃》。这是一本寓言童话集，源自印度的《五卷书》。开始《五卷书》是翻成波斯的巴列维语的，然后再翻成阿拉伯文，书名叫《卡里来和笛木乃》，以后转译成多种文字，流行于全世界。据统计其译本之多，可以同《圣经》相比。该书影响欧洲文学的创作，如《格林童话集》中的故事就有取材于该书的。德国人因此说比较文学是德国人先开始搞的（法国人不承认，说在 19 世纪 30 年代法国已有某大学开比较文学课）。《卡里来和笛木乃》的故事很简单，它由一国传到另一国，由一种文字译成另一种文字，看得见，摸得着，一点也不玄乎。但问题是，从一个民族传到另一个民族，从一个国家传到另一个国家，到了那地方必然有所改变。如鲁迅的《中国小说史略》中讲到一个故事，说鹅笼出生的一个书生，原来是外国人，后来变成了中国人。《卡里来和笛木乃》也是，在本国就有改变，何况从一国传到另一国，不可能完全一样。

由此看来，研究比较文学、研究文化是不是可以有两个层次。第一个层次讲事实。先把事实讲出来，如一个故事从印度经波斯、阿拉伯传到其他国家，把这个过程搞清楚。但作为研究，不能就此止步。第二个层次便是要研究一个故事或一个形象。如猴子，到了这个国家后有什么变化，变化有何规律，根据事实找出规律性的东西来。没有事实空讲平行，那不着边际。罗列事实也不行。要研究从一国到另一国有何改变，改变里有何规律，摸出规律，总结成理论。这样的理论就可靠，没有事实作根据的理论很玄乎。像变戏法一样，今天这样讲，明天那样讲，我对这种理论是不感兴趣的。

### （二）传统文化与文化交流

文化可分为两部分。第一部分是一个民族自己创造文化，并不断发展，成为传统文化。这是文化的民族性。另一部分是一个民族创造了文化，同时在发展过程中它又必然接受别的民族的文化。这便是文化交流。这也是文化的时代性。文化的民族性和文化的时代性，这两个“性”有矛盾但又统一。近来，英国剑桥大学出了一本书，叫《中国晚清史》。它不是一个人写的，而是好多汉学家写的。书中提出一个论点，认为从晚清到现在这一部分的历史表现了两种文化的撞击（是西方文化和中国文化相撞击）。我看这个论点提得很有道理。中国近代史从1840年鸦片战争到现在，经过了好多时期：有旧民主主义革命、新民主主义革命、社会主义革命，约有一百四十多年了。《中国晚清史》说的两种文化的撞击，是不是结束了？我看没有。什么时候结束？不敢说。我现在手里拿着一本刊物叫《文艺研究》，刚出版的。打开书一看目录，文章的题目有《关于西方影响与民族风格》《历史继承与现实创造》等等。你看，"西方影响"即"时代性"；"民族风格"即"传统文化"。"历史继承"即"传统文化"；"现实创造"即"时代性"。这类题目目前在刊物上多得很。这说明此类问题还没解决，还要讨论下去。想到四十多年前，闻一多先生写过一篇文章，发表在清华大学学报上，题目是《母体文化的自卫与超越》。"母体文化"即"传统文化"。实际上闻一多先生在这里讲的就是"传统文化"和"引进创新"这两者之间的矛盾怎样解决。他有一句话："一切的艺术应该是时代的经线与地方的纬线所编织的一匹锦。"意思就是一切文艺的传统文化的纬线与时代性的经线相织而成一匹锦。闻一多先生当时讲到这个问题，今天我们讨论的也还是这个老问题。从 1840 年后，文化界有过几次大争论，如“体用之争”“本末之争”“夷夏之争”等，都还是那个老问题。再从政治上看，从鸦片战争到现在快一百五十年了。也经过好几个革命阶段，但共产主义能否在很短的时期内实现？现在，大家都认为不可能。人类历史上的一个大的转折，在短时期内是不可能实现的。共产主义是人类发展的必然趋势，我仍相信人类的将来是共产主义社会。但何时才能实现？全世界都在考虑。全世界的社会主义走的步调差不多，是否中国先走了一步，很难说。不过，我们的改革在世界上有影响，而按时间来说我们不是最早的。现在苏联等国也在改革。这样一个历史上的大转折绝不是一百年准能完成的。政治如此，文化也如此。文化的民族性和时代性这问题没解决。我们今天研究文化交流，讨论文化问题必然有这种需要，没有需要大家不会研究。它同我们的生活联系密切，不关心不行。我们应该把眼光放大一点、远一点，它的意义绝不限于文化。

### （三）全盘西化

现在有些青年人的思想，说好听点叫“活跃”，说不好听叫“混乱”。“全盘西化”和文化交流有联系。西化要

"化"，不"化"不行，创新、引进就是"化"。但"全盘"不行，不能只有经线，没有纬线。理论上讲不通，事实上办不到。

下面讲文化交流的复杂性。我想举一个例子来说明这个问题。这个例子也是中印文化交流史上的一个例子。

最近几年我研究糖的历史。这在世界上也是一门专门学问，有好多国家的学者研究它，我也是从文化交流的角度来研究它的。因为"糖"的背后有一部文化交流的历史。中国的"糖"字，英文叫"sugar"，法文叫"sucre"，德文叫"zucker"，俄文叫"caxap"。一看就知道这个字是一个来源。一般讲，一个国家接受外来的东西，最初把外来的名字也带来了。有的后来改变了，有的没改变。如"啤酒"的"啤"字不是汉语，"沙发""巧克力"都不是。"面包"是汉字，变了，英文叫"bread"。我们吃的"干乳酪"，英文叫"cheese"，现在还有人称之为"计司"。糖从一个地方传到另一个地方，如果本地没有，它把外来词也带进本地。英文的"糖"字来自印度，是从梵文 sarkarā 转借来的，一比较就知道。这说明英语国家原来没有糖，糖是从印度传去的，要不为什么用印度字呢？我们中国最早也没有糖，从前有个"餳"字不念"易"，也不念"阳"，念"糖"。中国糖最早是甘蔗做的。中国甘蔗是有的，《楚辞》中就提到。当时也吃甘蔗，也喝甘蔗浆。可是把甘蔗浆变成糖在中国用了一千多年。你看这个“餳”字，这字指的是麦芽糖，北京叫“关东糖”。不是甘蔗做的，是麦子做的。这个“糖”字，从语言学来说，六朝时才有“米”字旁的。从“食”字旁换成“米”字旁，不是随便一换这样简单。中国的《新唐书》里就讲到唐太宗李世民派人去印度学习制糖技术，这在中国的正史里有记载。这个“糖”字出现在六朝，说明唐太宗时，我们已能制糖，但水平不高，要派人去印度学习。这是历史事实。但问题不出在这里，问题是印地文中有个字叫“cīnī”，意为“中国的”，英文叫“Chinese”。“中国”两字，英文叫“China”，法文叫“Chine”，德文叫“China”，都是从梵文“cina”变的。而印度把“白糖”也叫“cīnī”。印度自称在世界制糖水平最高，历史最悠久，因此 sarkarā 这个字传遍世界。为什么“白糖”反而叫“cīnī”呢？1985 年我去印度参加《罗摩衍那》国际讨论会。一次我当主席，我向在座的印度学者问“cīnī”怎么来的？糖出在印度，为什么“白糖”叫“中国的”？结果没有一位学者答得上来。我的问题也没解决。今年年初有个丹麦学者，知道我研究糖的历史，给我寄来了一篇论文。这论文也不知哪国人写的，这人叫 Smith。他的论文题目是讲 cīnī 及其来源。看了他的论文，感到他自己也解释不通，有矛盾。他说“cīnī”是“中国的”，“cīnī”又是“白糖”，而白糖却和中国没关系。因为在中古时期白糖很贵，当药来用，非皇家贵族、大商人是吃不起的。为何“cīnī”叫“白糖”呢？这是因为中国有几件东西在世界上很有名，如瓷器。英文“China”当“中国”讲，但也是“瓷器”的意思。中国的瓷器也传入印度，印度的阔人才用瓷器。中国瓷器是白的，于是把中国瓷器的“白”和白糖的“白”连在一起。印地文中的“白糖”应该是“cīnī sarkarā”。后来因为字太长，简为“cini”。看来作者有个主见，无论如何“cīnī”和中国没关系，他想尽办法来解释。而且还说中国从来没有生产过白糖，也没向印度输出过白糖。这简直是胡说八道。但他的文章有可借鉴之处。大家知道，要研究这类问题先要确定“cīnī”这字什么时候出现的，上限在什么时候？第二要研究在什么地方出现“cīnī”这个字？然后再研究中国在什么时候生产白糖？什么时候，从什么地方传入印度？这样研究就比较科学。可是问题之难在于不知道“cīnī”在印度何时出现？我问过印度学者，他们也答不出来。而Smith做了些工作。他查了印度的文学作品，“cīnī”一字出现在13世纪，这是他的功绩。另外他基本上把现在印度好多种语言中表示“白糖”这个意思的词儿追踪清楚。总的情况是，在印度西部语言中，都来自梵文的 sarkarā。在东部语言中，则是 cini 或者 cīnī。孟加拉文就是这样，由此我们可以推断，中国白糖是由印度东部进入印度的。再研究中国白糖有没有？出口了没有？到印度了没有？问题就好解决了。

我国 7 世纪唐太宗时期确实向印度学习制糖技术，我们的制糖水平不高。但学习了以后，我们后来制的糖，其颜色、味道都超过印度。《新唐书》说“色味愈西域远甚”。一方面是我们引进了，另一方面是我们改进了。这是唐朝的情况。到宋朝我们仍制糖。到了元朝又来了一个变化。13 世纪马可·波罗的游记中有一段记载。说在福建尤溪地方有一批制糖工人，他们是蒙古大汗忽必烈从巴比伦找来教中国制糖工人制糖的，炼白糖。巴比伦这地方，有人说是现在的伊拉克，有人说是埃及。埃及开罗的可能性大。上述记载说明印度制糖传到波斯，从波斯传到埃及。埃及当时很多手工业占世界领先地位。而蒙古人的文化水平不高，蒙古大汗抓了些制糖工人，送到中国的福建尤溪，尤溪出甘蔗，在那里教中国人炼糖。到了明朝末年，很多书里讲炼糖，其中有一段记载说，原来糖炼不白。一次，一个偶然的机会，倒了一堵墙，墙灰落入糖中，发现制的糖变白了。这在化学上讲得通，灰里有碱，因此糖炼白了。中国的白糖到了明朝末年在国际市场成了抢手货。现在我们有根据，中国的白糖在郑成功时代已出口了。郑成功家里也做白糖生意，从中国运货去日本，在货物中就有白糖，这证明13世纪后，中国的白糖出口。那么中国的白糖是否出口到印度？在别的书上记载大概是印度人派船到新加坡那里去买中国的白糖。中国直接去印度的有没有？现在没根据，但估计可能从福建泉州运白糖到孟加拉。泉州当时是世界很大的港口，那里有穆斯林的、印度教的文化遗迹。福建尤溪制的糖运到泉州，泉州有印度船运回印度。上岸的地方是东印度，讲孟加拉语，不是西印度。

以上讲的是事实，从事实中得出什么结论呢？说明文化交流绝不是直线的，而是非常复杂，曲折的。“cīnī”这个字的例子说明文化交流的复杂性。印度还有一个字叫“misri”，意为“冰糖”，但“misri”也是“埃及的”意思。从语言现象来看，印度制糖是先进的，但另一方面不能否认它也向别的国家学习了。东面学中国，“白糖”叫“cīnī”。西面学埃及，“冰糖”叫“misri”。从语言现象分析只能得出这个结论。

上面讲的几个问题，是我的想法。是否合理、正确，供同志们参考。

1988年8月

# 中印文化交流源远流长

中国和印度是数千年的友好邻邦。我们两国之间的文化交流，丰富了精神文明和物质文明。即使在今天，两国的二十亿人民，也还在享用着这种交流带来的好处。在人类历史上很难再找到类似的例子，我们两国应当为此自豪。小的矛盾和分歧的存在在所难免，任何人都不应当对此大惊小怪。这只是天空中的一片乌云，遮不住中印友谊的灿烂阳光。

我记得我在 1978 年受到德里大学艺术系师生热情欢迎的那一时刻。全系都沉浸在节日的气氛中。欢迎仪式就在礼堂举行。谭中教授与别的一些人坐在主席台上。系主任拉吉尼·科塔里（Rajni Kothari）在欢迎辞中说，在中华人民共和国成立之前，是中国向印度学习。1949 年之后，则是印度向中国学习。他将这种现象说成是“单向交通”（one way traffic）。我们的印度朋友如此高度评价中华人民共和国，令人感到欣慰。然而，我愿意指出，根据历史事实，中印之间的互相学习一直是双向交通，从来就不是单向的事。

那么，误解是怎样发生的呢？窃以为有两个原因：

一、一个强大的宗教从印度传入中国，而不是相反；二、一直研究这一课题的学者们没有作深入透彻的研究。

先谈第一点。起源于印度-尼泊尔的佛教，征服了各种各样的国家和地区，主要是以其深刻的教义征服所到之地的人心。佛教发展成为世界三大宗教之一，其影响甚至在今天仍然十分强大。佛教于公元前后传入中国后，也由于同样的原因站稳了脚跟，并逐渐扩散其影响，不但在群众中流行开来，而且深深地渗透到中国传统思想的核心之中。如果不是佛教传入中国，中国哲学的发展将会迥然不同，这一点我们很难想象。随着佛教在中国的传播，博大精深的印度哲学、文学和艺术等也被传入。所以，印度文化对中国的影响，成了一个家喻户晓的现象，十分突出，令人难以忽视。中国没有如此强大的宗教。不错，道教曾经传入印度，但却由于种种原因，没有留下任何痕迹。这种情况就造成了一种印象，似乎中印之间的文化交流是一边倒的买卖。

现在谈第二点。这一点，我在上面的论述中已经触及了。两国的学者们，常常把注意力集中于探寻印度对中国的影响，而忽视另一方面。在过去的几年间，我在这方面做了一点工作，产生了一些结果。我的意图与狭隘的爱国主义决然无关。我仅仅意在找到历史真相。空言无益，还是让我举一个很小但却具体的例子来说明这一点。

我这里指的是砂糖的制造，中国在古代就有甘蔗。在《楚辞》中就有“柘浆”一词，意思是“甘蔗之汁”。这个词在汉代还存在。我们可以看出，人们仅仅懂得饮蔗汁，但却不懂怎样从蔗中制糖。“糖”字在中国出现得很晚。在《说文解字》（公元100年由许慎编纂的中国第一部字典）中就找不到。这个字出现在《新附》中。这表明，很可能在南北朝时期，中国已经开始通过熬蔗汁制糖。一开始，工艺很粗糙。我们从《新唐书》卷二二一（上）得知对摩揭陀的如下记述：

> 贞观二十一年（647——羡林注），始遣使者自通于天子，献波罗树，树类白杨。太宗遣使取熬糖法，即诏扬州上诸蔗，拃沈如其剂，色味愈西域远甚。

这一记述证实，中国从印度学习了制糖术。然而，这种情况在一千多年过去之后发生了变化。我这样说有什么根据呢？我们有语言学和历史学方面的证据。在某些印度语言中，如在印地语、孟加拉语以及其他若干俗语中，cini 一词的意思是“白糖”。cini 的字面意思是“中国的”。这就引发我们思考印度的“白糖”被叫做 cini 的原因。从词源学的观点看，人们只能说印度制白糖的技术，是在某时某地从中国学来的。然而，L. 史密斯先生在一篇名为《中国糖？论印地语 cini（糖）一词的来源》的文章中，断然否认这样的事情曾经发生过。他的看法是自相矛盾的，缺乏令人信服的论据[①]。我写了一篇题为《CINI 问题》的文章，旨在反驳史密斯先生的论调[②]。在仔细研究有关证据之后，我得出关于制白糖的技术是从中国传到印度的这一结论。这一技术的传入地点是东印度，是经海路传入的。即使全靠语言学证据也能证明这一点。在西印度的俗语中，“糖”一词来自梵语词 sakara，意思是不曾精炼过的红糖。在唐代，中国人称之为“石蜜”。cini 词及其异体，现在还流行于中印度、东印度及尼泊尔。根据我的研究，这一技术传

① Smith，“Chinese Sugar? On the origin of Hindi cini（sugar）”，参见 *Indologica Tanrinensia*，Vol.Ⅻ，1984 Edizioni Jollygrafica Torino（意大利）。

② 《社会科学战线》，1987 年第二期。

入印度的时间，应当在明末清初，约在16、17世纪。欲知详情，请参看上面提到的我的那篇文章。

我过去一直确信我的证据，但又对其不够满意。由于缺乏文献证据，这个问题曾长期萦绕在我的脑际。去年下半年，我正在撰写《糖史》一书中的“明代白糖的制作与甘蔗种植”一章[①]，偶然发现了《明史》三二六卷中记载的有关“榜葛剌”的如下字句：

> 官司上下，亦有行移。医卜、阴阳、百工、技艺，悉如中国，盖皆前世所流入也。

在阅读这些字句时，我感到一种狂喜。这不正是我一直在寻找的文献证据吗？所谓“百工、技艺，悉如中国”，很可能包括制白糖的技术。恰好，地点是孟加拉，时间是明代，这就绝对证实了我的发现。这是中国影响印度的一个例子。如果我们不研究，如果我们没有刨根问底的精神，我们永远也不会有任何发现。我以前说过，我们两国学者的研究还不够透彻。这个发现，证明我的意见是对的。

白糖的制作只是一个微观层次的例子。一定还有许多类似的例子，也有宏观层次的例子，中国和印度的学者应

① 《糖史》正式出版时本章更名为《明代的甘蔗种植和砂糖制造》。

当勤奋工作，以便一个又一个地发现这样的例子，只有到那时，中印文化交流的内容才能繁花似锦，两国人民的传统友谊才能得到加强。在《论语·泰伯》章中有一句名言："士不可以不弘毅，任重而道远。"我们大家应从这句名言获取教益。

愿从事中印文化交流史研究的学者们弘毅！

原载 *Indian Horizons*，Volume 43，
Numbers1—2，1994，刘建译

# 东方文化

我是研究语言的，但对文化也有些想法，可谓野狐谈禅，真正的专家讲东方文化与我讲的完全不一样，因为他是专家。但野狐有野狐的好处，脑子里没有框框，辩证地说，两者各有利弊。这里，我想讨论三个问题：一、文化与文明；二、东方文化与西方文化；三、东方文化。

## 文化与文明

文化与文明两词在报纸上随处可见，但它们究竟是什么关系呢？如果你查英文词典，会得不到答案，因为culture和civiliazation均既指文明又指文化。尽管如此，它们之间还是有差别的，虽然，这两个范畴有相交的地方。具体而言，首先从字源上说，culture 有“培养”的意思，指“栽种”，而 civilization 是从 civil 来的，字源不一样，有差别。其次，从对立面讲，文化的对立面是愚昧；文明的对立面是野蛮。愚昧主要指智慧的低下，而野蛮则主要指言行粗俗，因而区分是显而易见的。社会科学不同于自然科学，定义非常难下，现存的对文明与文化的定义不下五六百个，谁也不能说服谁。因而我们求其理解，不求定义，明白文化与文明有统一也有区别。国外对它们的理解也有区别，英国汤因比（Arnold J. Toynbee，1889—1975）的《历史研究》（*Historical Studies*）中把七千年来人类创造的文化归为二十三种文明，而在中国，应该是用文化而非文明。咱们现在天天讲弘扬中国文化，我觉得有很多人混淆了这两个概念。

## 东方文化与西方文化

东方文化与西方文化，也可称为东方文明与西方文明。文化（明）是如何产生的？有一元论和多元论之分。一元论是指由一个地方、一个民族创造，而多元论则认为文化是由多个地方、多个民族创造。我没有研究这个问题，但我认为一元论是不确切的。希特勒是主张一元论的，他认为世界上创造文明的只有日耳曼民族，主要指欧洲北方的白人。他认为，瑞典、挪威、丹麦、荷兰、德国是产生文明的，而其他民族或是受益于或破坏这个文化，因而闹了很多政治笑话。我认为，多元论优于一元论。关于人类起源，至今还争论不休，但从文化与文明的起源看，应该不是由一个民族创造的。世界上民族很多，有大有小，历史有长有短，但每个民族对文化都有贡献，只是贡献不一而已。现在是欧美文化的天下，西方人就自以为是天之骄子，这其实是自欺欺人。

汤因比把世界文化分成二十三或二十六种文明（化），就没有细分下去。我想，自从有人类以来，世界文化可以分成四大体系：中国文化、印度文化、伊斯兰的选择文化及欧美文化。日本、韩国、朝鲜、越南文化均属于中国文化圈，从希伯来直到现在的穆斯林文化为伊斯兰的选择文化圈，加上印度文化圈，这三者可总称为东方文化；而从古希腊一直到今天的欧美文化，可称为西方文化，其间并无其他第三种文化。中国文化对其他文化特别是中国文化圈内国家有极其深刻的影响。如日本等国家，虽然有自己的民族文化，但其文化基础根源于中国文化。日本的文字中，有1750个汉字[①]。日本发展到今天，是中、日文化共同作用的结果，如果没有中国文化的影响，日本的发展就恐怕不是这样。有些国家，坚决反对本国文化受中国文化影响的观点，认为“浪漫主义”“象征主义”等词非源于中国，而是语言上的偶合。认为去掉外文中的中国字就是爱国主义，其实，研究历史，首先要实事求是，否认事实绝不是爱国主义。

东方文化与西方文化有何区别呢？我认为最根本的区别是思维模式、思维方式的不同。西方文化注重分析，一分为二；而东方文化注重综合，合二为一。前人在这方面就已有所体现：吴文俊在《九章算经》序中写道：“欧洲的数学与中国不同，它从公理体系开始，而中国数学从实用出发。”充分表明了分别以分析和综合作为两种思维方式。另外，庄子曾言：“一尺之棰，日取其半，万世不竭。”西方则将物质细分，从原子分到电子再到介子，生动地说明两种不同的思维模式。

东方文化注重综合，综合出技术；西方文化注重分析，分析出理论。《丝绸之路》的作者，伊朗籍法国人，在书中

---

① 1946年日本文部省规定“当用汉字”为1850字；后来考虑到“当用汉字”不敷应用，又规定了“带用汉字”1945个。同时又追加了166个汉字为人名用字，以《人名用汉字别表》颁发。

曾写道，在穆斯林初期（相当于中国的唐初），在阿拉伯和伊朗（波斯），有个说法："世界民族很多，希腊人是一只眼，中国人是两只眼，而其他民族则为瞎子。"意思是说，希腊只出理论，如柏拉图、亚里士多德、苏格拉底等大思想家；而中国出技术，如四大发明。这是东西方文化差异的结果。其实发展地说，中国也有自己的理论，如诸子百家，但希腊没有技术却是事实。综合和分析是思维方式的主流，虽说没有第三种，但也没有纯粹的百分之百的综合和分析。

但是现在，领导世界科技的是西方，西方人自以为是天之骄子。诚然，工业革命后，西方对世界的发展影响极大，不可否认。但他们歧视东方的想法是没有远见的。他们目前已经暴露出很多的矛盾和巨大弊端：人口爆炸、淡水资源匮乏、臭氧层出洞。这些危险的问题联合起来，不堪设想。人类社会的发展道路是曲折的（同人生道路一样），坎坎坷坷，不可能一帆风顺。因而，西方文明辉煌了二三百年，这是三十年河西，下一个将是三十年河东，亟须东方文化的纠正，否则，世界前途危机重重。西方的邪教宣传"世界末日裁判"，这些都是从现象而不是从本质上看问题。人类进步就如同人跑四百米接力赛，后者是建立在前者的基础上的。在二三百年以前，中国的地位不是今天这样，是“两只眼”，而希腊只是“一只眼”。因而，我们应该回头看看一百年来中国的发展道路，总结经验，吸取教训。西方这样发展下去是不行的，必须改弦易张。我曾在一次国际会议上发言：“只有中国文化、东方文化可以拯救世界。”

## 东方文化

东方文化是以中国文化为基础的。中国文化对人一生要解决的三个问题有自己的看法。这三个问题是：（一）人与大自然的关系；（二）人与人的关系，即社会关系；（三）人自身内部情感冲突与平衡。

**（一）人与大自然的关系**

在人不为人之前，人是大自然的一部分，没有人与自然的对立，而一旦人成为人，人就成为大自然的对立面。人一生的衣食住行，都仰仗大自然。向大自然索取有两种办法：一是强取豪夺；二是朋友相赠。用第一种办法是征服（conquer），目前西方的结果就是征服来的。大自然有规律地运转着，而恰当地掌握规律则很难。如果征服过度，大自然一定会给予惩罚。所谓“天灾人祸”，很大部分是人祸。如云南滇池的围湖造田，西双版纳的森林砍伐，这些都是洪水泛滥的直接人为原因。第二种方法是比较合理的，相互了解，中国古话称之为“天人合一”。中国的道家、儒家均有此论。宋朝的张载言：“民我同胞，物吾与也。”简称“民胞物与”，把大自然看成是人类的伙伴，可惜的是中国有此思想无此言行。如1958年的“浮夸风”，所谓“人有多大胆，地有多大产，就怕你不解放思想”，因而经济遭受莫大损失。到21世纪，只有采用“天人合一”的思想才能解决问题，我最近出了《“天人合一”新解》及《“天人合一”续本》①，提出的建议是否公论，有待于21世纪实践证明。因为现在看21世纪，就好比两个近视眼看匾。有这么一个故事，有两个人，谁也不承认自己是近视眼，决定第二天到庙里看挂匾一决高低。其中一人先向他人打听到匾文，所以第二天两人并排向前走时，他没走几步就嚷：“我看到了，我看到了，是‘光明正大’！”旁边不知情者惊问：“你看到何物？匾尚未挂出呀！”

现在有一种说法，认为弊端是事实，但科技发展会解决之。我想这是不可行的，科技的发展只会使情况更糟。在香港召开的“21世纪前沿科学讨论会”上，中国科学院自然科学史研究所所长认为：“要用天人合一作指导思想研

① 即《关于“天人合一”思想的再思考》(《季羡林全集》第十四卷)。

究科技。”与我竟是这样的不谋而合，我备受鼓舞。

### （二）人与人之间的关系

人与人之间的关系，即社会关系。中国儒家有一套处理人与人关系的办法，概括起来是八个字“格、致、诚、正、修、齐、治、平”。“格”即“格物”，研究万事万物；“致”是“致知”，在研究中找到规律，其余含义分别为“诚意、正心、修身、齐家、治国、平天下”，做好这八字，不但可以处理人际关系，还可以平天下。另外，中国百家均有一套处理人际关系的准则。

### （三）人的内部情感

关于人的内心情感，中国哲学史上争论最多的问题是性善、性恶。儒家曾有这样一个故事来测量善与恶：某人用两只筐和两种颜色的石子，每产生一善念就拿白石子放入一筐子，每产生一恶念就拿黑石子放入另一筐子中，用以计量一天善、恶念总数（据考究，这故事实源于印度）。关于性善、性恶，儒家分为两派，荀子认为“人之初，性本恶”；而孟子则认为性善，且说“恻隐之心，人皆有之”。我表示怀疑。“食色性也”，性即本能，无善、恶之分。生存、温饱、发展均是人的本能，但人人如此，则必有冲突，因而，善恶的区分标准在于在冲突中能否为别人着想。《三国演义》中的曹操，有言曰：“宁教我负天下人，休教天下人负我。”因而被认为是反面人物。当然一心为人之人，我不敢肯定有，但毫不利人、专门利己之人，肯定是有的。一个人能百分之六十以上替别人着想，就可以认为是善者。所以，我之所谓善是压制本能，多替别人着想。这是人能做到而动物不可能有的，因而，处理人的内心感情就是压制生物的本能，压制得越多越好。

1996 年 8 月

# 对 21 世纪人文学科建设的几点意见*

首先我要向大家表示抱歉，让我来邵逸夫科学馆报告厅作报告，很怕耽搁大家的时间。另外，我想简单说一说，为什么我是山东大学校友。

这话说起来有点跟历史一样：1926 年我十五岁，1928 年我十七岁，我在山东大学附设高中（当时在北园白鹤庄）念书，所以我现在算是山大校友，当时我们校长是前清状元王寿彭。这件事交代完了以后，就来作我的所谓报告。

昨天，我的学生，也是我的朋友，《文史哲》杂志主编蔡德贵教授“突然袭击”，说今天让我作报告。说句老实

---

* 本篇为作者在 1996 年 10 月 4 日—6 日山东大学“面向 21 世纪的人文学科建设暨季羡林学术思想研讨会”上的讲话，根据录音整理而成，全文已经作者审阅。

话，我没有这个思想准备。而他是这样讲的，您愿讲什么就讲什么。这就麻烦了。不如他给我出一个题，作八股好作，而让我愿意讲什么就讲什么，这是一个天大的难题，因为我脑袋里乱七八糟的东西，古今中外的，杂七杂八什么都有。究竟讲什么？昨天晚上我就考虑这个问题。我想今天是不是结合我们这个讨论会，面向21世纪的人文学科建设这个总的方向，谈一谈我的几点意见。

我这个意见嘛，现在争论很大。学术上有争论的是好事，如果发表一个意见，没有人理，那最寂寞，最难过，有争论好。什么问题呢？就是中西文化。

我这个人是搞语言的，很死板。清朝桐城派有义理、辞章、考据三门学问，我对义理最没有兴趣。可是到了晚年，却突然"老年忽发少年狂"，考虑义理就多了。我没有受过什么严格的训练，因为我讨厌这个东西。不过现在想起的问题，都跟义理有关。

首先，是中西文化。中、西文化有区别，这个大家都承认，可是讲中、西文化有区别，不是现在才开始。在唐朝初年，也就是穆斯林运动开始的时候，大家知道，穆罕默德，按时代来讲，生在中国的陈朝，跨过隋，隋只有几十年，到唐初他才逝世。没有穆罕默德，就没有穆斯林，没有伊斯兰。在伊斯兰教初期，也就是相当于在中国的唐代初期，7 世纪，在阿拉伯国家，在伊朗（那时叫波斯），流传着一个说法。一个什么说法呢？就是世界的民族，只有两个民族有文化，一个是中国，一个是古代希腊。这话也没有错。可又说，希腊人只有一只眼睛，中国人有两只眼睛。这就是一个价值判断，就说明我们中国比希腊高。他们为什么这么讲呢？他们说希腊人只有理论，没有技术。这话也对，世界上几大发明希腊都是一点没沾边。中国呢，是只有技术，没有理论。这句话应该做点小小的纠正，中国也有理论，他们说得太绝对了。我们的四大发明一直到现在，在全世界起那么大的作用，希腊没有。因此就说中国人有两只眼睛。在 7 世纪，在阿拉伯国家，在伊朗，有这种说法，必然有它的根据。根据我在这里就不讲了。

这样，我就感觉到，中、西文化有区别的说法，不是现在才开始的。一千三百年以前，就开始了。区别到底在什么地方呢？根据我的经验，胡思乱想的结果，感觉到中、西文化既然叫文化，必然有共同的地方，不成问题。物质、精神两个方面，为人类造福，这就是文化。这个中、西都一样，没有什么差别。可区别在什么地方呢？区别就在于中、西思维模式，思维方式不一样。西方思维模式的基础是分析，什么东西都分析，一分为二,万世不竭。东方呢，思维模式是综合。综合是八个字：整体概念、普遍联系，这叫综合。举例子很简单，西医，要是头痛了，他给你敷上一块湿凉手巾，这就是我们说的头痛医头。中国呢，头痛了，他给你在下边，在涌泉穴扎针，中国是头痛医脚，西方是头痛治头。这就表现出我们是拿人作为一个整体，整体概念，普遍联系，头与脚是有联系的。我们有大宇宙、小宇宙，人是小宇宙。从这儿开始，我想中、西文化是有区别的。后来，我看了一本书，是中国科学院一个有名的数学家，大数学家吴文俊教授，他给《九章算术》写了一篇序，他就讲，数学（吴文俊教授并不搞哲学，也不搞什么中西文化，他就是数学家），东方的数学与西方的不一样。西方的数学，从公理出发，亚里士多德三段论法：凡人必死，张三人也，故张三必死，它从公理出发。立一公理：凡人必死，凡人怎么怎么样，下面演绎。中国呢，是从问题出发，从实际出发，所以中国数学的发展，不是从公理来的，是从问题来的，是从实际来的。这是吴文俊先生的意见。后来有一次，我们在一起开会，吴文俊教授也参加了。他不搞文化，也不搞中西文化，这证明不但人文社会科学中、西不一样，就连自然科学也是中、西不一样。这个不一样，并不是说中国就能二加二等于五，不是这个意思，而是说西方是从公理出发，中国是从问题出发，从实际出发。因此我更对自己的想法沾沾自喜。梁漱溟先生

20 年代初写过一部《东西文化及其哲学》，很出名，他讲的跟我们讲的不一样，他那个“西”，是把印度放在中间。我在这里考虑，我们“东”，包括印度、阿拉伯国家在内，相当于东方。我们东方思维，就是综合的，普遍联系，整体概念，是从整体来看问题的。因此，就讲“天人合一”。

我考虑“天人合一”问题也是很偶然的。我看到原来北京大学教授钱穆（他后来到台湾，到香港，现在已经过世了。若从辈分上讲，他应该是我的老师，但我没有听过他的课，我不是北大毕业的）的一篇文章，那意思就是搞了一辈子中国学问，可后来到了晚年忽然悟出一个道理来，这就是“天人合一”，讲得不是那么很清楚。后来他就过世了，没有写下去。可是我一想，“天人合一”到底应该怎么解释？在座的有好多哲学家，同学们也有许多研究哲学、研究历史的。“天人合一”，你翻看中国哲学史任何一本，从孔子、老子、墨子，一直到清代，谈“天人合一”的多得不得了，都讲“天人合一”。可是究竟什么叫“天人合一”，每个人都有一个说法，最近我写了一篇文章，可能会引起很大轰动，还没有发表，叫做《真理愈辨愈明吗？》，有时候我考虑真理不是愈辨愈明，而是愈辨愈糊涂。《新民晚报》有个副刊《夜光杯》要发。“天人合一”，你要讲清楚，写文章就是写上一万字，十万字，一百万字，也写不完。几乎每一个哲人，儒家、道家、佛家都讲“天人合一”。我写了一篇文章，叫《“天人合一”新解》。所谓“新解”也者，就是我的解释，跟孔子、老子、孟子，都没有关系，他们讲他们的“天人合一”，我讲我的“天人合一”。后来文章在全国古籍整理小组主办的杂志《传统文化与现代化》创刊号上发表以后，引起了全国很大的争论。

我刚才说了，有争论就是好事。你发表一篇文章，提出一个看法，人家不理，那最难受。理的话，有两种理法，一种是赞成，一种是反对。后来，我想围绕这个问题的争论，全国实在是太多了，我就想了个办法，出一本书，叫《东西文化议论集》，不是辩论集，也不是讨论集，叫议论集。什么叫议论呢？就是你打你的，我打我的。《东方文化集成》是我几年前发起编写的一套专讲东方文化的书，五百种，不是五百册，可能是六百册，七百册，其中中国占一百种，日本给五十种，印度给五十种，阿拉伯国家给五十种，这是二百五十种，其余的二百五十种，各东方国家每个国家，最少一本，最多几本，韩国、朝鲜、蒙古甚至马尔代夫，马尔代夫可能有些同学不知道在什么地方，是一个很小的国家。只要是东方国家，就给一本。最近我们搞了几年，现在开始出版了，出版了十种十一册。今天下午，我要献给我的母校。其中有一本书叫《东西文化议论集》。议论就是刚才说的，你打你的，我打我的。我写了一个序，我说我那篇《“天人合一”新解》发表以后，有人跟我辩论，有人跟我商榷，也有人赞成，外国也有赞成的，德国人、日本人都有赞成的，中国人也有反对的，激烈反对的，都好，都收录到里边来。我说我们共同唱一出戏——《十字坡》。《十字坡》是一出武松打店的戏，夜里边，是不是一丈青，不是一丈青，可能是母夜叉孙二娘，我忘记了，《水浒传》上的。因为在黑暗中，想杀人蒸包子，满台刀光剑影，可是谁也打不着谁。我们大家共唱一出《十字坡》，你要你的，我要我的，你也别碰我，我也别碰你，我也不给你“挡车”，你的意见我也给你发表。那个议论集共两本，两本还不够，再出两本也不够，这样一个大问题，就与21世纪的人文社会科学建设有关。

“天人合一”如果你觉得值得考证，那可以写成十万、八万、一百万，都可以写，没有什么了不起，多搜集资料，多看几部古书就可以了。我跟那些无关，我是“新解”，新解是我的解释。说你怎么这么讲，现在有人对我激烈反对。我说你们忘记了，我是新解，是我自己的解释。说我跟哪个哪个不同啊，跟过去哪个哪个不一样啦，要一样的话，怎么叫新解呢？新解就是不一样。那么我的“新解”是什么呢？我的新解就是：天，就是大自然；人，就是人类。

人类和大自然要合一，不应该矛盾。

…………

这个问题怎么解决?

现在有人讲，你说那个“天人合一”有什么用，还得用科学来解决。科学犯了错误，由科学自己来解决，来纠正。当然是要科学的，我不否定，科学还是要的。不过，首先要解决思想问题，认识这个问题的重要性、严重性，否则的话，你会无能为力。我们中国工业发展比较晚，可是晚有晚的好处，最早要建工厂，根本不讲究怎么来处理工业废水，怎么处理烧煤的煤气，现在我们讲究了，有这个概念了。建工厂之前一定要处理好烧煤的技术设备，处理好冲向天空的煤烟，不然要出黑烟。黑烟里边据说有炭末，白烟就好一点。污水，要想办法花点钱治理，所以工业化晚有晚的好处。

我们中国现在建工厂就已经意识到工厂非盖不行，现代化非盖工厂不行，不可能离开工厂，避免灾害的工作我们正在做，做到什么程度呢?还很难说。因此我就想到为了21世纪人类的生存，我们必须先解决思想问题，思想问题一解决，天，就是大自然，与我们人类要合一，要成为朋友，不能成为敌人，不能征服和被征服，那是不行的。解决思想问题以后，上下一致，然后再来发展我们的工业。

不是不发展，工业不发展是不行的；可是弊端要避免，不避免也是不行的。总起来说，就是这么一个大体轮廓。我刚才说过，我自己不是搞义理这一行的，是搞语言的，很枯燥的，现在考虑这个问题，就发现东、西文化就是不一样，不承认这一点就不行。

前一阶段，我应邀到中国科学院去讨论21世纪科学的远景规划，我发言说首先要谈，要搞清楚中国与西方有什么不同。

“天人合一”思想是十分重要的，不然，这样子污染下去，到2050年（在座的有好多能到2050年，我到不了啦），到那个时候，人类就会很困难了，非常麻烦，因此要未雨绸缪。所以我们现在谈21世纪，讲人文科学，不但讲人文科学，连所有的科学，包括自然科学、技术科学也在内，必须考虑这个问题。不考虑是不行的。

现在有人对我的意见激烈地反对，说解决这个问题还得靠科学，我不是反对科学，是要科学来解决，但是科学是人来使用的一种东西，科学本身是活的。有人提倡科学主义，科学主义现在是个贬义词，认为科学能够解决一切问题。科学不能解决一切问题。因此21世纪人文科学的发展必须考虑这个问题，考虑东方与西方的不同之处，弘扬“天人合一”的思想，上上下下，脑子里的这根弦要绷得紧紧的，时刻想到这个问题，以后的事情就好办了。

我们搞社会科学的人有一个较一致的看法，就是在国际上没有中国人的声音，鲁迅说过“无声的中国”，没有我们的声音。这话是指，不但人文社会科学没有我们的声音，诺贝尔文学奖，直到现在中国没有一个获得者。这里边有个政治问题，诺贝尔文学奖政治性是非常强的，它歧视社会主义国家，原来也歧视苏联。反对苏联的作家（我不是说苏联多么好，现在苏联已解体了），它就给诺贝尔（奖）奖金。中国这么一个大国，诺贝尔奖快到一百年了（1901 年起），没有一个中国的，印度、日本，也都有两个三个的，就是没有中国的。瑞典科学院院士管中国的叫马悦然，是高本汉的弟子，他管这个事。有人问马悦然（我不认识他，他的弟子我认识），为什么中国拿不到诺贝尔（奖）奖金，你不是汉学家吗？你说话是管用的呀！他讲，中国的创作，诗歌、小说、戏剧、散文，翻译不好。他这话没有道理！什么是翻译不好啊？那日本人的作品就翻译得好吗？所以这里边有政治问题，我讲不要羡慕它，诺贝尔（奖）奖金不都是什么好东西。那里边也有优秀作家，不过二、三流的作家占大部分。它给我们一个诺贝尔（奖）奖金，我们中华人民共和国照样存在；不给，我们也照样存在，我们还会越存在越好。

这话说远了。我感觉我们人文社会科学在国际上没有声音，文艺理论、文艺批评没有我们的地位，美学也没有我们的地位。中国人真的那么蠢吗？现在世界上还没有哪一个人敢说中国人蠢。有人敢说的话，这个人就是最蠢的。为什么？我们不蠢，那是我们不勤奋吗？我不能说我们的学者都勤奋。这里我插一句。昨天蔡德贵教授让我讲一讲，人文社会科学，大学、社会科学院“水土流失”严重的问题。年轻人不愿意做，不愿干这一行，山大是这样，北大也一样。我是这么看：要建设一个国家，应该两手抓。我们讲两手抓，实际上有时候是一手抓。现在是重工轻理，重理轻文，工科是第一，理科是第二，文科是第三。这对学文科的人有影响。实际上，我看大家不必有多么大的心理负担。世界各国真正经济腾飞、文化发达的，都是两手抓，光抓科技不行。日本之所以发展那么快，是因为它抓文化，抓教育。

我到日本去看过庆应大学，这是私立的，日本大学排榜能排第二或第一，早稻田和庆应，就像美国的哈佛和耶鲁一样，英国的牛津、剑桥一样。东京大学排第三位。庆应大学的创办人叫福泽谕吉，一进校门有一座塑像，他抓文化教育，办了个庆应大学。不搞文化不抓教育而想经济腾飞，小的可以腾，大的腾不起来。不要因为眼前文科显得用处不大，不要这么想。当然我并不是要大家都学文科。

你们记着范老（文澜）的几句话：板凳甘坐十年冷，文章不写一句空。[①] 文科（其他科也一样）要出成绩，必须有这个本领。没有坐十年冷板凳的决心，一事无成。

我并不反对有些年轻人下海、留洋，我叫它“海洋主义”。“海洋主义”我不反对。因为大学里边用不了那么多人，社会科学院里也用不了那么多人。有的青年下海还有好处，我不反对。留洋我只反对不回来。我对不回来的深恶痛绝，可我没有办法。到一个国家留学不回来，在国外做一个三等公民。现在大家排了排，在美国甚至要做到五等公民，不是三等，不够三等。第一等是美国白人，第二等是西欧移民，第三等是拉美移民，第四等是黑人，第五等才是我们华人。所以不是做三等公民，而是五等公民，你这样舒服吗？饭吃得下去吗？天天吃大餐，肯德基、麦当劳，天天吃那个玩意儿，你吃得舒服吗？我觉得真正想有成就，真正爱我们国家，就得在我们国内才有前途。到美国可以教个书，当个教授，甚至当个终身教授，没有什么了不起，真正有出息是在中国。再等十年、二十年，你再想一下当年季羡林讲过这么一句话，真正有出息是在中国。这不是狭隘爱国主义。所以，我想昨天蔡德贵面授机宜，让我讲一点看法，我就讲一点看法。

---

① 后经考证此话出自南京大学教授韩儒林先生。

现在再回头来讲我们的21世纪人文社会科学。我觉得21世纪的人文社会科学，现在的基础要发展，但是必须有新的指导思想，就是我刚才说的“天人合一”，有了这个指导思想以后，不管是人文科学、社会科学、自然科学、工程技术，都一样，有这个指导思想和没有这个指导思想很不一样。要没有这个指导思想，21世纪还跟在西方的屁股后头转，还是无声的中国，那就太惨了。

拿文艺批评来讲，拿语言学来讲，西方是过几个月就出现一个新学说。出来以后，过不久就销声匿迹，然后再出现一个新学说。可是这里边我们中国为什么就没有？我想这里边有好多问题，其中有一个，就是“贾桂思想”，老觉着自己不行。《法门寺》这出戏剧里不是有个贾桂吗？觉着自己不行，只有洋人能够脑袋瓜灵，能创新学说，我们中国人创不了。哪有那么回事啊？西方人的那些东西，什么流派，不管是文艺理论、语言学，还是其他的学问，我们应该注意，它对你讲什么东西，一定要注意，一定要研究，可是无论如何不要迷信，没有什么了不起。清代赵翼有一首诗：“李杜诗篇万口传，至今已觉不新鲜。江山代有才人出，各领风骚数百年。”“江山代有才人出，各领风骚数百年”，这句话实际上没有说对。各领风骚数百年，李杜已领了一千多年了，我们现在还要念李白、杜甫啊！这句话本身是不对的，这里我不管它，我套用了一句：现在世界上不少学说是“江山年有才人出，各领风骚数十天”。庄子讲“蟪蛄不知春秋”，好多学说刚一出就完了。也有比较长一点的，但现在也不行了。而我们偏偏迷信，好像只有他们才能创新学说，我们不能创。我对这种现象深恶痛绝。

我举一个具体的例子，最近我写了一篇“怪论”——《美学的根本转型》。美学，在座的有好多是研究美学的，我们山大的周来祥教授是美学专家。我也来谈一谈美学的根本转型。我看过一篇文章，叫《美学的转型》，讲美学这门学问是舶来品，是传进来的。传进来以后，有人就跟着西方学者屁股后头转，转到今天，转到死胡同里去了。讨论什么美是客观的，美是主观的，美是主客观相结合的，越讨论越糊涂，谁也说服不了谁。现在有的美学家就提出要转型，我也写了《美学的根本转型》。什么叫“根本转型”呢？根本转型就是把西方的那一套根本丢掉。我不是瞎说的，美学这个词儿是舶来品，美学这个词英文是aesthetics，是从希腊文来的，是讲感官，与外界接触得到的美感。感官有眼、耳、鼻、舌、身等五官。我们现在看西方美学，什么黑格尔、Croce，他们在五官里边只讲两官：一官指眼睛，看雕塑，看绘画，讲美学是用眼睛看的；另一官指耳朵，听的是音乐。五官只讲两官，光讲眼睛和耳朵，光讲美术和音乐，是不是这个情况？当年我在大学念书的时候，听过朱光潜先生讲的美学，“文艺心理学”，当时对我影响很大，后来没有怎么接触。

最近我忽然想到，西方美学之所以走到绝路，因为它不全。中国怎么办呢？美学是研究美的学问，中国人的美，跟西方人不一样。有的当然一样，如这个姑娘很漂亮，中国人眼中看着漂亮，西方人眼中看着也漂亮，有共同的地方。但也有很大的区别，是“美”这个字，“美”这个字，一查《说文》在羊部，“羊大为美”。羊长大了，肉很好吃。是讲舌头的。我们不是说美味佳肴吗？美跟味联在一起，是讲舌头的。西方美学不讲舌头，是讲别的。中国人讲美学，要讲中国人的美。中国的美首先不是从眼睛出发，不从耳朵出发，而是从舌头出发。善，善良的善，也是羊部；仁、义、礼、智、信的义，也是羊部，都是羊。我们中国人喜欢吃，这个事情也很简单。我的想法是中国在游牧社会，羊大了，吃羊肉，就觉得美得不得了。从这开始，从味觉开始，然后是美人啊，就到了眼睛了。很美的音乐，就到了耳朵了。是不是这么个道理？

中国美和西方美不一样。美学的根本转型，就要把西方的那一套都丢掉，根据我们中国人的美，我们认为什么是美，我们认为是五官，不光是眼睛和耳朵，一官或两官。

是不是这样子？这篇文章大概年内可以发表，社科院的《文学评论》要发表。它为什么要压一压呢？他们说你这篇怪论，很有意思，到了快年终的时候，发你一篇文章，引起争论，可以增加订数，这是开玩笑。我说没有关系，这篇怪论你什么时候发都行。反正副标题就叫“一篇怪论”。我举这么个例子，就说明我们到 21 世纪，要搞人文科学，必须搞出我们中国的特色。文艺理论也一样。文艺理论的一篇已经发表了，在《文学评论》今年春天发表的，第二期听说就有反对我的意见的文章。我还是那个老办法，你打你的，我打我的，我也不跟你商榷，也不讨论。你赞成，我同意；你不赞成，我也同意。这就是要考虑我们中国特点。要考虑中、西不一样。美这个英文词是 beautiful，讲人，beautiful 可以。讲这个菜，说 beautiful 不行，面包是美味，说 beautiful bread，没有这个说法。从语言学来讲，也不一样。我们讲美味佳肴，香港美食城，山东不知道有没有美食城。我们的美是从舌头出发的，讲美学的话，应该讲眼、耳、鼻、舌、身，不能光讲眼睛和耳朵。

美，有以心理为主要因素的，有以生理因素为主的。以心理为主要因素者为眼、耳，以生理为主要因素者为鼻、舌、身，部位不同，但是同为五官，同为感觉器官则一也。其感觉之美，虽性质微有不同，其为美则一也。在中国当代汉语中，“美”字的涵盖面非常广阔。眼、耳、鼻、舌、身五官，几乎都可以使用“美”字。比如眼：这幅画美，人美，自然风光美；耳：乐声美；鼻：香味美；舌：味道美。只有身稍微困难一点，但是从人们口中常说“美滋滋的”，也可以表示“舒服”，这样使用到“身”身上，也就没有困难了。这样含义涵盖广，难道同“美”的词源有关吗？五官所感受的美好的东西，既然可以同称“美”，其间必有相通之处。只要抓住这相通之处，加以探讨，必然有成。在西方则不然。以英文为例，含义是“美”的字眼，比如 beautiful，pretty，handsome 等等，涵盖面都有限，恐怕只限于眼。耳可用 sweet 等。鼻也可用 sweet，fragrant，aromatic。舌用 delicious 等。身用 comfortable 等。这些例子不全，也用不着全，只不过想略表中西之不同而已。

中国现在的美学研究既然走到死胡同，那就要改弦更张，另起炉灶，建构起一个全新的美学框架，扬弃西方美学中没有用的误导的那一套东西，保留其有用的东西。但是西方美学只限于眼、耳，是不全面的，中国美学“美”字的语源意义，只限于舌，也是不全面的，都必须加以纠正补充。要把眼、耳、鼻、舌、身所感受到的美都纳入美学框架，把心理和生理所感受的美冶于一炉，建构成一个新体系。这是大破大立，是根本转型，而不是修修补补。

21世纪要发展人文社会科学，必须有新东西，要根据我们中国自己的实际情况。

语言学也是这样。我不知道在座的有没有搞语言学的。中国语言学在世界上是最古老的，许慎《说文》《尔雅》，都很古老。可到现在呢，在国际上没有中国的理论，只有外国的。原因是汉语的研究方法，应该彻底改变。现在研究汉语的方法，实际上是从《马氏文通》来的，是用研究英文、法文、拉丁文等有曲折变化的语言的方法来研究没有曲折变化的汉语。那能行吗？英文等的语序可以不那么固定，如“我打你，你打我”，“你”“我”都有专词表述，语序不那么固定，也可以的。但在中文里不得了，是很大的不同。梵文的语序可以随便，中文就复杂，不能那么随便。如“人”，你说是名词，那韩愈的“人其人”，第一个“人”是动词。如“火”，也是韩愈的“火其书”，“火”是动词，这种现象在印欧语系是没有的。所以拿英文的方法研究汉文是不行的，也要改弦更张，要根据汉语的具体情况来研究，不能用外国那一套。

建立一种理论也是这样。怎么能够使我们在国外没有声音，是我们自己没有发。我觉得我们中国人的聪明才智，不差于任何国家，不低于任何国家。首先要去掉“贾桂思想”，觉得我们很不行，这是很不对的。

研究文学批评也是这样。现在有好多学派。研究文学批评有一些理论，当年主要是从苏联来的。毕达柯夫，在座中文系的老先生都知道，他的教科书，他的文艺理论也是西方的。我们过去也有文艺理论,《文心雕龙》、几个《诗品》，那就是文艺理论，很高的文艺理论。我们研究文艺理论要用中国的做法，我在《门外中外文论絮语》一文中讲过，中国的文论家从整体出发，把他们从一篇文学作品中悟出来的道理或者印象，用形象化的语言，来给它一个评价。比如“清新庾开府，俊逸鲍参军”，对李白则称之曰“飘逸豪放”，对杜甫则称之为“沉郁顿挫”，这是与西方文论学家把一篇文学作品加以分析、解剖，给每一个被分析的部分一个专门名词，支离繁琐，很不一样。中国诗，没法翻译成英文，翻译成英文谁也不懂，如“池塘生春草”，翻成英文是池塘旁边长出了青草来，这算是什么诗啊。又比如“明月照高楼”，这也是名句，翻译成英文，完了，成了月亮照着高楼。中、外不一样。中国文艺理论的书不多，《文心雕龙》，钟嵘、司空图各有一部《诗品》，这些都值得读一读。中国有诗话。诗话这东西很奇怪，我注意到，诗话世界上只有两个国家有，中国和韩国，日本没有诗话。

中国人吃东西，我写过两篇东西，是给《新民晚报》副刊《夜光杯》用的，一篇是论中餐、西餐，另一篇题目挺吓人:《从哲学的高度来看中餐和西餐》，大家可以看看，并不吓人。我讲的是实话，中餐和西餐没有什么差别，很简单，中餐就是肉、菜炒在一起；肉与菜分离，就是西餐，就这么简单。实际情况当然不那么简单。法国西餐就好，做得比德国的好。看问题要抓住要害。不要迷信外国，外国要研究，不要迷信。一定要有我们的雄心壮志，不是只有蓝眼睛、高鼻子的人才能提出理论。山东大学在中国的大学里边，在山东当然是最高学府，在中国的综合大学里也是排在前边的。我自己作为一个山东人，作为山大的一个老校友，我是双重校友，既当过学生，又当过教员，我在济南“省立高中”教过书，高中是山大附中改建的。希望我们山大能够一天比一天好，为山东争光，为中国争光。

为了能适应21世纪人文社会科学发展的需要，我劝文科的同学多学习点理科的内容，至少选修一门理科的课程。原来，我1930年上清华大学时，有一个规定，文科学生必须学一门理科的课。当年蔡元培先生在北大也有这个规定，文科学生必须学一门理科的课程。可惜，清华用了一个通融办法，逻辑可以代替，结果三个逻辑教师讲，三个教室还都是满的。原因是什么呢？我是文科高中毕业的，生物、物理、化学是理科，我都不懂，你让我怎么学理科？其他人也有和我一样的，所以，三个逻辑课教室都满堂。我看这是变了样的，不对的。蔡元培先生也提出这个意见来，北大用另外一种方式来改变了一下，即用“科学方法”。大家都不熟悉。我 1930 年同时考北大、清华，北大出国文题就是“何谓科学方法？试分析评论之”。这是国文题，也不大对头。到今天，过了有六十多年了，现在的青年同学、青年学者，你们一定要通一门理科。我这么讲的原因，就是从学术发展来看，学术交融越来越明显。在最初，欧洲只有物理，只有化学、生物，分得清清楚楚，现在呢？物理化学、生物化学，已经交叉了。现在我看 21 世纪，文、理都很难分。所以文科必须用理科的知识，理科必须用文科的知识。这一点从学术发展的情况来看，绝对没有问题。21 世纪，文、理科到底会融合到什么程度？这个我不敢说。这是我对青年学生要求的第一点。

第二点，就是学文科、理科，不管是什么科的同学，你必须掌握好一门外语。听说写读译，五会，一会不行，二会不行，三会、四会也不行，必须五会，有了一门外语，研究学问，出国参加学术会议，都有好处。同时对你们研究学问有好处，不能满足于现状，那是不行的，必须与外语结合。具体地讲，就是英语。英语现在实际上是世界语，会了英语，走遍世界不困难。根据我的经验，就是走到苏联时碰到过一点困难。一过苏联边界，一到波兰，英文什么都解决了。苏联当时只讲俄文，我在那里还闹过一个笑话。因为我学过俄文，拿辞典勉强可以看书。但有一个词“香肠”我忽然忘了怎么说，在旅馆吃早点，想吃香肠，怎么比划，服务员都不懂，最后就没吃到香肠。学会英语走到哪儿都不会碰到困难。苏联只是一个特例。

第三，要不断扩大知识面，吸收新知识。现在我有点倚老卖老了，但是我还是报纸、杂志，都翻一翻。有的年龄和我相当的一些老先生，报纸也不看，杂志也不翻，那就有点玄乎。

最后一点，最好要能掌握电脑。电脑，我不会的，有人要教我，说五分钟包会，我说五分钟我也不干，我是老顽固。因为学电脑有个过程，因为我们写文章，舞文弄墨几十年，写的过程就是构思的过程，一改变工具，我这构思就没法构思，灵感就没有了。所以我没有办法，我说我现在就原样对付几年吧。你们年轻人一定要掌握电脑，新的通讯[①]知识，一定要掌握。年轻人到21世纪要是缺乏刚才我说的这些基础，我觉得有点困难。现在我们就整个中国学术界来讲，人文社会科学我们现在还是有人，不能说没有人。不过有的学科有点后继无人，像北大这个学校，到明年一百年了，当然要算的话，可以算两千年，从周朝

① 通信的旧称。——编者注

开始，但是我们不那么算，从1898年算起。现在就是这样子，北大的台柱是哪个系？我没有研究过，办学不能平均撒胡椒面，要办出特点来，你不可能每个系都是全国第一，你要选那么几个重点出来。北大大家一致的意见是，全校重点应是文科的中文、历史、哲学。我们过去一个副校长王路宾，山东人，做过济南市委书记，公安厅长，他是搞理科的（我与他同时当副校长），但是我的文章他看。我问过他，路宾同志，你考虑要北大办出特点来，哪个系？他说：文、史、哲。就是蔡德贵他们这个杂志《文史哲》，这个道理是很正确。可最近，我们文、史、哲"水土流失"厉害，年轻人留不下，留下的呢，他没法养家，这都是实际问题。不过尽管这样，实际上一个系里边，真正有学问、有造诣、有声望的教授用不了多少，多了也用不着。年轻人，老、中、青这个班子，一个系里有十个八个二十个，就够了。这同国外的大学情况一样，你这个大学有没有名，你这个系有没有名，决定于教授。过去，我进的那个哥廷根大学，从19世纪末到20世纪20年代，是世界数学中心。不是德国的，是世界的。因为当时有两个大师，一个叫希尔伯特（David Hilbert），一个是Klein，还有Gauss，我去的时候高斯早已不在了，希尔伯特还活着。这几个人一不在，大学里的数学水平立刻就下降。如果有接班人可以，没有接班人立刻就下降。所以，我有个怪论，就是办学究竟应该怎么办？

北京大学现在举行百年校庆展览，来征求我的意见，我说我有个怪论，大学的组成部分有四部分：第一部分是教师；第二部分是学生，这个为主；第三部分是图书馆、实验室；第四部分，行政管理。行政管理怎么排在第四部分？这是因为第三、第四部分是为第一、第二部分服务的。没有第一、第二部分，第三、第四部分没有存在的必要。他们觉得这也有道理。没有学生，没有教员，图书馆干么？实验室干么？行政班子干么？大学里学生是非常重要的，你招的学生的素质不一样，培养出来的学生，人与人之间就很不一样。要是你考进来的时候素质高，再加上教授的水平高，实验设备好，图书馆好，行政管理好，必然出人才，为我们国家建设，为我们学术发展，必然出人才。现在大家不愿意在学校，我感觉是暂时的。现在我们国家财政上有困难，我们应该体谅国家。工资我们跟外国人没法谈。就是香港大学的工资也没法比，我自己是知识分子，在知识分子堆里混了七八十年，我写过一篇文章《一个老知识分子的心声》，里边也有刺，也有牢骚，可是也有正面的。中国知识分子的最大特点是最爱国家，我说句不好听的话，我们老知识分子的爱国，恐怕比你们中年还要厉害。

这话怎么讲呢？是唯物的。我们在解放前过过半封建半殖民地的生活，你们没过过。中国人在海外的，华侨最爱国，因为什么呢？因为他在国外，离我们中国，祖国，很远，但实际上给他以很大影响。1951年，我到印度去访问，到了一个叫海德拉巴地方的一个中国餐馆，主人一定要请我们吃饭。我们那个团很大，是建国后第一个大型代表团，有很多名人，这么多人一定要请吃饭，我们问他为什么？他说，中华人民共和国一成立，我们在印度人眼中的地位立刻升高。你说他能不爱国吗？很简单，这是唯物的。年老的吃过那个苦头，你们年轻一点的不知道。

我刚才讲的，涉及业务的几个条件，都是我自己根据经验谈出的一点意见，仅供参考。谢谢大家。

1997年10月

# 我看北大

也许是出于一种偶合，北大几乎与20世纪同寿。在过去一百年中，时间斗换星移，世事沧海桑田，在中国产生了天翻地覆的变化，而北大在人事和制度方面也随顺时势，不得不变。然而，我认为，其中却有不变者在，即北大对中国文化所必须负的责任。

古人常说，某某人一身系天下安危。陈寅恪先生《挽王静安先生》诗中有一句话："文化神州丧一身。"而我却想说：北大一校系中国文化的安危与断续。我并不是否认其他大学也同样对中国文化的传承起了作用，但是其间有历史长短的问题，有作用断续的问题，与夫所处地位不同的问题。这些都是活生生的事实，想能获得广大教育界同仁的共识，并非我一个人"老王卖瓜"，信口开河。

我所谓“文化”是最广义的文化，精神和物质两个方面都包括在里面。但是狭义的文化，据一般人的理解，则往往只限于与中文、历史、哲学三个系所涵盖的范围有关的东西。而在北大过去一百年的历史上，这三个系，尽管名称有过改变，始终是北大的重点。从第一任校长严复开始，中经蔡元培、胡适、傅斯年（代校长）、汤用彤（校委会主席）等等，都与这三个系有关。至于在过去一百年中，这三个系的教授，得大名有大影响的人物，灿如列星，不可胜数，五四运动时期是一个高潮。这个运动在中国文化学术界思想界甚至政界所起的影响，深远广被，是无论怎样评价也不为高的。如果没有五四运动，我们真不能想象今天中国的文化和教育会是一个什么样子。

中华民族是一个伟大的民族，我们有五千多年的历史文化传统，而又从没有中断过，这在世界上是独一无二的。我们又是一个毫不吝啬的民族，我们的四大或者更多的大发明，传出了中国，传遍了世界，促进了人类社会的进步，推动了人类文化的发展，为全球人民谋了极大的福利，功不可没。

可惜的是，自从西方工业革命开始时起，欧风东渐，我们中国逐渐沦为半封建半殖民地社会，昔日雄风，悄然匿迹，说实话，说是“可惜”，是我措词不当。我在最近几年曾反复强调“三十年河东，三十年河西”之说。激烈反对者有之，衷心赞同者亦有之。我则深信不疑。欧风东渐，东西盛衰易位，正是符合这个规律的，用不着什么“可惜”。

到了现在，“天之骄子”西方人所创造的文化，其弊端已日益显露。现在全世界的人民和政府都狂呼要“保护环境”，试问环境之所以需要保护，其罪魁祸首是什么人呢？难道不是西方处理人与大自然的关系不当，视大自然为要“征服”的敌人这种想法和做法在作祟吗？

我们绝不想否定西方近几百年来对人类生活福利所做的贡献，那样做是不对的。但我们也绝不能对西方文化所造成的弊端视而不见。“西方不亮东方亮”，连西方的有识人士也已觉悟到，西方文化已陷入困境，唯一的挽救办法就是乞灵于东方，英国大历史学家汤因比就是其中一人。

我们东方，首先是中国，在处理人与大自然的关系方面，是比较聪明的。至少在理论上是这样，在行动上我们同西方差别不大。我们有一种“天人合一”的理想，自先秦起就有，而且不限于一家，其后绵延未断。宋朝大哲学家张载有两句话，说得最扼要，最准确：“民，吾同胞；物，吾与也。”“与”的意思是伙伴，“物”包括动物和植物。我们的生活来源都取之于大自然，而我们不把大自然看做敌人，而看做朋友。将来全世界的人都必须这样做，然后西方文化所产生的那些弊端才能逐渐克服。否则，说一句危言耸听的话，我们人类前途将出现大灾难，甚至于无法生存下去。

前几年，我们中国学术界提出了一个口号：弘扬中华民族优秀文化。这口号提得正确，提得及时，立即得到了全国的响应。所谓“弘扬”，我觉得，有两方面的意义：一个是在国内弘扬，一个是向国外弘扬。两者不能偏废。在国内弘扬，其意义之重要尽人皆知。我们常讲“有中国特色的”，这“特色”无法表现在科技上。即使我们的科技占世界首位，同其他国家相比，也只能是量的差别，无所谓“特色”。“特色”只能表现在文化上。这个浅近的道理，一想就能明白。在文化方面，我们中华民族除了上面所说的“天人合一”的思想以外，几乎是处处有特色。我们的语言，我们的书法，我们的绘画，我们的音乐，我们的饮食，我们的社会风习，我们的文学创作，等等，等等，哪个地方没有特色呢？这个道理也是极浅的，一看就能明白，这些都属于广义的文化，对内我们要弘扬的。

除了对国内弘扬，我们还有对国外弘扬的责任和义务。我在上面已经谈到，在文化的给予方面，我们中华民族从来是不吝惜的。现在国外那一些懵懵懂懂的“天之骄子”

们，还在自我欣赏。我们过去曾实行鲁迅所说的“拿来主义”，拿来了许多外国的好东西，今后我们还将继续去拿。但是，为了世界人类的幸福和前途，不管这些“天之骄子”们愿意不愿意来拿我们中国的好东西，我们都要想方设法实行“送去主义”，我们要“送货上门”。我相信，有朝一日他们会觉悟过来而由衷地感谢我们的。

写到这里，我们再回头看我在本文一开头就提到的北大与中国文化的关系，以及北大对中国文化所负的责任。如果我说“文化神州系一校”，这似乎有点夸大。其他大学也在不同程度上有这种责任。但是其中最突出者仍然是非北大莫属。如果连这一点都不承认，那不是实事求是的态度。北大上承几千年来太学与国子监的衣钵，师生“以天下为己任”，在文化和政治方面一向敢于冲锋陷阵。这一点恐怕是大家不得不承认的。今天，在对内弘扬和对外弘扬方面，责任落在所有大学的人文社会科学学术教育机构，以及教员和学生的肩上。北大以其过去的传统，更应当是当仁不让，首当其冲，勇往直前，义无反顾。

专就北大本身来讲，中文、历史、哲学三系更是任重道远，责无旁贷。我希望而且也相信，这三个系的师生能意识到自己肩头上的重担。陈寅恪先生的诗曰“吾侪所学关天意”，可以移来相赠。我希望国家教委和北大党政领导在待遇方面多向这三个系倾斜一些，平均主义不是办学的最好方针。我的意思并不是说，在北大只有这三个系有责，其他各系都可以袖手旁观。否，否，我绝无此意。弘扬、传承文化是大家共有的责任。而且学科与学科间的界限变得越来越不泾渭分明，你中有我，我中有你，这现象越来越显明。其他文科各系，甚至理科各系，都是有责任的。其他各大学以及科学研究机构，也都是有责任的。唯愿我们能众志成城，共襄盛举。振文化之天声，播福祉于寰宇，跂予望之矣。

1997 年 12 月 12 日

# 我们要奉行“送去主义”*

20世纪二三十年代，鲁迅先生提出了“拿来主义”的主张。我们中国人，在整个20世纪，甚至在20世纪以前，确实从西方国家拿来了不少的西方文化的精华，这大大地推动了我们教育、文化、科研，甚至政治、经济等方面的发展，提高了我们的文化水平，丰富了我们的物质生活和精神生活。这是一个历史事物，谁也无法否认。当然，伴随着西方文化的精华，我们也拿来了不少的糟粕。这是不可避免的，有时候精华与糟粕是紧密相联的。

十几年前，也就是在上一个世纪的最后一段时间内，我曾提出了一个主张：“送去主义”。拿来与送去是相对而

* 本篇原为作者为《对外汉语教学：回眸与思考》一书所作的序，该书正式出版时，把本篇收入正文，并改为现在的题目。

言的。我的意思是把中国文化的精华送到西方国家去，尽上我们的国际主义义务。我的根据何在呢？

我们中华民族是伟大的民族，在过去几千年的历史上，我们有过许多重要的发明创造，四大发明是尽人皆知的，无待赘言。至于无数的看来似乎是细微的发明，也出自中国人之手，其意义是绝不细微的。我只介绍一部书，大家一看便知，这部书是阿里·玛扎海里的《丝绸之路》。至于李约瑟的那一部名著，几乎尽人皆知，用不着我再来介绍了。如果没有中国的四大发明，人类社会的进步，人类文化的发展，将会推迟几百年，这是世界上有点理智的人们的共识，绝不是我一个人的“老王卖瓜”也。

然而，日往月来，星移斗转，近几百年以来，西方兴起了产业革命，科学技术的发展突飞猛进，在不太长的时间内，影响遍及全世界。当年歌德提出了一个“世界文学”的想法，我们现在眼前却确有一个“世界文化”。最早的殖民主义国家，靠坚船利炮，完成了资本主义原始积累的任务。后来的帝国主义国家，靠暂时的科技优势，在地球村中，为非作歹，旁若无人，今天制裁这个国家，明天惩罚那个国家，得意洋洋，其劣根性至今没有丝毫改变。在这样的情况下，在西方，除了极少数有识之士外，一般人大抵都以“天之骄子”自命，认为宇宙间从来就是如此，今后也将万岁千秋如此，真正是“其愚不可及也”。他们颇有点类似中国旧日的皇帝，认为自己什么都有，无所求于任何其他民族。据说，西方某个大国中，有知识的人连鲁迅这个名字都没有听说过。其极端者甚至认为中国人至今还在吃鸦片、梳辫子、裹小脚。真正让人啼笑皆非，这样的“文明人”可笑亦复可怜！

现在屈指算来，西方以及世界其他国家已经从中华民族优秀文化中拿走了不少优秀的精华，他们学习了，应用了，收到了效果，获得了利益。但是，仍然有许多精华，他们没有拿走，比如中国传统的伦理道德，其中有糟粕，也有精华，其精华部分对世界人民处理天人关系、人与人的关系以及个人心中感情思想中的矛盾时会有很大的助益。眼前全世界都大声疾呼的环保问题实际上是西方人“征服自然”的恶果，中国的“天人合一”的思想，如能切实行之，必能济西方之穷。我们眼前，由于人所共知的原因，科技在某些方面确实落后于西方。但是，我们也不能说是一点创造发明都没有，一点先进的东西都没有，比如改革开放，由计划经济转入市场经济而获得成功，对世界上其他国家就很有借鉴的价值。

这些东西如珠子在前，可人家，特别是西方人，却偏不来拿。

怎么办呢？你不来拿，我们就送去。

我们首先要送去的就是汉语。“射人先射马，擒贼先擒王。”汉语是“王”。中华民族的优秀文化大部分保留在汉语言文字中。中华民族古代和现代的智慧，也大部分保留在汉语言文字中。中国人要想弘扬中华民族的优秀文化，外国人要想学习中华民族的优秀文化，都必须首先抓汉语。为了增强中外文化交流，为了加强中外人民的理解和友谊，我们首先必抓汉语。因此，我们要奉行送去主义，首先送出去的也必须是汉语。

此外，汉语本身还具备一些其他语言所不具备的优点。50 年代中期，我参加了中共八大翻译处的工作。在几个月的工作过程中，我逐渐发现了一个从来没有人提到过的现象，这就是：汉语是世界上最短的语言。使用汉语，能达到花费最少最少的劳动，传递最多最多的信息的目的。我们必须感谢我们的祖先，他们给我们留下了汉语言文字这一瑰宝。过去的几千年，我们在这里暂且不谈。仅就目前将近十二亿的使用汉语言文字的人来说，他们在交流思想，传递信息方面所省出来的时间简直应该以天文数字来计算。汉语之为功可谓大矣。

从前听到有人说过，人造的世界语，不管叫什么名称，寿命都不会太长的。如果人类在未来真有一个世界语的话，那么这个世界语一定会是汉语的语法和英文的词汇。洋泾浜英语就证明了这一点。这种说法虽然近乎畅想曲，近乎说笑话，但其中难道一点道理都没有吗？

说来说去，一句话：我们要奉行“送去主义”。这既有政治意义，也有学术意义。我首先要送出去的就是汉语言文字。在这样的考虑下，我对张德鑫同志主编的论文选不能不呈献上我最诚挚的谢意。

2000 年 1 月 11 日

# 文人风骨

# 为胡适说几句话

在中国近现代史上，胡适是一个起过重要作用但争议又非常多的人物。过去，在极左思想的支配下，我们曾一度把他完全抹煞，把他说得一文不值、反动透顶。十一届三中全会以后，我们看问题比较实事求是了。因此对胡适的评价也有了一些改变。但是，最近我在一份报刊[①]上一篇文章中读到，（胡适）“一生追随国民党和蒋介石”，好像他是一个铁杆国民党员、蒋介石的崇拜者。根据我的了解，好像事情不完全是这个样子，因此禁不住要说几句话。

胡适不赞成共产主义，这是一个事实，是谁也否认不掉的。但是，他是不是就是死心塌地地拥护国民党和蒋介石呢？这是一个值得探讨的问题。他从来就不是国民党员。

① 此处应为报纸。——编者注

他对国民党并非一味地顺从。他服膺的是美国的实验主义，他崇拜的是美国的所谓民主制度。只要不符合这两个尺度，他就挑点小毛病，闹着独立性。对国民党也不例外。最著名的例子是他在《新月》上发表的文章：《知难行亦不易》，是针对孙中山先生的著名的学说“知难行易”的。我在这里不想讨论“知难行易”的哲学奥义，也不想涉及孙中山先生之所以提出这样主张的政治目的。我只想说，胡适敢于对国民党的“国父”的重要学说提出异议，是需要一点勇气的。蒋介石从来也没有听过“国父”的话，他打出孙中山先生的牌子，其目的只在于欺骗群众。但是，有谁胆敢碰这块牌子，那是断断不能容许的。于是，文章一出，国民党蒋介石的御用党棍一下子炸开了锅，认为胡适简直是大不敬，竟敢在太岁头上动土，一犬吠影，百犬吠声，这一群走狗一拥而上。但是，胡适却一笑置之，这一场风波不久也就平息下去了。

另外一个例子是胡适等新月派的人物曾一度宣扬“好人政府”，他们大声疾呼，一时甚嚣尘上。这立刻又引起了一场喧闹。有人说，他们这种主张等于不说，难道还有什么人主张坏人政府吗？但是，我个人认为，在国民党统治下而提倡好人政府，其中隐含着国民党政府不是好人政府的意思。国民党之所以暴跳如雷，其原因就在这里。

这样的小例子还可以举出一些来，但是，这两个也就够了。它充分说明，胡适有时候会同国民党闹一点小别扭的。个别“诛心”的君子义正辞严地昭告天下说，胡适这样做是为了向国民党讨价还价。我没有研究过“特种”心理学，对此不敢赞一词，这里且不去说它。至于这种小别扭究竟能起什么作用，也不在我研究的范围之内，也不去说它了。我个人觉得，这起码表明胡适不是国民党蒋介石的忠顺奴才。

但是，解放以后，我们队伍中的一些人创造了一个新术语，叫做“小骂大帮忙”。胡适同国民党闹点小别扭就归入这个范畴。什么叫“小骂大帮忙”呢？理论家们说，胡适同国民党蒋介石闹点小别扭，对他们说点比较难听的话，这就叫做“小骂”。通过这样的“小骂”，给自己涂上一层保护色，这种保护色是有欺骗性的，是用来迷惑人民的。到了关键时刻，他又出来为国民党讲话。于是人民都相信了他的话，天下翕然从之，国民党就“万寿无疆”了。这样的“理论”未免低估了中国老百姓的觉悟水平。难道我们的老百姓真正这样糊涂、这样低能吗？国民党反动派最后垮台的历史，也从反面证明了这种说法是不正确的，是不符合实际情况的。把胡适说得似乎比国民党的中统、军统以及其他助纣为虐的忠实走狗还要危险，还要可恶，也是不符合实际情况的。

我最近常常想到，解放以后，我们中国的知识分子学习了辩证法。对于这一件事无论怎样评价也不会过高的。但是，正如西方一句俗语所说的那样：一切闪光的不都是金子。有人把辩证法弄成了诡辩术，老百姓称之为“变戏法”。辩证法稍一过头，就成了形而上学、唯心主义、教条主义，就成了真正的变戏法。一个最著名的例子就是，在封建时代赃官比清官要好。清官能延长封建统治的寿命，而赃官则能促其衰亡。周兴、来俊臣一变而为座上宾，包拯、海瑞则成了阶下囚。当年我自己也曾大声疾呼宣扬这种荒谬绝伦的谬论，以为这才是真正的辩证法，为了自己这种进步、这种“顿悟”，而心中沾沾自喜。一回想到这一点，我脸上就不禁发烧。我觉得，持“小骂大帮忙”论者的荒谬程度，与此不相上下。

上面讲的对胡适的看法，都比较抽象。我现在从回忆中举两个具体的例子。我于 1946 年回国后来北大工作，胡适是校长，我是系主任，在一起开会、见面讨论工作的机会是非常多的。我们俩都是国立北平图书馆的什么委员，又是北大文科研究所的导师，更增加了见面的机会。同时，印度尼赫鲁政府派来了一位访问教授师觉月博士和六七位印度留学生。胡适很关心这一批印度客人，经常要见见他们，到他们的住处去看望，还请他们吃饭。他把照顾印度朋友的任务交给了我。所有这一切都给了我更多的机会，来观察、了解胡适这样一个当时在学术界和政界都红得发紫的大人物。我写的一些文章也拿给他看，他总是连夜看完，提出评价。他这个人对任何人都是和蔼可亲的，没有一点盛气凌人的架子。这一点就是拿到今天来也是颇为难能可贵的。今天我们个别领导干部那种目中无人、天上天下唯我独尊的气势我们见到的还少吗？根据我几年的观察，胡适是一个极为矛盾的人物。要说他没有政治野心，那不是事实。但是，他又死死抓住学术研究不放。一谈到他有兴趣的学术问题，比如说《水经注》、《红楼梦》、神会和尚等等，他便眉飞色舞，忘掉了一切，颇有一些书呆子的味道。蒋介石是流氓出身，一生也没有脱掉流氓习气，他实际上是玩胡适于股掌之上。可惜胡适对于这一点似乎并不清醒。有一度传言，蒋介石要让胡适当总统。连我这个政治幼儿园的小学生也知道，这根本是不可能的，这是一场地地道道的骗局。可胡适似乎并不这样想，当时他在北平的时候不多，经常乘飞机来往于北平南京之间，仆仆风尘，极为劳累，他却似乎乐此不疲。我看他是一个异常聪明的糊涂人。这就是他留给我的总印象。

我现在谈两个小例子。首先谈胡适对学生的态度。我到北大以后，正是解放战争激烈地展开、国民党反动派垂死挣扎的时候。北大学生一向是在政治上得风气之先的，在反对国民党反动统治方面，也是如此。北大的民主广场号称北平城内的“解放区”。学生经常从这里列队出发，到大街上游行示威，反饥饿，反迫害，反内战。国民党反动派大肆镇压，逮捕学生。从“小骂大帮忙”的理论来看，现在应当是胡适挺身出来给国民党帮忙的时候了，是他协助国民党反动派压制学生的时候了。但是，据我所知道的，胡适并没有这样干，而是张罗着保释学生，好像有一次他还亲自找李宗仁，想利用李的势力让学生获得自由。有的情景是我亲眼看见的，有的是听到的。恐怕与事实不会相距过远。

还有一件小事，是我亲身经历的。大约在 1948 年的秋天，人民解放军已经对北平形成了一个大包围圈，蒋介石集团的末日快要来临了。有一天我到校长办公室去见胡适，商谈什么问题。忽然走进来一个人——我现在忘记是谁了，告诉胡适说，解放区的广播电台昨天夜里有专门给胡适的一段广播，劝他不要跟着蒋介石集团逃跑，将来让他当北京大学校长兼北京图书馆馆长。我们在座的人听了这个消息，都非常感兴趣，都想看一看胡适怎样反应。只见他听了以后，既不激动，也不愉快，而是异常地平静，只微笑着说了一句："他们要我吗？"短短的五个字道出了他的心声。看样子他已经胸有成竹，要跟国民党逃跑。但又不能说他对共产党有刻骨的仇恨。不然，他绝不会如此镇定自若，他一定会暴跳如雷，大骂一通，来表示自己对国民党和蒋介石的忠诚。我这种推理是不是实事求是呢？我认为是的。

总之，我认为胡适是一位非常复杂的人物，他反对共产主义，但是拿他那一把美国尺子来衡量，他也不见得赞成国民党。在政治上，他有时候想下水，但又怕湿了衣裳。他一生就是在这种矛盾中度过的。他晚年决心回国定居，说明他还是热爱我们祖国大地的。因此，说他是美帝国主义的走狗，说他"一生追随国民党和蒋介石"，都不符合实际情况。

解放后，我们有过一段极左的历史。对胡适的批判不见得都正确。十一届三中全会以后，我们拨乱反正，知人论世，真正的辩证法多了，形而上学、教条主义、似是而非的伪辩证法少了。我觉得，这是了不起的成就，了不起的转变。在这种精神的鼓舞下，我为胡适说了上面这一些话，供同志们探讨时参考。

1987 年 11 月 25 日

# 纪念陈寅恪教授国际学术讨论会闭幕词

我想讲三点意见。第一是对大会的评价。

我听了许多先生的谈话，他们都认为这次会是成功的会。我认为这反映了客观实际。我们过去在开完会后习惯讲什么"团结的大会""胜利的大会"，好像一个俗套。但今天我们要说会议是成功的，并非俗套，而有事实根据，这主要表现在：

一、认识了会议的重大意义。许多先生都持同样看法。在来参加会议之前，我并没有认识到会议的意义有多大，经过两天多的会议，认识到这个会的意义非常大。

二、各抒己见，畅所欲言。这次小组会分两个组，每组的讨论都各抒己见，大家有什么意见都讲出来了，畅所欲言，大家没有什么保留。中央的政策就是要大家讲话，这是一个了不起的变化。这个良好的会风是成功的一个标志。

三、我们对陈寅恪先生的了解加深了。我从30年代就开始听陈先生的课，陈先生的著作几乎都拜读了。可我对陈先生的了解同三天之前比，不是量变，而是质变，对陈先生的了解加深了。

四、以文会友，以友辅仁。我们有以文会友的优良传统，我们的文是陈先生的学术，以学术会朋友。许多先生的著作我都读过，名字听过，可未见过，而这次都见到了。参加这次会的是老中青学者，这次我们认识了，我相信以后我们还是朋友。

五、小组会的形式灵活。过去我们在国内开会，小组分得很死，指定名字把人员固定到一个小组，这次我们采取自愿的形式，这样的形式好。

以上五点说明我们的会是成功的，不是一句空话。这个评价是我自己的评价，同时参考了许多先生的意见。

第二，对陈寅恪先生学术或者对其整个人的看法。

就我所听到的，几乎所有到会的人都认为陈先生是个大学者，一代大师，他融合中西，学贯古今，博大精深，爱国，才、学、识都具备等。其中一些学者也有些疑问。刚才黄约瑟先生谈到历史唯物主义问题，但未讲下去，我是否理解错你的意思。陈先生在解放后对马列主义史学是什么态度，这是一个问题。这个问题在“文革”前提出，我没有异议，陈先生不是一个马克思主义者，可现在我则不敢说。郭沫若先生、范文澜先生、翦伯赞先生这几位马列主义史学家对中国历史的分析判断，和陈先生对中国历史的分析判断，根本区别究竟何在？这很简单，过去可以说，有没有阶级观点，有没有以阶级斗争为纲，就是区别。阶级本身很复杂，我并没有否定马克思主义的意思。近来我有些偏见，对理论毫不感兴趣，因为碰钉子太多了。但我对一个理论信服，即马克思主义理论。马克思的《资本论》中的“剩余价值”“劳动价格与价值”的理论，我觉得分析得细致入微，很能说服人，讲历史的生产关系和生产力发展的矛盾，这能说服人。我认为，只有马克思主义的基本理论才是理论，我不是否定马克思主义，我是否定教条的马克思主义。现在的理论太多了，如果搞一点考据有人则瞧不起你。陈先生从未标榜自己是马克思主义者，但在会上的报告中间，占一半的先生认为陈先生有朴素的唯物主义、朴素的辩证法，这就与马克思主义有相通之处，这可能高了，但我说不出高在哪里。世界学术史上，不管社会科学、人文科学还是自然科学，一个学者如果是实事求是的，有良心的，他就必然是唯物主义者。一个人标榜自己是马克思主义者，他可能是马克思主义者，也可能不是。他不标榜自己是马克思主义者，但可能是唯物主义者。我们总讲陈先生实事求是，实事求是就是唯物主义。关于陈先生和马克思主义的关系，我建议，史学界的先生们，将前面所谈到的郭老、翦老、范老等几老对待一个简单问题的分析，和陈先生的分析研究一下，看看究竟差别在何处，是不是除了马列主义之词句以外，就没有什么东西了。如果陈先生的方法实事求是，马列主义也应实事求是，那么对一问题的研究不会产生两种可能。我认为值得研究。

第三，我们今天从陈寅恪先生那里究竟能学习什么东西。

我们开这个会，有的先生不远千里而来，有的不远万里而来，说明我们开这个会意义重大。汪荣祖先生讲得好，我们现在只是开始，不是终结。我现在主要对青年学者讲几句话，我们应该考虑一下，通过这个会，我们，特别是青年学者从这次会中应学到什么东西。中国有句老话，“长江后浪推前浪，世上新人换旧人”，这是一个自然规律，社会发展规律，社会永远不能停留在一个地方，所以我们任何人，都只能是环节中的一环。打一个比喻，跑接力赛，我们跑一阵，把棒递给你们，你们再跑下去。我听说有的青年人开玩笑说，要打倒老家伙。我现在说，你们不要打倒我们，否则等你们年龄大了，别人也要打倒你。我们手里都有接力棒，谁也不是开始，谁也不是终结。可是我们承认，年轻人比我们好，否则人类就不能进步。我们走在前边，年轻人在后边跟来。你们一定要超过我们，不超过我们，原地踏步走，踏两万年也不能进步。因此，我对年轻同志讲，将来我们把棒交给你，你要跑了，将来你要交给你的学生，你应该比我们强。我们应该为你让路，创造机会，不能做绊脚石，老人容易保守，但年轻人要警惕骄傲，要互相学习，谁也不要打倒谁，老的学者要为年轻人开路，做先锋，年轻人要认真学习老人的优点。

我谈一谈超越问题。超越陈先生并不简单。整个社会是在发展，是在前进，这是一般的情况。但是中间应该有一些例外，一般来讲，后人要超越前人，但是那些高峰、巨人在某些方面是超越不了的。主要原因是环境不允许再出那样的人。马克思讲希腊神话有永久的魅力，理由在此。陈先生是学术巨人，在他的范围之内无法超越，原因就是我们今后不可能再有他那样的条件。总的倾向是可以超越的，但又不可以超越。我同意汪先生的观点，又可以超越，又不可以超越。

我个人认为通过这次会，年轻人可以向陈先生学习的东西，可归纳为六句话：

一、不泥古人，不做古人的奴隶。陈先生不做古人的奴隶，我希望年轻人也不做古人的奴隶。

二、跟上时代。陈先生最大的特点是“预流”，“预流”就是跟上时代潮流，每个时代有每个时代的新学问，王国维先生也是这样讲的。他讲有新材料有新学问，新材料是主要的，但我认为完全归于新材料上也不一定准确。每个时代有每个时代的潮流，学者应赶上潮流，赶不上潮流，则要落伍。要预流，必须跟上时代。陈先生是跟上时代的，现在的时代潮流我说不清楚，主潮是什么东西，我谈不出。现在有一个不好的现象，名词多，内容少，新名词是必要的，问题是吸收外来东西，光吸收名词不行，重要的是吸收内容。现在的年轻人应踏踏实实，学术要讲道德，自己不懂的不要愚弄别人。现在有很多人写文章时，引别人的书不讲出处，这是不好的学风。

三、实事求是。它牵涉考证问题。我受了些影响，喜欢考证。陈先生的绝大部分文章是考证。对考证如何看是一个问题，现在的年轻人最讨厌考证。胡适先生非常注重考证。读书，首先要看懂，考证，有时是看懂的必要手段。研究任何问题，特别是历史，必须要走的第一步是要看懂文章，看不懂文章，任何现代的主义都没有用，要看懂文章，非要考证。年轻的同志对考证不要讲得太神，也不要全盘否定，这条路是不能逾越的，否则出笑话。

四、独辟蹊径。前人走的路你不要走，一定要开辟新道路。陈先生在他涉足的领域都有新见解，而且他写文章有一个大的特点，没有水分，开门见山谈问题，花言巧语他不讲。

五、关心时事。对陈先生很难得，他非常关心时事，当我们解放初一边倒时，陈先生写诗表示忧虑。当原子弹上天时，陈先生非常兴奋，他认为我们有力量摆脱外国人的控制。

六、热爱祖国。这一点很清楚，用不着多说。

以上几点都是陈先生身上具备的，也是我们应该向陈先生学习的。

1988 年 5 月 28 日

# 一个老知识分子的心声

按我出生的环境，我本应该终生成为一个贫农。但是造化小儿却偏偏要播弄我，把我播弄成了一个知识分子。从小知识分子把我播弄成一个中年知识分子；又从中年知识分子把我播弄成一个老知识分子。现在我已经到了望九之年，耳虽不太聪，目虽不太明，但毕竟还是“难得糊涂”，仍然能写能读，焚膏继晷，兀兀穷年，仿佛有什么力量在背后鞭策着自己，欲罢不能。眼前有时闪出一个长队的影子，是北大教授按年龄顺序排成了的。我还没有站在最前面，前面还有将近二十来个人。这个长队缓慢地向前迈进，目的地是八宝山。时不时地有人“捷足先登”，登的不是泰山，而就是这八宝山。我暗暗下定决心：绝不抢先加塞，我要鱼贯而进。什么时候鱼贯到我面前，我就要含笑挥手，向人间说一声“拜拜”了。

干知识分子这个行当是并不轻松的，在过去七八十年中，我尝够酸甜苦辣，经历够了喜怒哀乐。走过了阳关大道，也走过了独木小桥。有时候，光风霁月，有时候，阴霾蔽天。有时候，峰回路转，有时候，柳暗花明。金榜上也曾题过名，春风也曾得过意，说不高兴是假话。但是，一转瞬间，就交了华盖运，四处碰壁，五内如焚。原因何在呢？古人说：“人生识字忧患始。”这实在是见道之言。“识字”，当然就是知识分子了。一戴上这顶帽子，“忧患”就开始向你奔来。是不是杜甫的诗“儒冠多误身”？“儒”，当然就是知识分子了，一戴上儒冠就倒霉。我只举这两个小例子，就可以知道，中国古代的知识分子们早就对自己这一行腻味了。“诗必穷而后工”，连作诗都必须先“穷”。“穷”并不是一定指的是没有钱，主要指的也是倒霉。不倒霉就作不出好诗，没有切身经历和宏观观察，能说得出这样的话吗？司马迁《太史公自序》说：“昔西伯拘羑里，演《周易》；孔子厄陈蔡，作《春秋》；屈原放逐，著《离骚》；左丘失明，厥有《国语》；孙子膑脚，而论兵法；不韦迁蜀，世传《吕览》；韩非囚秦，《说难》《孤愤》；《诗》三百篇，大抵圣贤发愤之所为作也。”司马迁算了一笔清楚的账。

世界各国应该都有知识分子。但是，根据我七八十年的观察与思考，我觉得，既然同为知识分子，必有其共同之处，有知识，承担延续各自国家的文化的重任，至少这两点必然是共同的。但是不同之处却是多而突出。别的国家先不谈，我先谈一谈中国历代的知识分子，中国有五六千年或者更长的文化史，也就有五六千年的知识分子。我的总印象是：中国知识分子是一种很奇怪的群体，是造化小儿加心加意创造出来的一种“稀有动物”。虽然十年浩劫中，他们被批为“一心只读圣贤书”的“修正主义”分子。这实际上是冤枉的。这样的人不能说没有，但是，主流却正相反。几千年的历史可以证明，中国知识分子最关心时事，最关心政治，最爱国。这最后一点，是由中国历史环境所造成的。在中国历史上，没有哪一天没有虎视眈眈伺机入侵的外敌。历史上许多赫然有名的皇帝，都曾受到外敌的欺侮。老百姓更不必说了。存在决定意识，反映到知识分子头脑中，就形成了根深蒂固的爱国心。“天下兴亡，匹夫有责”，不管这句话的原形是什么样子，反正它痛快淋漓地表达了中国知识分子的心声。在别的国家是没有这种情况的。

然而，中国知识分子也是极难对付的家伙。他们的感情特别细腻、锐敏、脆弱、隐晦。他们学富五车，胸罗万象。有的或有时自高自大，自以为“老子天下第一”；有的或有时却又患了弗洛伊德（？）讲的那一种“自卑情结”[①]（inferiority complex）。他们一方面吹嘘想“究天人之际，通古今之变”，气魄贯长虹，浩气盈宇宙。有时却又为芝麻绿豆大的一点小事而长吁短叹，甚至轻生，“自绝于人民”。关键问题，依我看，就是中国特有的“国粹”——面子问题。“面子”这个词儿，外国文没法翻译，可见是中国独有的。俗话里许多话都与此有关，比如“丢脸”“真不要脸”“赏脸”，如此等等。“脸”者，面子也。中国知识分子是中国国粹“面子”的主要卫道士。

尽管极难对付，然而中国历代统治者哪一个也不得不来对付。古代一个皇帝说：“马上得天下，不能马上治之！”真是一针见血。创业的皇帝绝不会是知识分子，只有像刘邦、朱元璋等这样一字不识的，不顾身家性命，“厚”而且“黑”的，胆子最大的地痞流氓才能成为开国的“英主”。否则，都是磕头的把兄弟，为什么单单推他当头儿？可是，一旦创业成功，坐上金銮宝殿，这时候就用得着知识分子来帮他们治理国家。不用说国家大事，连定朝仪这样的小事，刘邦还不得不求助于知识分子叔孙通。朝仪一定，朝廷井然有序，共同起义的那一群铁哥儿们，个个服

① “自卑情结”应为弗洛伊德的弟子阿德勒提出。——编者注

服帖帖，跪拜如仪，让刘邦“龙心大悦”，真正尝到了当皇帝的滋味。

同面子表面上无关实则有关的另一个问题，是中国知识分子的处世问题，也就是隐居或出仕的问题。中国知识分子很多都标榜自己无意为官，而实则正相反。一个最有典型意义又众所周知的例子就是“大名垂宇宙”的诸葛亮。他高卧隆中，看来是在隐居，实则他最关心天下大事，他的“信息源”看来是非常多的。否则，在当时既无电话、电报，甚至连写信都十分困难的情况下，他怎么能对天下大势了如指掌，因而写出了有名的《隆中对》呢？他经世之心昭然在人耳目，然而却偏偏让刘先主三顾茅庐然后才出山“鞠躬尽瘁”。这不是面子又是什么呢？

我还想进一步谈一谈中国知识分子的一个非常古怪、很难以理解又似乎很容易理解的特点。中国古代知识分子贫穷落魄的多。有诗为证：“文章憎命达。”文章写得好，命运就不亨通；命运亨通的人，文章就写不好。那些靠文章中状元、当宰相的人，毕竟是极少数。而且中国文学史上根本就没有哪一个伟大文学家中过状元。《儒林外史》是专写知识分子的小说。吴敬梓真把穷苦潦倒的知识分子写活了。没有中举前的周进和范进等的形象，真是入木三分，至今还栩栩如生。中国历史上一批穷困的知识分子，贫无立锥之地，绝不会有面团团的富家翁相。中国诗文和老百姓嘴中有很多形容贫而瘦的穷人的话，什么“瘦骨嶙峋”，什么“骨瘦如柴”，又是什么“瘦得皮包骨头”，等等，都与骨头有关。这一批人一无所有，最值钱的仅存的“财产”就是他们这一身瘦骨头。这是他们人生中最后的一点“赌注”，轻易不能押上的，押上一输，他们也就“涅槃”了。然而他们却偏偏喜欢拼命，喜欢拼这一身瘦老骨头。他们称这个为“骨气”。同“面子”一样，“骨气”这个词儿也是无法译成外文的，是中国的国粹。要举实际例子的话，那就可以举出很多来。《三国演义》中的祢衡，就是这样一个人，结果被曹操假手黄祖给砍掉了脑袋瓜。近代有一个章太炎，胸佩大勋章，赤足站在新华门外大骂袁世凯，袁世凯不敢动他一根毫毛，只好钦赠美名“章疯子”，聊以挽回自己的一点面子。

中国这些知识分子，脾气往往极大。他们又仗着“骨气”这个法宝，敢于直言不讳。一见不顺眼的事，就发为文章，呼天叫地，痛哭流涕，大呼什么“人心不古，世道日非”，又是什么“黄钟毁弃，瓦釜雷鸣”。这种例子，俯拾即是。他们根本不给当政的最高统治者留一点面子，有时候甚至让他们下不了台。须知面子是古代最高统治者皇帝们的命根子，是他们的统治和尊严的最高保障。因此，我就产生了一个大胆的“理论”：一部中国古代政治史至少其中一部分就是最高统治者皇帝和大小知识分子互相利用又互相斗争，互相对付和应付，又有大棒，又有胡萝卜，间或甚至有剥皮凌迟的历史。

在外国知识分子中，只有印度的同中国的有可比性。印度共有四大种姓，为首的是婆罗门。在印度古代，文化知识就掌握在他们手里，这个最高种姓实际上也是他们自封的。他们是地地道道的知识分子，在社会上受到普遍的尊敬。然而却有一件天大的怪事，实在出人意料。在社会上，特别是在印度古典戏剧中，少数婆罗门却受到极端的嘲弄和污蔑，被安排成剧中的丑角。在印度古典剧中，语言是有阶级性的。梵文只允许国王、帝师（当然都是婆罗门）和其他高级男士们说，妇女等低级人物只能说俗语。可是，每个剧中都必不可缺少的丑角也竟是婆罗门，他们插科打诨，出尽洋相，他们只准说俗语，不许说梵文。在其他方面也有很多嘲笑婆罗门的地方。这有点像中国古代嘲笑“腐儒”的做法。《儒林外史》中就不缺少嘲笑“腐儒”——也就是落魄的知识分子——的地方。鲁迅笔下的孔乙己也是这种人物。为什么中印同出现这个现象呢？这实在是一个有趣的研究课题。

我在上面写了我对中国历史上知识分子的看法。本文的主要目的就是写历史，连鉴往知今一类的想法我都没有。倘若有人要问："现在怎样呢？"因为现在还没有变成历史，不在我写作范围之内，所以我不答复，如果有人愿意去推论，那是他们的事，与我无干。

最后我还想再郑重强调一下：中国知识分子有源远流长的爱国主义传统，是世界上哪一个国家也不能望其项背的。尽管眼下似乎有一点背离这个传统的倾向，例证就是苦心孤诣、千方百计地想出国，有的甚至归化为"老外"，永留不归。我自己对这个问题的看法是：这只能是暂时的现象，久则必变。就连留在外国的人，甚至归化了的人，他们依然是"身在曹营心在汉"，依然要寻根，依然爱自己的祖国。何况出去又回来的人渐渐多了起来呢？我们对这种人千万不要"另眼相看"，当然也大可不必"刮目相看"。只要我们国家的事情办好了，情况会大大地改变的。至于没有出国也不想出国的知识分子占绝对的多数。如果说他们对眼前的一切都很满意，那不是真话。但是爱国主义在他们心灵深处已经生了根，什么力量也拔不掉的。甚至泰山崩于前，迅雷震于顶，他们会依然热爱我们这伟大的祖国。这一点我完全可以保证。只举一个众所周知的例子，就足够了。如果不爱自己的祖国，巴老为什么以老迈龙钟之身，呕心沥血来写《随想录》呢？对广大的中国老、中、青知识分子来说，我想借用一句曾一度流行的，我似非懂又似懂得的话：爱国没商量。

我生平优点不多，但自谓爱国不敢后人，即使把我烧成了灰，每一粒灰也还是爱国的。可是我对于当知识分子这个行当却真有点谈虎色变。我从来不相信什么轮回转生。现在，如果让我信一回的话，我就恭肃虔诚祷祝造化小儿，下一辈子无论如何也别再播弄我，千万别再把我弄成知识分子。

1995 年 7 月 18 日

# 陈寅恪先生的爱国主义*

各位来宾，朋友们：

刚才主席让我作学术演讲。我本来就有点惶恐。这样一来的话我更加惶恐了，为什么呢？因为作为陈先生的弟子，我对陈先生的道德文章学习得相当不好，在座的好多陈先生的弟子都比我强，今天安排我来讲话，胡守为同志给我讲过几次，一定要我讲。我说我不行，现在又来了一个学术报告，实在是不敢当。我也没有什么稿子。昨天下午我才开始考虑这个问题，因此我的很多看法是昨天才形成的，也就是说，昨天下午才把整个的今天要讲话的大体框架完成，因此，我讲的话，恐怕很多地方是外行，请大

* 广州中山大学于1994年举办了“纪念陈寅恪教授学术讨论会”，会议主旨为“《柳如是别传》与国学研究传统”。本篇系作者在此次讨论会上的发言。

家指正。

我今天讲，也要有个题目，我想讲讲“陈寅恪先生的爱国主义”。这个题目是怎么来的呢？大家都知道，陈先生一家，从陈先生的祖父陈宝箴先生开始就是爱国的，散原老人是爱国的，陈先生是爱国的，陈先生的第四代流求、美延和流求、美延的下一代，我想都是爱国的。四代、五代爱国的，起码三代。英法联军攻进北京，火烧圆明园，当时陈宝箴先生在城里，看到火光，痛哭流涕。大家都知道，散原老人实际上是因为日本侵略中国，老人拒绝服药、拒绝吃饭而去世的。这个大家都知道。那么，陈先生的爱国主义表现在什么地方？我想就这个题目，谈点我个人的看法，这里面牵涉到《柳如是别传》。

爱国主义这个词是很好的词，大家一听爱国主义啊，都是不会批判的，因为每个民族都有权利爱自己的国家。这几年呢，我就考虑爱国主义，词是个好词，可是我就考虑这又和我们市场上的货物一样，有真货，有假货，有冒牌的。我就说爱国主义应该区分两种：一种真正的，一种假冒伪劣的。这个区别并不难，大家知道，日本侵略中国，中国人，不管是国民党还是共产党，都要抗日的。这个大家没有否定。那么日本人也高呼爱国主义，东条英机高呼爱国。但是把中国的爱国主义与日本的爱国主义一对比，中间的区别是很大的。因此我就想，真正的爱国主义是正义的爱国主义，应该是这么一个样子，它不允许别的民族侵略自己，这是一；第二，也不侵略别的民族。因此，我认为真正的爱国主义与国际主义是相联系的。假的爱国主义就是侵略别人，压迫别人，然后反而高呼爱国。我干脆举日本军国主义为例，再举的话也容易：希特勒就是。希特勒的爱国主义喊得雷一般响，但却对别的国家发起了闪电战。他爱什么国呢？他爱他的法西斯国家，侵略别人，压迫别人，奴役别人。所以爱国主义应该分成这么两种，其道理是比较容易懂的，这我就不多说了。这真正的爱国主义呢，就是我刚才讲的陈宝箴先生、陈散原老人、寅恪先生的，为什么呢？因为它是抵抗外寇、不允许别的民族侵略自己，是正义的。后来我又想这个问题，恐怕正义的爱国主义又应当分为两个层次：一般人，我们中国人受别人侵略，我们起来反抗，爱我们的国家，我觉得这个是我们应该歌颂的、赞扬的。但我觉得这种爱国主义是一般的，层次不高；层次更高的是与文化联系起来。我想陈先生所撰的《王观堂先生挽词》的序，大家都看过，序很短，可是道理很深刻。怎么说呢，王静安先生与陈先生的岁数虽有差别，环境也不一样，可是两个人的关系真是心心相印、息息相关，“心有灵犀一点通”。诗中讲：“回思寒夜话明昌，相对南冠泣数行。”从中可以知道，当年陈先生与王观堂先生在清华大学工字厅寒夜中谈论过去的事，所以二人相对流泪，二人的感情是完全一致的。为什么？我今天想解释这个问题，我觉得这个问题实质上就是高层次的爱国主义。陈先生的这段挽词同在清华立的碑上的碑文（也出自陈先生之手）内容差不多，碑文也很短，讲的问题就是众所周知的中国文化。我们高喊弘扬中华民族的优秀文化。我们中华民族优秀文化究竟表现在什么地方，大家各自的看法可能不尽一致，我自己感觉到中华民族优秀文化的一个表现就是爱国主义。这一点我在北京已经讲过，可能有些同志不同意我的看法。我的看法也不是瞎想的。我不专门搞哲学，严格讲也不专门搞历史。但是喜欢胡思乱想。我想中国的爱国主义者，像中国汉朝的苏武、宋朝的岳飞及文天祥、明代的戚继光、史可法等，都是我们熟悉的。所以，我们中国的历史上，从汉朝一直到清朝有一系列爱国主义人物，深入人心。这种情况在别的国家很少见，我在欧洲呆了好多年，因此了解一点，欧洲如举一个著名的爱国者就不好举，什么原因呢？在座的都是历史学家，也有搞外国历史的，都清楚。原因很简单，我们是实事求是的，这是我们中国历史所决定的。中国这个国家非常奇怪。立国几千年，我们天朝大国，按道理讲，我们这样一个国家，在封建社会，那个天子、皇帝享有至高无上的权威，只允许侵略别人，不允许别人侵略，应该能够这么讲。可事实并不是这样子，大家都知道，从先秦的周代等时期开始，中国就被当时称为“蛮夷戎狄”的少数民族所侵扰；秦朝，秦始皇是一个了不起的人物，为了抵御北方的匈奴，他主持修筑长城。当然长城并不只是秦始皇时代才修筑的，在战国时期就修了。长城的修筑，有效地抵御了匈奴的侵扰；到了汉代，开国之主刘邦也被匈奴包围于平城；后来汉武帝时几员著名大将，跟匈奴作战，打了几个胜仗。可无论如何，北方的威胁却始终没有解除。曹操时，北方威胁仍存；到了五胡乱华时代则更不必说了。唐朝是一个了不起的朝代，唐太宗李世民的父亲李渊却对突厥秘密称臣。后来，唐太宗觉得称臣于突厥不大光彩，想方设法掩盖这个事实。整个唐代，北方的威胁一直没有解除；到了宋朝那就更清楚了，先是辽，后来是金。两个北宋皇帝徽宗、钦宗让人俘虏，这在中国历史上是很少见的。后来宋廷偏安于中国东南一隅。到了元朝，其统治民族蒙古是我们今天的兄弟民族，在当时不能这样看，蒙古在灭宋以前，已经建成了一个大帝国。我们不能把古代现代化。中华民族这个包括 56 个民族的大家庭，是在中国共产党领导下才明确形成的。满族，今天也是我们的兄弟民族，当时满族的文化与我们不一样，当然，满族一入关就汉化，可毕竟是另一个文化体系。

总而言之，我认为中国之所以产生爱国主义，就因为有外敌，而且一直没断，原来一直在北方，后来是东方，主要是倭寇，西方最厉害的是明朝末年从澳门进来的西方资本主义国家，后来形成了帝国主义。还有南方。东西南北都有外敌。我们讲历史唯物主义，要讲事实，存在决定意识，在这种情况下中国必然产生爱国主义，而这种爱国主义必然是正确的。当然，我们也不能说，中国封建社会以皇帝为代表的统治阶级没有侵略别人，这话是不对的。中国汉族也侵略了别的不少民族，这是不能否定的。可总起来的话，是御外敌的。这是历史决定的，不是中华民族天生就爱国，这也不合符历史情况。欧洲则不是这种情况，欧洲长期是乱七八糟的，建国时间又短。美国的情况更特殊，它建国以来，基本上没有外敌，所以美国讲爱国主义，我不知道怎么爱法。这是我信口谈来。由此，我就想陈先生在给王观堂所撰的挽词前的短序中讲了这么一个想法：中华文化是三纲六纪。三纲六纪，据我的体会，里面就包括了爱国主义精神。如“君为臣纲”，说君臣这一纲，陈先生举了一个例子，“君为李煜亦期之以刘秀”，意思就是，人君的贤与否，无关重要，他只是一个符号，一个象征，他象征的是文化，象征的是国家。陈先生又讲，三纲六纪是抽象理想。文化是抽象的，抽象的东西必然有所寄托，陈先生原文作“依托”。一个是依托者，一个是被依托者。文化、三纲六纪是抽象的，抽象的本身表现不出来，它必然要依托他物，依托什么东西呢？陈先生讲的是社会制度，特别是经济制度，总起来就是国家。文化必然依托国家，然后才能表现，依托者没有所依托者不能表现，因此，文化与国家成为了同义词。再回过头来，王国维先生之所以自杀，当时外面议论很多，陈寅恪先生认为他不是为了具体的人，不是忠于清王室或宣统皇帝，认为他忠于清朝或宣统皇帝不过是流俗之见。王国维先生之所以执意自杀，就是因为他是这个文化所化之人，文化本身有一个依托——国。以王国维先生而言，这个依托就是清朝。所以，清朝是他的文化理想的依托者。后来陈先生讲十七年（1911—1928），从辛亥革命起，清朝灭亡，受清朝文化所化的最高代表王国维先生，这个国家不能存在了，按陈先生之意，所依托者一旦不能存在，文化也不能存在。那么，为这个文化所化之人也必然不能存在。所以，陈先生认为王静安先生之所以自杀是因为他所依托的那个国不能存在了，具体的东西不存在了，抽象的文化也无法依存，于是执意自杀。

那么，陈先生为什么与王国维先生心心相通？陈先生为什么写《柳如是别传》，这就是我的解释。中国外来文化，第一个是佛教，佛教有一个特点，就是它是不依靠武力而传播到中国的；后来元朝文化进入中国，靠的是武力；清朝文化亦然。日本人侵略中国，背后有武力。这二者之间的很大不同是，有些外来文化传入中国，不依靠武力，有的则依靠武力。就明末清初而言，正是清朝文化与汉族文化冲突很剧烈的一个时期，在这个时期，钱牧斋与柳如是及其他一大批文化人首当其冲。他们的心态，是为中国的汉族文化所化之人的心态。当明朝这个代表文化、使之具体化的国家不存在了，所依托的人，一批自杀了。钱牧斋虽说没有自杀，可是他的心态看得出。到了后来辛亥革命彻底推翻了封建王朝，这又是一个文化大变革的时期。王国维先生与陈先生均生活于当时，故陈先生对王先生之所以执意自杀，不同于流俗的那种解释，而是从文化的角度去看。因此，我说爱国主义有两个层次：一般的层次是我爱我的国家，不允许别人侵略；更高层次的则是陈先生式的爱国、王国维先生式的爱国。

有一个问题是近来常谈的。我看本次与会论文中也有，讲陈先生的诗中含有悲观主义情绪，调子不是那么乐观的。为什么呢？还有一个问题，大家都说陈先生是一位考据大师，这话一点也不错。考据这个学问到了陈先生手中得心应手，是到家了。那么，陈先生的考据与乾嘉朴学大师的有没有区别呢？我看区别很大。陈先生为人，不慕荣利，不与人争，大家都很容易误认为陈先生是“两耳不闻窗外事，一心只读圣贤书”，不关心时事的。实际上，在座的各位陈先生的弟子都知道，陈先生绝不是那种人，陈先生是一位感情非常丰富，对自己的国家、人民非常爱护的人。他非常关心时事，他不仅关心过去的时事，也关心现在的时事。陈先生诗中，有古典，有今典，还有佛典，很复杂，我们甚至可以这么说，陈先生的所有著作中，都有一种感情，表面看起来是泛泛的考证，考证是无懈可击的，但考证里面有感情，乾嘉大师们就做不到这点，也不可能做到，二者所处的环境不一样。所以，我们了解、学习陈先生，一方面是学习他的考证、他的学术成就；另一方面，应学习他寄托在考证中的感情，他的每一篇论文（著），特别是《柳如是别传》，他的思想、感情寄托在里面。表面上看起来是繁琐考证——人名、地名，或者日期，核心却是爱国、爱文化。陈先生在1929年写了一首诗，送给北大历史系的学生，诗曰：“群趋东邻受国史，神州士夫羞欲死。”说学习中国史却要到日本去学，后来，陈先生寄望于北大历史系学生，希望他们一洗这一耻辱，这当然是爱国主义的表现。我看在这里爱国主义也有两种解释，一种是爱我的国家，一般的；一种是高层次的，爱我们的文化，陈先生此诗，包含高、低两层次的含义。

陈先生之所以在晚年费那么大的力量，克服那么大的困难来写《柳如是别传》，绝对不是为了考证而考证，从陈先生的考证，我们可以学习很多东西，不仅限于此。陈先生真正的感情、真正的对中国文化的感情，都在里面。

解放以后，陈先生也写了不少的诗，外面有很多传说，陈先生在诗中是否对现实都满意呢？我认为这不可能，我甚至可以这么说，任何时代的政治也不能为当时的人百分之百地完全接受，我想将来也不会。陈先生的诗十分难懂，周一良先生讲过几次，的确是非常难懂，有些话不能直说，婉转地说，用典，所用的典也很冷僻，很难查。陈先生诗中表现的感情，我觉得并不奇怪，若在50年代，我还不能这样讲，经过了四十五年，陈先生的想法未必不正确。他忧国忧民，才如此作想。若他对我们的国家、我们的文化根本毫不在意，他就绝对不会写这样的诗。歌颂我们的国家是爱国，对我们的国家不满也是爱国，这是我的看法。若陈先生是真的不爱国的话，他就根本不会做学问，写诗。这正如当时某些上海人所说的“国事管他娘，打打麻将”。对国家漠不关心，才会这样；而陈先生的关心，就是爱国的表现，不管这个国正确不正确。

中山大学多次召开纪念陈寅恪先生的学术讨论会，我觉得非常英明，这为我们活着的人和下一代的人树立了一个爱国主义的榜样，应该得到最高的赞扬。我已说过，历史不是我的本行，所以，今天所讲，是我的乱想乱讲，说得不对的，请大家批评，谢谢大家。

**羡林按：**

我这一篇发言，既无讲稿，连提纲也没有。中大历史系的同志们，根据录音，整理成这个样子，实在不容易，应当向他们致谢。我看了一遍，只作了极小的改动。原来的口气都保留了。

1994 年 10 月 26 日

# 厚德载物

# 容　忍

人处在家庭和社会中，有时候恐怕需要讲点容忍的。

唐朝有一个姓张的大官，家庭和睦，美名远扬，一直传到了皇帝的耳中。皇帝赞美他治家有道，问他道在何处，他一气写了一百个“忍”字。这说得非常清楚：家庭中要互相容忍，才能和睦。这个故事非常有名。在旧社会，新年贴春联，只要门楣上写着“百忍家声”就知道这一家一定姓张。中国姓张的全以祖先的容忍为荣了。

但是容忍也并不容易。1935 年，我乘西伯利亚铁路的车经苏联赴德国，车过中苏边界上的满洲里，停车四小时，由苏联海关检查行李。这是无可厚非的，入国必须检查，这是世界公例。但是，当时的苏联大概认为，我们这一帮人，从一个资本主义国家到另一个资本主义国家，恐怕没有好人，必须严查，以防万一。检查其他行李，我绝无意见。但是，在哈尔滨买的一把最粗糙的铁皮壶，却成了被检查的首要对象。这里敲敲，那里敲敲，薄薄的一层铁皮绝藏不下一颗炸弹的，然而他却敲打不止。我真有点无法容忍，想要发火。我身旁有一位年老的老外，是与我们同车的，看到我的神态，在我耳旁悄悄地说了句：Patience is the great virtue（容忍是很大的美德）。我对他微笑，表示致谢。我立即心平气和，天下太平。

看来容忍确是一件好事，甚至是一种美德。但是，我认为，也必须有一个界限。我们到了德国以后，就碰到这个问题。旧时欧洲流行决斗之风，谁污辱了谁，特别是谁的女情人，被污辱者一定要提出决斗。或用手枪，或用剑。普希金就是在决斗中被枪打死的。我们到了的时候，此风已息，但仍发生。我们几个中国留学生相约：如果外国人污辱了我们自身，我们要揣度形势，主要要容忍，以东方的恕道克制自己。但是，如果他们污辱我们的国家，则无论如何也要同他们玩儿命，绝不容忍。这就是我们容忍的界限。幸亏这样的事情没有发生，否则我就活不到今天在这里舞笔弄墨了。

现在我们中国人的容忍水平，看了真让人气短。在公共汽车上，挤挤碰碰是常见的现象。如果碰了或者踩了别人，连忙说一声“对不起！”就能够化干戈为玉帛，然而有不少人连“对不起”都不会说了。于是就相吵相骂，甚至于扭打，甚至打得头破血流。我们这个伟大的民族怎么竟变成了这个样子！我在自己心中暗暗祝愿：容忍兮，归来！

1996 年 12 月 17 日

# 我和北大

北大创建于1898年，到明年整整一百年了，称之为“与世纪同龄”，是当之无愧的。我生于1911年，小北大十三岁，到明年也达到八十七岁高龄，称我为“世纪老人”，虽不中亦不远矣。说到我和北大的关系，在我活在世界上的八十七年中，竟有五十一年是在北大度过的，称我为“老北大”是再恰当不过的。由于自然规律的作用，在现在的北大中，像我这样的“老北大”，已寥若晨星了。

在北大五十余年中，我走过的并不是一条阳关大道。有光风霁月，也有阴霾蔽天；有“山重水复疑无路”，也有“柳暗花明又一村”，而后者远远超过前者。这多一半是人为地造成的，并不能怨天尤人。在这里，我同普天下的老百姓，特别是其中的知识分子，是同呼吸、共命运的，大家彼此彼此，我并没有多少怨气，也不应该有怨气。不管怎样，不知道有什么无形的力量，把我同北大紧紧缚在一起，不管我在北大经历过多少艰难困苦，甚至一度曾走到死亡的边缘上，我仍然认为我这一生是幸福的。一个人只有一次生命，我不相信什么轮回转生。在我这仅有的可贵的一生中，从“春风得意马蹄疾”的少不更事的青年，一直到“高堂明镜悲白发”的耄耋之年，我从未离开过北大。追忆我的一生，怡悦之感，油然而生，“虽九死其犹未悔”。

有人会问：“你为什么会有这样的感觉呢？”这个问题是我必须答复的。

记得前几年，北大曾召开过几次座谈会，探讨的问题是：北大的传统究竟是什么？参加者很踊跃，发言也颇热烈。大家的意见不尽一致，这是很自然的现象。我个人始终认为，北大的优良传统是根深蒂固的爱国主义。有人主张，北大的优良传统是革命。其实真正的革命还不是为了爱国？不爱国，革命干吗呢？历史上那种“你方唱罢我登场”的“以暴易暴”的改朝换代，应该排除在“革命”之外。

讲到爱国主义，我想多说上几句。现在有人一看到“爱国主义”，就认为是好事，一律予以肯定。其实，倘若仔细分析起来，世上有两类性质截然不同的爱国主义。被压迫、被迫害、被屠杀的国家或人民的爱国主义是正义的爱国主义，而压迫人、迫害人、屠杀人的国家或人民的“爱国主义”则是邪恶的“爱国主义”，其实质是“害国主义”。远的例子不用举了，只举现代的德国的法西斯和日本的军国主义侵略者，就足够了。当年他们把“爱国主义”喊得震天价响，这不是“害国主义”又是什么呢？

而中国从历史一直到现在的爱国主义则无疑是正义的爱国主义。我们虽是泱泱大国，那些皇帝们也曾以“天子”自命而沾沾自喜。实际上从先秦时代起，中国的“边患”就连绵未断。一直到今天，我们也不能说，我们毫无“边患”了，可以高枕无忧了。我们绝不能说，中国在历史上没有侵略过别的国家或民族。但是历史事实是，绝大多数时间，我们是处在被侵略的状态中。我们有多少“真龙天子”被围困，甚至被俘虏；我们有多少人民被屠杀，都有史迹可考。在这样的情况下，我们中国在历史上出的伟大的爱国者之多，为世界上任何国家所不及。汉代的苏武，宋代的岳飞和文天祥，明代的戚继光，清代的林则徐，等等，至今仍为全国人民所崇拜。至于戴有“爱国诗人”桂冠的则更不计其数。难道说中国人的诞生基因中就含有爱国基因吗？那样说是形而上学，是绝对荒唐的。唯物主义者主张存在决定意识。我们祖国几千年的历史这个存在，决定了我们的爱国主义。

现在在少数学者中有一种议论说，在中国历史上只有内战，没有外敌侵入，日本、英国等的八国联军是例外。而当年的匈奴、突厥、辽、金、蒙、满等族的行动，只是内战，因为这些民族今天都已纳入中华民族大家庭中了。这种说法，我实在不敢苟同。这是把古代史现代化，没有正视当时的历史事实。而且事实上那些民族也并没有都纳入中华民族的大家庭中，一个显著的例子就摆在眼前：蒙古人民共和国赫然存在，你怎么解释呢？如果这种论调被认为是正确的话，中国历史上就根本没有爱国者，只有内战牺牲者。西湖的岳庙，遍布全国许多城市的文丞相祠，为了“民族团结”都应当立即拆掉。这岂不是天下最荒唐的事情！连汉族以外的一些人也不会同意的。我认为，我们今天全国56个民族确实团结成了一个中华民族的大家庭，这是空前未有的，这应该归功于中国共产党，归功于我们全体人民。为了建设我们的伟大祖国，我们全国各族人民，都应当像爱护自己的眼球一样，维护我们的安定，维护我们的团结，任何分裂的行动都将冒天下之大不韪。我们都应该向前看，不应当向后看，不应当再抓住历史上的老账不放。

这话说得有点远了，但是，既要讲爱国主义，这些问题都必须弄清楚的。

现在回头来再谈北大与爱国主义。在古代，几乎在所有的国家中，传承文化的责任都落在知识分子肩上。不管工农的贡献多么大，但是传承文化却不是他们所能为。如果硬要这样说，那不是实事求是的态度。传承文化的人的身份和称呼，因国而异。在欧洲中世纪，传承者多半是身着黑色长袍的神父，传承的地方是在教堂中。后来大学兴起，才接过了一些传承的责任。在印度古代，文化传承者是婆罗门，他们高居四姓之首。东方一些佛教国家，古代文化的传承者是穿披黄色袈裟的佛教僧侣，传承地点是在寺庙里。中国古代文化的传承者是“士”。士、农、工、商是社会上主要阶层，而士则同印度的婆罗门一样高居首位。传承的地方是太学、国子监和官办以及私人创办的书院，婆罗门和士的地位，都是他们自定的。这是不是有点过于狂妄自大呢？可能有的，但是，我认为，并不全是这样，而是由客观形势所决定的，不这样也是不行的。

婆罗门、神父、士等等都是知识分子，他们的本钱就是知识，而文化与知识又是分不开的。在世界各国文化传承者中，中国的士有其鲜明的特点。早在先秦，《论语》中就说过：“士不可以不弘毅，任重而道远。”士们俨然以天下为己任，天下安危系于一身。在几千年的历史上，中国知识分子的这个传统一直没变，后来发展成“天下兴亡，匹夫有责”。后来又继续发展，一直到了现代，始终未变。

不管历代注疏家怎样解释“弘毅”，怎样解释“任重道远”，我个人认为，中国知识分子所传承的文化中，其精髓有两个鲜明的特点，一个是我在上面详细论证的爱国主义，一个就是讲骨气，讲气节，换句话说也就是在帝王将相的非正义的行为面前不低头；另一方面，在外敌的斧钺面前不低头，“威武不能屈”。苏武和文天祥等等一大批优秀人物就是例证。这样一来，这两个特点实又有非常密切的联系了，其关键还是爱国主义。

如果我们改一个计算办法的话，那么，北大的历史就不是一百年，而是几千年。因为，北大最初的名称是京师大学堂，而京师大学堂的前身则是国子监。国子监是旧时代中国的最高学府，已有一千多年的历史，其前身又是太学，则历史更长了。从最古的太学起，中经国子监，一直到近代的大学，学生都有以天下为己任的抱负，这也是存在决定意识这个规律造成的。与其他国家的大学不太一样，在中国这样的大学中，首当其冲的是北京大学。在近代史上，历次反抗邪恶势力的运动，几乎都是从北大开始。这是历史事实，谁也否认不掉的。五四运动是其中最著名的一次。虽然名义上是提倡科学与民主，骨子里仍然是一场爱国运动。提倡科学与民主只能是手段，其目的仍然是振兴中华，这不是爱国运动又是什么呢？

我在北大这样一所肩负着传承中华民族的优秀文化的、背后有悠久的爱国主义传统的学府，真正是如鱼得水，认为这才真正是我安身立命之地。我曾在一篇文章写过，我身上的优点不多，唯爱国不敢后人。即使我将来变成了灰，我的每一灰粒也都会是爱国的。这是我的肺腑之言。以我这样一个怀有深沉的爱国思想的人，竟能在有悠久爱国主义传统的北大几乎度过了我的一生，我除了有幸福之感外，还有什么呢？还能何所求呢？

1997 年 12 月 13 日

# 谦虚与虚伪

在伦理道德的范畴中，谦虚一向被认为是美德，应该扬。而虚伪则一向被认为是恶习，应该抑。

然而，究其实际，两者间有时并非泾渭分明，其区别间不容发。谦虚稍一过头，就会成为虚伪。我想，每个人都会有这种体会的。

在世界文明古国中，中国是提倡谦虚最早的国家。在中国最古的经典之一的《尚书·大禹谟》中就已经有了“满招损，谦受益，时乃天道”这样的教导，把自满与谦虚提高到“天道”的水平，可谓高矣。从那以后，历代的圣贤无不张皇谦虚，贬抑自满。一直到今天，我们常用的词汇中仍然有一大批与“谦”字有联系的词儿，比如“谦卑”“谦恭”“谦和”“谦谦君子”“谦让”“谦顺”“谦虚”“谦逊”等等，可见“谦”字之深入人心，久而愈彰。

我认为，我们应当提倡真诚的谦虚，而避免虚伪的谦虚，后者与虚伪间不容发矣。

可是在这里我们就遇到了一个拦路虎：什么叫“真诚的谦虚”呢？什么又叫“虚伪的谦虚”？两者之间并非泾渭分明，简直可以说是因人而异，因地而异，因时而异，掌握一个正确的分寸难于上青天。

最突出的是因地而异，“地”指的首先是东方和西方。在东方，比如说中国和日本，提到自己的文章或著作，必须说是“拙作”或“拙文”。在西方各国语言中是找不到相当的词儿的，尤有甚者，甚至可能产生误会。中国人请客，发请柬必须说“洁治菲酌”，不了解东方习惯的西方人就会满腹疑团：为什么单单用“不丰盛的宴席”来请客呢？日本人送人礼品，往往写上“粗品”二字，西方人又会问：为什么不用“精品”来送人呢？在西方，对老师，对朋友，必须说真话，会多少，就说多少。如果你说，这个只会一点点儿，那个只会一星星儿，他们就会信以为真，在东方则不会。这有时会很危险的。至于吹牛之流，则为东西方同样所不齿，不在话下。

可是怎样掌握这个分寸呢？我认为，在这里，真诚是第一标准。虚怀若谷，如果是真诚的话，它会促你永远学习，永远进步。有的人永远“自我感觉良好”，这种人往往不能进步。康有为是一个著名的例子。他自称，年届而立，天下学问无不掌握。结果说康有为是一个革新家则可，说他是一个学问家则不可。较之乾嘉诸大师，甚至清末民初诸大师，包括他的弟子梁启超在内，他在学术上是没有建树的。

总之，谦虚是美德，但必须掌握分寸，注意东西。在东方谦虚涵盖的范围广，不能施之于西方，此不可不注意者。然而，不管东方或西方，必须出之以真诚，有意的过分的谦虚就等于虚伪。

1998年10月3日

# 关于人的素质的几点思考*

## 一　我们当前所面临的形势

谈问题必须从实际出发，这几乎成了一个常识。谈人的素质又何能例外？

在这方面，我们，包括大陆和台湾，甚至全世界，我们所面临的形势怎样呢？我觉得，法鼓人文社会学院的“通告”中说得简洁而又中肯：

> 识者每以今日的社会潜伏下列诸问题为忧：即功

* 本篇为作者在台北法鼓人文社会学院召开的“人文关怀与社会实践系列——人的素质学术研究会”上的讲话。

利气息弥漫，只知夺取而缺乏奉献和服务的精神；大家对社会关怀不够，环境日益恶化；一般人虽受相当教育，但缺乏判断是非善恶的能力；科技教育与人文教育未能整合，阻碍教育整体发展，亦且影响学生健全人格的养成。

这些话都切中时弊。

在这里，我想补充上几句。

我们眼前正处在20世纪的世纪末和千纪末中。“世纪”和“千纪”都是人为地创造出来的，但是，一旦创造出来，它似乎就对人类活动产生了影响。19世纪的世纪末可以为鉴，当前的这一个世纪末，也不例外。在政治、经济等方面所发生的巨大变化，有目共睹。我特别想指出环境保护等方面的令人触目惊心的情况。这些都与西方科学技术的发展密切相联。

西方自产业革命以后，科技飞速发展。生产力解放之后，远迈前古。结果给全体人类带来了极大的意想不到的福利。这一点是无论如何也否认不掉的。但是同时也带来了同样是想不到的弊端或者危害，比如空气污染、海河污染、生态平衡破坏、一些动植物灭种、环境污染、臭氧层出洞、人口爆炸、淡水资源匮乏、新疾病产生，如此等等，不一而足。这些灾害中任何一项如果避免不了，祛除不掉，则人类生存前途就会受到威胁。所以，现在全世界有识之士以及一些政府，都大声疾呼，注意环保工作。这实在值得我们钦佩。

英国浪漫主义诗人雪莱（Shelley）以诗人的惊人的敏感，在19世纪初叶，正当西方工业发展如火如荼地上升的时候，在他所著的于1821年出版的《诗辨》中，就预见到它能产生的恶果，他不幸而言中，他还为这种恶果开出了解救的药方：诗与想象力，再加上一个爱。这也实在值得我们佩服。

眼前的这一个世纪末，实在是人类历史上一个空前的大动荡大转轨的时代。在这样的时机中，我们平常所说的“代沟”空前地既深且广。老少两代人之间的隔阂十分严峻。有人把现在年轻的一代人称为“新人类”，据说日本也有这个词儿，这个词儿意味深长。

## 二　人的天性或本能

我们就处在这样的环境条件下来探讨人的天性的一些想法。

两千多年以来，中国哲学史上始终有一个争论不休的问题：性善与性恶。孟子主性善，荀子主性恶，这是众所周知的事实。两说各有拥护者和反对者，中立派就主张性无善无恶说。我个人的看法接近此说，但又不完全相同。如果让我摆脱骑墙派的立场，说出真心话的话，我赞成性恶说，然则根据何在呢？

由于行当不对头——我重点搞的是古代佛教历史、中亚古代语文、佛教史、中印和中外文化交流史等，我对生理学和心理学所知甚微。根据我多年的观察与思考，我觉得，造物主或天或大自然，一方面赋予人和一切生物（动植物都在内）以极强烈的生存欲，另一方面又赋予它们极强烈的发展扩张欲。一棵小草能在砖石重压之下，以惊人的毅力，钻出头来，真令我惊叹不置。一尾鱼能产上百上千的卵，如果每一个卵都能长成鱼，则湖海有朝一日会被鱼填满。植物无灵，但有能，它想尽办法，让自已的种子传播出去。类似的例子，举不胜举。但是，与此同时，造物主又制造某些动植物的天敌，大鱼吃小鱼，小鱼吃虾米，猫吃老鼠，等等，等等。总之是，一方面让你生存发展，一方面又遏止你生存发展，以此来保持物种平衡、人和动植物的平衡。这是造物主给生物开玩笑。老子说：“天地不仁，以万物为刍狗。”意思与此差为相近。如此说来，荀子的性恶说能说没有根据吗？荀子说：“人之性恶，其善者伪也。”“伪”字在这里有“人为”的意思，不全是“假”。总之，这说法比孟子性善说更能说得过去。

## 三　道德问题

写到这里，我认为可以谈道德问题了。道德讲善恶，讲好坏，讲是非，等等。那么，什么是善，是好，是是呢？根据我上面的说法，我们可以说：自己生存，也让别的人或动植物生存，这就是善。只考虑自己生存不考虑别人生存，这就是恶。《三国演义》中说曹操有言：“宁教我负天下人，休教天下人负我。”这是典型的恶。要一个人不为自己的生存考虑，是不可能的，是违反人性的。只要能做到既考虑自己也考虑别人，这一个人就算及格了，考虑别人的百分比愈高，则这个人的道德水平也就愈高。百分之百考虑别人，所谓“毫不利己，专门利人”，是做不到的。那极少数为国家、为别人牺牲自己性命的，用一个哲学家的现成的话来说是出于“正义行动”。

只有人类这个“万物之灵”才能做到既为自己考虑，也能考虑到别人的利益。一切动植物是绝对做不到的，它们根本没有思维能力。它们没有自律，只有他律，而这他律就来自大自然或者造物主。人类能够自律，但也必须辅之以他律。康德所谓“消极义务”，多来自他律。他讲的“积极义务”，则多来自自律。他律的内容很多，比如社会舆论、道德教条等等都是。而最明显的则是公安局、检察机构、法院。

写到这里，我想把话题扯远一点，才能把我想说的问题说明白。

人生于世，必须处理好三个关系：一是人与大自然的关系，那也称之为“天人关系”；二是人与人的关系，也就是社会关系；三是人自己的关系，也就是个人思想感情矛盾与平衡的问题。这三个关系处理好，人就幸福愉快，否则就痛苦。

在处理第一个关系时，也就是天人关系时，东西方，至少在指导思想方向上截然不同。西方主“征服自然”（to conquer the nature），《天演论》的“物竞天择，适者生存”，即由此而出。但是天或大自然是能够报复的，能够惩罚的。你“征服”得过了头，它就报复。比如砍伐森林，砍光了森林，气候就受影响，洪水就泛滥。世界各地都有例可证。今年大陆的水灾，根本原因也在这里。这只是一个小例子，其余可依此类推。学术大师钱穆先生一生最后一篇文章《中国文化对人类未来可有的贡献》，讲的就是“天人合一”的问题，我冒昧地在钱老文章的基础上写了两篇补充的文章，我复印了几份，呈献给大家，以求得教正。

“天人合一”是中国哲学史上一个重要命题，解释纷纭，莫衷一是。钱老说：“我曾说‘天人合一’论，是中国文化对人类最大的贡献。”我的补充明确地说，“天人合一”就是人与大自然要合一，要和平共处，不要讲征服与被征服。西方近二百年以来，对大自然征服不已，西方人以“天之骄子”自居，骄横不可一世，结果就产生了我在上文第一章里补充的那一些弊端或灾害。钱宾四先生文章中讲的“天”似乎重点是“天命”，我的“新解”，“天”是指的大自然。这种人与大自然要和谐相处的思想，不仅仅是中国思想的特征，也是东方各国思想的特征。这是东西文化思想分道扬镳的地方。在中国，表现这种思想最明确的无过于宋代大儒张载，他在《西铭》中说：“民，吾同胞；物，吾与也。”“物”指的是天地万物。佛教思想中也有“天人合一”的因素，韩国吴亨根教授曾明确地指出这一点来。佛教基本教规之一的“五戒”中就有戒杀生一条，同中国“物与”思想一脉相通。

## 四 修养与实践问题

我体会，圣严法师之所以不惜人力和物力召开这样一个规模宏大的会议，大陆暨香港地区以及台湾的许多著名的学者专家之所以不远千里来此集会，绝不会是让我们坐而论道的。道不能不论，不论则意见不一致，指导不明确，因此不论是不行的。但是，如果只限于论，则空谈无补于实际，没有多大意义。况且，圣严法师为法鼓人文社会学院明定宗旨是“提升人的品质，建设人间净土”。这次会议的宗旨恐怕也是如此。所以，我们在议论之际，也必须想出一些具体的办法。这样会议才能算是成功的。

我在本文第一章中已经讲到过，我们中国和全世界所面临的形势是十分严峻的。钱穆先生也说：“近百年来，世界人类文化所宗，可说全在欧洲。最近五十年，欧洲文化近于衰落，此下不能再为世界人类文化向往之宗主。所以可说，最近乃人类文化之衰落期。此下世界文化又将何所向往？这是今天我们人类最值得重视的现实问题。”可谓慨乎言之矣。

我就是在面临这样严峻的情况下提出了修养和实践问题的，也可以称之为思想与行动的关系，二者并不完全一样。

所谓修养，主要是指思想问题、认识问题、自律问题，他律有时候也是难以避免的。在大陆，帮助别人认识问题，叫做“做思想工作”。一个人遇到疑难，主要靠自己来解决，首先在思想上解决了，然后才能见诸行动，别人的点醒有时候也起作用。佛教禅宗主张“顿悟”。觉悟当然主要靠自己，但是别人的帮助有时也起作用。禅师的一声断喝，一记猛掌，一句狗屎橛，也能起振聋发聩的作用。宋代理学家有一个克制私欲的办法。清尹铭绶《学见举隅》中引朱子的话说：

> 前辈有俗澄治思虑者，于坐处置两器，每起一善念，则投白豆一粒于器中；每起一恶念，则投黑豆一粒于器中。初时黑豆多，白豆少，后来随不复有黑豆，最后则验白豆亦无之矣。然此只是个死法，若更加以读书穷理的工夫，那去那般不正作当底思虑，何难之有？

这个方法实际上是受了佛经的影响。《贤愚经》卷十三，（六七）优波提品第六十讲到一个“系念”的办法：

> 以白黑石子，用当等于筹算。善念下白，恶念下黑。优波提奉受其教，善恶之念，辄投石子。初黑偶多，白者甚少。渐渐修习，白黑正等。系念不止。更无黑石，纯有白者。善念已盛，逮得初果。（《大正新

修大藏经》，第四卷，页四四二下）

这与朱子说法几乎完全一样，区别只在豆与石耳。

这个做法究竟有多大用处？我们且不去谈。两个地方都讲善念、恶念。什么叫善？什么叫恶？中印两国的理解恐怕很不一样。中国的宋儒不外孔孟那些教导，印度则是佛教教义。我自己对善恶的看法，上面已经谈过。要系念，我认为，不外是放纵本性与遏制本性的斗争而已。为什么要遏制本性？目的是既让自己活，也让别人活。因为如果不这样做的话，则社会必然乱了套，就像现代大城市里必然有红绿灯一样，车往马来，必然要有法律和伦理教条。宇宙间，任何东西，包括人与动植物，都不允许有“绝对自由”。为了宇宙正常运转，为了人类社会正常活动，不得不尔也。对动植物来讲，它们不会思考，不能自律，只能他律。人为万物之灵，是能思考、能明辨是非的动物，能自律，但也必济之以他律。朱子说，这个系念的办法是个“死法”，光靠它是不行的，还必须读书穷理，才能去掉那些不正当的思虑。读书当然是有益的，但却不能只限于孔孟之书；穷理也是好的，但标准不能只限于孔孟之道。特别是在今天，在一个新世纪即将来临之际，眼光更要放远。

眼光怎样放远呢？首先要看到当前西方科技所造成的

弊端，人类生存前途已处在危机中。世人昏昏，我必昭昭。我们必须力矫西方“征服自然”之弊，大力宣扬东方“天人合一”的思想，年轻人更应如此。

以上主要讲的是修养。光修养还是很不够的，还必须实践，也就是行动，最好能有一个信仰，宗教也好，什么主义也好，但必须虔诚、真挚。这里存不得半点虚假成分。我们不妨先从康德的“消极义务”做起：不污染环境、不污染空气、不污染河湖、不胡乱杀生、不破坏生态平衡、不砍伐森林，还有很多“不”。这些“消极义务”能产生积极影响。这样一来，个人的修养与实践、他人的教导与劝说，再加上公、检、法的制约，本文第一章所讲的那一些弊害庶几可以避免或减少，圣严法师所提出的希望庶几能够实现，我们同处于“人间净土”中。“挽狂澜于既倒”，事在人为。

1999 年 3 月 29 日

# 谈　孝

孝，这个概念和行为，在世界上许多国家中都是有的，而在中国独为突出。中国社会，几千年以来就是一个宗法伦理色彩非常浓的社会，为世界上任何国家所不及。

中国人民一向视孝为最高美德。嘴里常说的，书上常讲的三纲五常，又是什么三纲六纪，哪里也不缺少父子这一纲。具体地应该说“父慈子孝”是一个对等的关系。后来不知道是怎么一来，只强调“子孝”，而淡化了“父慈”，甚至变成了“天下无不是的父母”。古书上说：“身体发肤，受之父母。”一个人的身体是父母给的，父母如果愿意收回去，也是可以允许的了。

历代有不少皇帝昭告人民：“以孝治天下。”自己还装模作样，尽量露出一副孝子的形象。尽管中国历史上也并不缺少为了争夺王位导致儿子弑父的记载，野史中这类记载就更多。但那是天子的事，老百姓则是绝对不能允许的。如果发生儿女杀父母的事，皇帝必赫然震怒，处儿女以极刑中的极刑：万剐凌迟。在中国流传时间极长而又极广的所谓“教孝”中，就有一些提倡愚孝的故事，比如王祥卧冰、割股疗疾等等都是迷信色彩极浓的故事，产生了不良的影响。

但是中华民族毕竟是一个极富于理性的民族，就在已经被视为经典的《孝经·谏诤章》中，我们可以读到下列的话：

> 昔者，天子有诤臣七人，虽无道，不失其天下；诸侯有诤臣五人，虽无道，不失其国；大夫有诤臣三人，虽无道，不失其家；士有诤友，则身不离于令名；父有诤子，则身不陷于不义。故当不义，则子不可以不诤于父，臣不可以不诤于君；故当不义，则诤之，从父之令，又焉得为孝乎？

这话说得多么好呀，多么合情合理呀！这与“天下无不是的父母”这一句话形成了鲜明的对立。后者只能归入愚孝一类，是不足取的。

到了今天，我们应该怎样对待孝呢？我们还要不要提倡孝道呢？据我个人的观察，在时代变革的大潮中，孝的概念确实已经淡化了。不赡养老父老母，甚至虐待他们的事情，时有所闻。我认为，这是不应该的，是影响社会安定团结的消极因素。我们当然不能再提倡愚孝，但是，小时候父母抚养子女，没有这种抚养，儿女是活不下来的。父母年老了，子女来赡养，就不说是报恩吧，也是合乎人情的。如果多数子女不这样做，我们的国家和社会能负担起这个任务来吗？这对我们迫切要求的安定团结是极为不利的。这一点简单的道理，希望当今为子女者三思。

1999年5月14日

# 谈礼貌

眼下，即使不是百分之百的人，也是绝大多数的人，都抱怨现在社会上不讲礼貌。这完全有事实做根据的。前许多年，当时我腿脚尚称灵便，出门乘公共汽车的时候多，几乎每一次我都看到在车上吵架的人，甚至动武的人，起因都是微不足道的：你碰了我一下，我踩了你的脚，如此等等。试想，在拥拥挤挤的公共汽车上，谁能不碰谁呢？这样的事情也值得大动干戈吗？

曾经有一段时间，有关的机关号召大家学习几句话："谢谢！""对不起！"等等，就是针对上述的情况而发的。其用心良苦，然而我心里却觉得不是滋味。一个有五千年文明的堂堂大国竟要学习幼儿园孩子们学说的话，岂不大可哀哉！

有人把不讲礼貌的行为归咎于新人类或新新人类。我并无资格成为新人类的同党，我已经是属于博物馆的人物了。但是，我却要为他们打抱不平。在他们诞生以前，有人早著了先鞭。不过，话又要说回来。新人类或新新人类确实在不讲礼貌方面有所创造，有所前进，他们发扬光大这种并不美妙的传统，他们（往往是一双男女）在光天化日之下，车水马龙之中，拥抱接吻，旁若无人，洋洋自得，连在这方面比较不拘细节的老外看了都目瞪口呆，惊诧不已。古人说："闺房之内，有甚于画眉者。"这是两口子的私事，谁也管不着。但这是在闺房之内的事，现在竟几乎要搬到大街上来，虽然还没有到"甚于画眉"的水平，可是已经很可观了。新人类还要新到什么程度呢?

如果一个人孤身住在深山老林中，你愿意怎样都行。可我们是处在社会中，这就要讲究点人际关系。人必自爱而后人爱之。没有礼貌是目中无人的一种表现，是自私自利的一种表现，如果这样的人多了，必然产生与社会不协调的后果。千万不要认为这是个人小事而掉以轻心。

现在国际交往日益频繁，不讲礼貌的恶习所产生的恶劣影响，已经不局限于国内，而是会流布全世界。前几年，我看到过一个什么电视片，是由一个意大利著名摄影家拍摄的，主题是介绍北京情况的。北京的名胜古迹当然都包罗无遗，但是，我的眼前忽然一亮：一个光着膀子的胖大汉骑自行车双手撒把，作打太极拳状，飞驰在天安门前宽广的大马路上，给人的形象是野蛮无礼。这样的形象并不多见，然而却没有逃过一个老外的眼光。我相信，这个电视片是会在全世界都放映的。它在外国人心目中会产生什么影响，不是一清二楚了吗？

最后，我想当一个文抄公，抄一段香港《大公报》上的话："富者有礼高贵，贫者有礼免辱，父子有礼慈孝，兄弟有礼和睦，夫妻有礼情长，朋友有礼义笃，社会有礼祥和。"

2001 年 1 月 29 日

# 知足知不足

曾见冰心老人为别人题座右铭："知足知不足，有为有不为。"言简意赅，寻味无穷。特写短文两篇，稍加诠释。先讲知足知不足。

中国有一句老话"知足常乐"，为大家所遵奉。什么叫"知足"呢？还是先查一下字典吧。《现代汉语词典》说："知足：满足于已经得到的（指生活、愿望等）。"如果每个人都能满足于已经得到的东西，则社会必能安定，天下必能太平，这个道理是显而易见的。可是社会上总会有一些人不安分守己，癞蛤蟆想吃天鹅肉。这样的人往往要栽大跟头的。对他们来说，"知足常乐"这句话就成了灵丹妙药。

但是，知足或者不知足也要分场合的。在旧社会，穷人吃草根树皮，阔人吃燕窝鱼翅。在这样的场合下，你劝穷人知足，能劝得动吗？正相反，应当鼓励他们不能知足，要起来斗争。这样的不知足是正当的，是有重大意义的，它能伸张社会正义，能推动人类社会前进。

除了场合以外，知足还有一个分的问题。什么叫分？笼统言之，就是适当的限度。人们常说的“安分”“非分”等等，指的就是限度。这个限度也是极难掌握的，是因人而异、因地而异的。勉强找一个标准的话，那就是“约定俗成”。我想，冰心老人之所以写这一句话，其意不过是劝人少存非分之想而已。

至于知不足，在汉文中虽然字面上相同，其涵义则有差别。这里所谓“不足”，指的是“不足之处”，“不够完美的地方”。这句话同“自知之明”有联系。

自古以来，中国就有一句老话：“人贵有自知之明。”这一句话暗示给我们，有自知之明并不容易，否则这一句话就用不着说了。事实上也确实如此。就拿现在来说，我所见到的人，大都自我感觉良好。专以学界而论，有的人并没有读几本书，却不知天高地厚，以天才自居，靠自己一点小聪明——这能算得上聪明吗？——狂傲恣睢，骂尽天下一切文人，大有用一枚毛锥横扫六合之慨，令明眼人感到既可笑，又可怜。这种人往往没有什么出息的。因为，又有一句中国老话：“学如逆水行舟，不进则退。”还有一句中国老话“学海无涯”，说的都是真理。但在这些人眼中，他们已经穷了学海之源，往前再没有路了，进步是没有必要的。他们除了自我欣赏之外，还能有什么出息呢？

古代希腊也认为自知之明是可贵的，所以语重心长地说出了：“要了解你自己！”中国同希腊相距万里，可竟说了几乎是一模一样的话，可见这些话是普遍的真理。中外几千年的思想史和科学史，也都证明了一个事实：只有知不足的人才能为人类文化做出贡献。

2001 年 2 月 21 日

# 有为有不为

“为”，就是“做”。应该做的事，必须去做，这就是“有为”。不应该做的事必不能做，这就是“有不为”。

在这里，关键是“应该”二字。什么叫“应该”呢？这有点像仁义的“义”字。韩愈给“义”字下的定义是“行而宜之之谓义”。“义”就是“宜”。而“宜”就是“合适”，也就是“应该”，但问题仍然没有解决。要想从哲学上从伦理学上说清楚这个问题，恐怕要写上一篇长篇论文，甚至一部大书。我没有这个能力，也认为根本无此必要。我觉得，只要诉诸一般人都能够有的良知良能，就能分辨清是非善恶了，就能知道什么事应该做，什么事不应该做了。

中国古人说：“勿以善小而不为，勿以恶小而为之。”

可见善恶是有大小之别的，应该不应该也是有大小之别的，并不是都在一个水平上。什么叫大，什么叫小呢？这里也用不着繁琐的论证，只须动一动脑筋，睁开眼睛看一看社会，也就够了。

小恶、小善，在日常生活中，随时可见。比如在公共汽车上给老人和病人让座，能让，算是小善；不能让，也只能算是小恶，够不上大逆不道。然而，从那些一看到有老人或病人上车就立即装出闭目养神的样子的人身上，不也能由小见大看出了社会道德的水平吗？

至于大善大恶，目前社会中也可以看到，但在历史上却看得更清楚。比如宋代的文天祥。他为元军所虏。如果他想活下去，屈膝投敌就行了，不但能活，而且还能有大官做，最多是在身后被列入“贰臣传”，“身后是非谁管得”，管那么多干吗呀。然而他却高赋《正气歌》，从容就义，留下英名万古传，至今还在激励着我们全国人民的爱国热情。

通过上面举的一个小恶的例子和一个大善的例子，我们大概对大小善和大小恶能够得到一个笼统的概念了。凡是对国家有利，对人民有利，对人类发展前途有利的事情就是大善，反之就是大恶。凡是对处理人际关系有利，对保持社会安定团结有利的事情可以称之为小善，反之就是小恶。大小之间有时难以区别，这只不过是一个大体的轮廓而已。

大小善和大小恶有时候是有联系的。俗话说：千里之堤，溃于蚁穴。拿眼前常常提到的贪污行为而论。往往是先贪污少量的财物，心里还有点打鼓。但是，一旦得逞，尝到甜头，又没被人发现，于是胆子越来越大，贪污的数量也越来越多，终至于一发而不可收拾，最后受到法律的制裁，悔之晚矣。也有个别的识时务者，迷途知返，就是所谓浪子回头者，然而难矣哉!

我的希望很简单，我希望每个人都能有为有不为。一旦“为”错了，就毅然回头。

2001 年 2 月 23 日

# 漫谈伦理道德

现在，“以德治国”的口号已经响彻祖国大地。大家都认为，这个口号提得正确，提得及时，提得响亮，提得明白。但是，什么叫“德”呢？根据我的观察，笼统言之，大家都理解得差不多。如果仔细一追究，则恐怕是言人人殊了。

我不揣谫陋，想对“德”字进一新解。

但是，我既不是伦理学家，对哲学家们那些冗见别扭的分析阐释又不感兴趣。我只能用自己惯常用的野狐谈禅的方法来谈这个问题。既称野狐，必有其不足之处，但同时也必有其优越之处，他没有教条，不见框框，宛如天马行空，驰骋自如，兴之所至，灵气自生，谈言微中，搔着痒处，恐亦难免。坊间伦理学书籍为数必多，我一不购买，二不借阅，唯恐读了以后，“污染”了自己观点。

近若干年以来，我一直在考虑一个问题。人生一世，必须处理好三个关系：第一，人与大自然的关系，也就是天人关系；第二，人与人的关系，也就是社会关系；第三，个人身、口、意中正确与错误的关系，也就是修身问题。这三个关系紧密联系，互为因果，缺一不可。这些说法也许有人认为太空洞，太玄妙。我看有必要分别加以具体的说明。

首先谈人与大自然的关系。在人类成为人类之前，他们是大自然的一个不可或缺的组成部分。等到成为人类之后，就同自然闹起独立性来，把自己放在自然的对立面上。尤有甚者，特别是在西方，自从产业革命以后，通过所谓发明创造，从大自然中得到了一些甜头，于是诛求无餍，最终提出了“征服自然”的口号。他们忘记了一个基本事实，人类的衣、食、住、行的所有的资料都必须取给于大自然。大自然不会说话，“天何言哉！”但是却能报复。恩格斯说过：“我们不能过分陶醉于我们对自然界的胜利，对于每一次这样的胜利，自然界都报复了我们。”在一百多年以前，大自然的报复还不十分明显，恩格斯竟能说出这样准确无误又含意深远的话，真不愧是马克思主义伟大的奠基人之一！到了今天，大自然的报复已经十分明显，十分怵目惊心，举凡臭氧出洞、温室效应、全球变暖、淡水短缺、生态失衡、物种灭绝、人口爆炸、资源匮乏、新疾病产生、旧环境污染，如此等等，不胜枚举。其中哪一项如果得不到控制都能影响人类的生存前途。到了这样危机关头，世界上一些有识之士才憬然醒悟，开了一些会，采取了一些措施。世界上一些国家的领导人也知道要注意环保问题了。这都是好事，但是，根据我个人的看法，还都是不够的。我们必须努力发出狮子吼，对全世界振聋发聩。

其次，我想谈一谈人与人的关系。自从人成为人以后，就逐渐形成了一些群体，也就是我们现在称之为社会的组织。这些群体形形色色，组织形式不同，组织原则也不同，但其为群体则一也。人与人之间，有时候利益一致，有时候也难免产生矛盾。举一个极其简单的例子，比如讲民主，讲自由，都不能说是坏东西，但又都必须加以限制。就拿大城市交通来说吧，绝对的自由是行不通的，必须有红绿灯，这就是限制。如果没有这个限制，大城市一天也存在不下去。这里撞车，那里撞人，弄得人人自危，不敢出门，社会活动会完全停止，这还能算是一个社会吗？这只是一个小例子，类似的大小例子还能举出一大堆来。因此，我们必须强调要处理好社会关系。

最后，我要谈一谈个人修身问题。一个人，对大自然来讲，是它的对立面；对社会来讲，是它的最基本的组成部分，是它的细胞。因此，在宇宙间，在社会上，一个人所处的地位是十分关键的。一个人在思想、语言和行动方面的正确或错误是有重要意义的。一个人进行修身的重要性也就昭然可见了。

写到这里，也许有人要问：你不是谈伦理道德问题吗，怎么跑野马跑到正确处理三个关系上去了？我敬谨答曰：我谈正确处理三个关系，正是谈伦理道德问题。因为，三个关系处理好，人类才能顺利发展，社会才能阔步前进，个人生活才能快乐幸福，这是最高的道德，其余那些无数的繁琐的道德教条都是从属于这个最高道德标准的，这个道理，即使是粗粗一想，也是不难明白的。如果这三个关系处理不好，就要根据“不好”的程度而定为道德上有缺乏，不道德或“缺德”。严重的“不好”，就是犯罪。这个道理也是容易理解的。

全世界都承认，中国是伦理道德的理论和实践最发达的国家。中国伦理道德的基础是先秦时期的儒家打下的，在其后发展的过程中，又搀杂进来了一些道家思想和佛家思想，终于形成了现在这样一个伦理体系，仍在支配着我们的社会行动。这个体系貌似清楚，实则是一个颇为模糊的体系。三教信条你中有我，我中有你，绝不是泾渭分明的。但仍以儒家为主，则是可以肯定的。

儒家的伦理体系在先秦初打基础时可以孔子和孟子为代表。孔子的学说的中心，也可以说是伦理思想的中心是一个“仁”字。这个说法已为学术界比较普遍地所接受。孟子学说的中心，也可以说伦理思想的中心是“仁”“义”二字。对此学术界没有异词。先秦其他儒家的学说，我们不一一论列了。至于先秦以后几千年儒家学者伦理道德的思想，我在这里也不一一论列了。一言以蔽之，他们基本上沿用孔孟的学说，间或有所增益或有新的解释，这是事物发展的必然规律，不足为怪。不这样，反而会是不可思议的。

多少年来，我个人就有个想法。我觉得，儒家伦理道德学说的重点不在理论而在实践。先秦儒家已经安排好了的：格物、致知、诚意、正心、修身、齐家、治国、平天下，是大家所熟悉的。这样的安排极有层次，煞费苦心，然而一点理论的色彩都没有。也许有人会说，人家在这里本来就不想讲理论而只想讲实践的。我们即使承认这一句话是对的，但是，什么是“仁”，什么是“仁”“义”？这在理论上总应该有点交代吧，然而，提到“仁”“义”的地方虽多，也只能说是模糊语言，读者或听者并不能得到一点清晰的概念。

秦代以后，到了唐代，以儒家道统传承人自命的大儒韩愈，对伦理道德的理论问题也并没有说清楚。他那一篇著名的文章《原道》一开头就说：“博爱之谓仁，行而宜之之谓义，由是而之焉之谓道，足乎己无待于外之谓德。”句子读起来铿锵有力，然而他想什么呢？他只有对“仁”字下了一个“博爱”的定义，而这个定义也是极不深刻的。此外几乎全是空话。“行而宜之”的“宜”意思是“适宜”，什么是“适宜”呢？这等于没有说。“由是而之焉”的“之”字意思是“走”。“道”是人走的道路，这又等于白说。至于“德”字，解释又是根据汉儒那一套“德者得也”。读了仍然是让人莫明其妙。至于其他朝代的其他儒家学者对仁义道德的解释更是五花八门，莫衷一是。我不是伦理学者，现在也不是在写中国伦理学史，恕我不再一一列举了。

我在上面极其概括地讲了从先秦一直到韩愈儒家关于仁义道德的看法。现在，我忽然想到，我必须做一点必要的补充。我既然认为，处理好天人关系在道德范畴内居首要地位，我必须探讨一下，中国古代对于这个问题是怎样看的，换句话说，我必须探讨一下先秦时代一些有代表性的哲学家对天、地、自然等概念是怎样界定的。

首先谈“天”。一些中国哲学史认为，在春秋末期哲学家们争论的主要问题之一是，“天”是否是有人格有意志的神？这些哲学家大体上可以分为两个阵营：一个阵营主张不是，他们认为天是物质性的东西，就是我们头顶的天。这可以老子为代表。汉代《说文解字》的“天，颠也，至高无上”，可以归入此类。一个阵营的主张是，他们认为天就是上帝，能决定人类的命运，决定个人的命运。这可以孔子为代表。有一些中国哲学史袭用从苏联贩卖过来的办法，先给每一个哲学家贴上一张标签，不是唯心主义，就是唯物主义，把极端复杂的思想问题简单化了。这种做法为我所不取。

老子《道德经》中在几个地方都提到天、地、自然等等。他说：“人法地，地法天，天法道，道法自然。”（二十五章）在这一段话里老子哲学的几个重要概念都出现了。他首先提出“道”这个概念，在他以后的中国哲学史上起着重要的作用。这里的“天”显然不是有意志的上帝，而是与“地”相对的物质性的东西。这里的“自然”是最高原则。老子主张“无为”，“自然”不就是“无为”吗？他又说：“天地不仁，以万物为刍狗。”（五章）明确说天地是没有意志的。他又说：“道之尊，德之贵，夫莫之命而常自然。”（五十一章）道德不发号施令，而是让万物自由自在地成长。总而言之，老子认为天不是神，而是物质的东西。

几乎可以说是与老子形成对立面的是孔子。在《论语》中有许多讲到“天”的地方。孔子虽然说“子不语怪力乱神”，但是，在他的心目中是有神的，只不过是“敬鬼神而远之”而已。“天”在孔子看来也是有人格有意志的神。孔子关于“天”的话我引几条：“天何言哉！四时行焉，百物生焉，天何言哉！”“天之将丧斯文也，后死者不得与于斯文也；天之未丧斯文也，匡人其如予何？”“天生德于予，桓魋其如予何？”等等。孔子还提倡“天命”，也就是天的意志，天的命令，自命为孔子继承人的孟子，对“天”的看法同孔子差不多。那一段常被征引的话：“天将降大任于是人也，必先苦其心志，劳其筋骨，饿其体肤，空乏其身，行拂乱其所为。所以动心忍性，曾益其所不能。”在这里，“天”也是一个有意志的主宰者。

也被认为是儒家的荀子，对“天”的看法却与老子接近，而与孔孟迥异其趣。他不承认天是有人格有意志的最高主宰者。有的哲学史家说，荀子直接把“天”解释为自然界。我个人认为，这是非常重要也非常正确的解释。荀子主要是在《天论》中对“天”作了许多唯物的解释，我不去抄录。我想特别提出“天养”说：“财非其类以养其类，夫是之谓天养。”意思是说人类利用大自然养活自己。这也是很重要的思想。多少年前我曾写过一篇论文《“天人合一”新解》。我当时没有注意到荀子对“天”的解释，所以自命为“新解”，其实并不新了，荀子已先我二千多年言之矣。我的贡献在于结合当前世界的情况把“天人合一”归入道德最高标准而已。这一点我在上面讲天人关系一节中已经讲到，请读者参阅。

我在上面只讲了老子、孔子、孟子和荀子。其他诸子对“天”的看法也是五花八门的。因为同我要谈的问题无关，我不一一论列。我只讲一下墨子，他认为“天”是有意志的，这同儒家的孔孟差不多。

我的补充解释就到此为止。

尽管荀子对“天”的认识已经达到了很高的水平，但是支配中国思想界的儒家仍然是保守的。我想再回头分析一下上面已经提到过的格、致等八个层次。前五项都与修身有关，后三项则讲的是社会关系，没有一项是天人关系的。这是什么原因呢？根据我个人肤浅的看法，先秦儒家，大概同一般老百姓一样，觉得天离开人们远，也有点恍兮惚兮，不容易捉摸，而人际关系则是摆在眼前的，时时处处，都会碰上，不注意解决是不行的。我们汉族是一个偏重实际的民族，所以就把注意力大部分用在解决社会关系和个人修身上面了。

几千年来，在中国的封建社会中，有很多形成系列的道德教条，什么仁、义、礼、智、信，什么孝、悌、忠、信、礼、义、廉、耻，如此等等，不一而足。每一个人在社会中的地位也排列得井井有条，比如五伦之类。亲属间的称呼也有条不紊，什么姑夫、舅父、表姑、表舅等等，世界上哪一种语言也翻译不出来，甚至在当前的中国，除了年纪大的一些人以外，年轻人自己也说不明白了。《白虎通》的三纲、六纪，陈寅恪先生认为是中国文化精义之所寄，可见中国这一些处理社会关系的准则在他心目中的重要地位了。

上面讲的是社会关系和个人修身问题。至于天人关系，除了先秦诸子所讲的以外，中国历代还有一种说法，就是所谓“天子”，说皇帝是上天的儿子。这种说法对皇帝和臣民都有好处。皇帝以此来吓唬老百姓，巩固自己的地位。臣下也可以适当地利用它来给皇帝一点制约，比如利用日食、月食、彗星出现等等“天变”来向皇帝进谏，要他注意修德，要他注意自己的行动，这对人民多少有点好处。

把以上所讲的归纳起来看，本文中所讲三个关系，第二个关系社会关系和第三个个人修身问题，人们早已注意到了，而且一贯加以重视了。至于天人关系，虽也已注意到，但只是片面讲，其间的关系则多所忽略，特别是对大自然能够报复，则认识比较晚，这情况中西皆然。只是到了西方产业革命以后，西方科技发展迅猛，人们忘乎所以，过分相信人定胜天的力量，以致受到了自然的报复，才出现了恩格斯所说的那种情况。到了今天，世界上一些有识之士，其中包括一些国家领导人，如梦初醒，惊呼“环保”不止。然而，从世界范围来看，并不是每个人都清醒够了。污染大气，破坏生态平衡的举动仍然到处可见。我个人的看法是不容乐观，因此我才把处理好天人关系提高到伦理道德的高标准来加以评断。

从一部人类发展前进的历史来看，三个关系的各自的对立面并不是固定不变的，而是变动不居的。因此制约这些关系的伦理道德教条也不可能一成不变。各个时代，各个民族，各个国家，情况不一，要求不一，道德标准也不可能统一。因此，我们必须提出，对过去的道德标准一定要批判继承。过去适用的，今天未必适用。今天适用的，将来未必适用。在道德教条中有的寿命长，有的寿命短。有的可能适用于全人类，有的只能适用于某一些地区。适用于一切时代，一切地区，万古常青的道德教条恐怕是绝无仅有的。

文章已经写得很长，必须结束了。我再着重说明一下，我不是伦理学家，没有研究过伦理学史。我只是习惯于胡思乱想。我常感觉到，中国以及世界上道德教条多如牛毛，如粒粒珍珠，熠熠闪光。可是都有点各自为政，不相贯联。我现在不揣冒昧提出了一条贯串众珠的线，把这些珠子穿了起来。是否恰当？自己不敢说。请方家不吝教正。

2001 年 5 月 25 日

# 公民道德建设与家庭教育

最近党中央向全国人民发出了公民道德建设规范。此事实与人民素质的提高以及文化教育的普及有密切关联，可谓顺乎天时应乎人心的重大措施，因此得到了全国广大人民群众的热烈拥护，各报章杂志论之者众矣，这是一个十分可喜的现象。

我个人认为，道德行为有大有小。大者牵涉到齐家、治国、平天下，牵涉到我们民族发展的前途。小者则显得像芝麻绿豆般的一些细小事情。大者我们必须做到，小者也绝不能以其小而不为。

空口无凭，我举两个具体的事例。我所居楼前有一个大池塘，一半种植荷花，另一半则水光接天，没有任何植物。学校在塘边安装了一些椅子，供居民或外来游人休息之用。初搬来时的三十年中，我因忙于行政工作，常骑自行车，来去匆匆，从来没有在椅子上坐过，不知道椅子和椅子四周的情况如何。近若干年来，在早晨读书写作疲倦之后，小蔡、杨锐和玉洁常扶我出门在塘边马路上散步，每次都会在椅子上坐坐，才发现在椅子前后左右都有许多垃圾，什么废塑料袋、破饭盒、烟头、烂纸、水果皮等等，最可恨的是瓜子皮，黑白皆有，满地都是。在这样的情况下，即使眼前湖光潋滟，风物旖旎，杨柳垂丝，新荷田田，你能坐得下去吗？没有办法，我们每次出来，必携一大塑料袋和一只竹夹子，先把地上的垃圾捡净，然后才落座。此时心情十分复杂，眼前美景赏心悦目，心内感觉厌恶愤怒。坐在椅子上吃喝，我无权反对。吃完以后，不过一举手一投足之劳，将垃圾投入垃圾箱中，毫不费事，垃圾箱就在附近，不劳远行。然而这些人却竟视若无睹，乱投一气。他们眼中只有自己，毫无他人。这是一种地地道道的自私自利的行为，是我们中华民族的一种耻辱。有时候我们看到背后专家招待所的外国专家也出来捡垃圾，我脸上真是羞得发红。

还有一件事情，就是随地吐痰。这也本来算不上是一件大事，但是，我曾读到过一篇外国人写的文章，他反对在中国举行奥运，理由之一就是中国人随地吐痰。这样它不就成为一件大事了吗？随地吐痰，毋庸讳言，在中国确是常见。它几乎成为一种“国习”了。若干年前，北京政府也曾设法整治过。办法是，谁在大街上随地吐一口痰，就罚款五角，自己还要把痰迹擦掉。据说，有一次一个人因吐痰被罚，他在地上又吐了一口，拿出一元钱交给检查人员，说道：“我索性凑个整数，免得你找钱。”这是不是一个笑话，我不敢说。总之，那一次整治并没有成功，“后遂无问津者”。

我们中华民族是一个伟大的民族，这一点谁也不敢否认。但是，有这些毛病，确也是事实。古人说：“过则勿惮改。”这些毛病是非改不行的。怎样去改呢？这些毛病都是“历史遗产”。要求一下子就改过来，是不切实际的。我认为，必须从根本抓起，从小处抓起，我在上面讲到道德行为有大有小。但是，对于大小，必须有一个辩证的看法，小恶不改，久之必酿成大恶。我们要把这些小毛病提高到人民素质的水平上来看，纳入法治的范畴。这绝不是抡起大斧砍苍蝇。新加坡的成功经验可以作我们的借鉴。

另一方面，必须从家庭教育抓起，从娃娃抓起。父母先要以身作则，对小孩子讲清道理，小孩子是能够接受的。中国古代是非常重视家庭教育的，孟母三迁就是一个好例证。因此我把改正上面提到的那一些小毛病的希望寄托于家庭教育。我想我的希望是会实现的。

2001 年 11 月 31 日

# 慈善是道德的积累

我是搞语言的，要我来讲道德，讲慈善，实在是有些惶恐。

什么是道德？这是一个大问题，可以写一本书。简单说来，道德是一种社会意识，是一种不依靠外力的特殊的行为规范。道德以善与恶、美与丑、真与伪等概念调整人与人、人与社会之间的关系。我国正处在一个大发展、大变革时期，稳定是第一位的，一定要处理好人与人、人与社会之间的关系。除了法律、行政手段的进一步强化和完善以外，道德是社会稳定发展必不可少的行为规范和调节手段。

在中国的传统道德中，伦理道德有很重要的位置，伦理就是解决人与人之间关系的，儒家讲的三纲六纪就是规定了君臣父子夫妇兄弟朋友之间关系的准则。这里有糟粕的地方，因为人与人之间应该是平等的，不应该谁是谁的纲。儒家强调要处理好人的各方面社会关系，还有许多值得批判吸收的东西。比方对父母的关系，中国人讲孝，这个孝字在英文里没有这样一个词，要用两个词才能表述这个意思。所以西方的老人晚年是十分凄凉的。中西的道德是有区别的。我举个例子，我在欧洲住的年头不少，我看小孩子打架，一个十六七岁，一个七八岁，结果小的被打倒了，哭一阵爬起来再打。要在中国就会有人讲了，大的怎么欺侮小的呢。他们那儿没人管，他们认为力量、拳头是第一位的，不管你大小，只要把别人打倒就是正当的。西方道德中也有对我们有用的。我国传统的伦理道德应批判继承，精华留下，糟粕去掉。对外国好的，也可以学习，不要排斥。

慈善是良好道德的发扬，又是道德积累的开端。孟子说："恻隐之心，仁之端也。"一个社会的良好的道德风尚，一个人良好的道德修养，不是从天上掉下来的，要宣传教育，要舆论引导，更要实践、参与。慈善是具有广泛群众性的道德实践。慈善可以是很高的层次，无私奉献，也可以有利己的目的，比如图个好名声，或者避税，或者领导号召不得不响应；为慈善付出的可以很大也可以很少，可以是金钱也可以是时间、精神，层次很多，幅度很大。不管在什么条件下，出于什么动机，只要他参与了，他就开始了他的道德积累。所以我主张慈善不要问动机。毛泽东同志讲动机与效果的辩证统一，我的理解，效果是决定因素。“四人帮”有个特点，就是抓活思想，抓活思想就是追究动机。过去有句古话，有心为善，虽善不赏，无心为恶，虽恶不罚，这是典型的动机唯心主义。

2001 年

# 满招损，谦受益

这本来是中国一句老话，来源极古，《尚书·大禹谟》中已经有了，以后历代引用不辍，一直到今天，还经常挂在人们嘴上。可见此话道出了一个真理，经过将近三千年的检验，益见其真实可靠。

这话适用于干一切工作的人，做学问何独不然？可是，怎样来解释呢？

根据我自己的思考与分析，满（自满）只有一种：真。假自满者，未之有也。吹牛皮，说大话，那不是自满，而是骗人。谦（谦虚）却有两种，一真一假。假谦虚的例子，真可以说是俯拾即是。故作谦虚状者，比比皆是。中国人的“菲酌”“拙作”之类的词，张嘴即出。什么“指正”“斧正”“哂正”之类的送人自己著作的谦词，谁都知道是假的，然而谁也必须这样写。这种谦词已经深入骨髓，不给任何人留下任何印象。日本人赠人礼品，自称“粗品”者，也属于这一类。这种虚伪的谦虚不会使任何人受益。西方人无论如何也是不能理解的。为什么拿“菲酌”而不拿盛宴来宴请客人？为什么拿“粗品”而不拿精品送给别人？对西方人简直是一个谜。

我们要的是真正的谦虚，做学问更是如此。如果一个学者，不管是年轻的，还是中年的、老年的，觉得自己的学问已经够大了，没有必要再进行学习了，他就不会再有进步。事实上，不管你搞哪一门学问，绝不会有搞得完全彻底一点问题也不留的。人即使能活上一千年，也是办不到的。因此，在做学问上谦虚，不但表示这个人有道德，也表示这个人是实事求是的。听说康有为说过，他年届三十，天下学问即已学光。仅此一端，就可以证明，康有为不懂什么叫学问，现在有人尊他为“国学大师”，我认为是可笑的。他至多只能算是一个革新家。

在当今中国的学坛上，自视甚高者，所在皆是，而真正虚怀若谷者，则绝无仅有。我不认为这是一个好现象。有不少年轻的学者，写过几篇论文，出过几册专著，就傲气凌人。这不利于他们的进步，也不利于中国学术前途的发展。

我自己怎样呢？我总觉得自己不行。我常常讲，我是样样通，样样松。我一生勤奋不辍，天天都在读书写文章，但一遇到一个必须深入或更深入钻研的问题，就觉得自己知识不够，有时候不得不临时抱佛脚。人们都承认，自知之明极难；有时候，我却觉得，自己的“自知之明”过了头，不是虚心，而是心虚了。因此，我从来没有觉得自满过。这当然可以说是一个好现象。但是，我又遇到了极大的矛盾：我觉得真正行的人也如凤毛麟角。我总觉得，好多学人不够勤奋，天天虚度光阴。我经常处在这种心理矛盾中。别人对我的赞誉，我非常感激，但是，我并没有被这些赞誉冲昏了头脑，我头脑是清楚的。我只劝大家，不要全信那一些对我赞誉的话，特别是那些顶高得惊人的帽子，我更是受之有愧。

1997 年